COLLECTION FOLIO

Hervé Le Tellier

# L'anomalie

Gallimard

Membre de l'Oulipo, Hervé Le Tellier est l'auteur de plusieurs livres remarqués, dont *Assez parlé d'amour*, *Toutes les familles heureuses* et *Moi et François Mitterrand*. Il a reçu en 2013 le Grand Prix de l'humour noir pour ses *Contes liquides* et en 2020 le prix Goncourt pour son roman *L'anomalie*.

Et moi qui dis que vous rêvez, je suis aussi en rêve.

TCHOUANG-TSEU

Le vrai pessimiste sait qu'il est déjà trop tard pour l'être.

*L'Anomalie*,
VICTØR MIESEL

# I

# *Aussi noir que le ciel*

(mars-juin 2021)

> Il est une chose admirable qui surpasse toujours la connaissance, l'intelligence, et même le génie, c'est l'incompréhension.
>
> *L'Anomalie*,
> VICTØR MIESEL

# BLAKE

Tuer quelqu'un, ça compte pour rien. Faut observer, surveiller, réfléchir, beaucoup, et au moment où, creuser le vide. Voilà. Creuser le vide. Se débrouiller pour que l'univers rétrécisse, rétrécisse jusqu'à se condenser dans le canon du fusil ou la pointe du couteau. C'est tout. Ne pas se poser de questions, ne pas se laisser guider par la colère, choisir le protocole, agir avec méthode. Blake sait faire ça, et depuis tellement longtemps qu'il ne sait plus quand il a commencé à savoir. Après, le reste vient tout seul.

Blake fait sa vie de la mort des autres. S'il vous plaît, pas de leçon de morale. Si on veut discuter éthique, il est prêt à répondre statistiques. Parce que – et Blake s'excuse – lorsqu'un ministre de la Santé coupe dans le budget, qu'il supprime ici un scanner, là un médecin, là encore un service de réanimation, il se doute bien qu'il raccourcit de pas mal l'existence de milliers d'inconnus. Responsable, pas coupable, air connu. Blake, c'est le contraire. Et de toute façon, il n'a pas à se justifier, il s'en fout.

Tuer, ce n'est pas une vocation, c'est une disposition. Un état d'esprit si l'on préfère. Blake a onze ans et ne s'appelle pas Blake. Il est à côté de sa mère, dans la Peugeot, sur une départementale près de Bordeaux. On ne roule pas si vite, un chien traverse la route, la secousse les déporte à peine, la mère crie, freine, trop fort, le véhicule zigzague, le moteur cale. Reste dans la voiture, mon chéri, mon Dieu, reste bien dans la voiture. Blake n'obéit pas, il suit sa mère. C'est un colley au poil gris, le choc lui a défoncé le thorax, son sang s'écoule sur le bas-côté, mais il n'est pas mort, il geint, on dirait la plainte d'un bébé. La mère court en tous sens, paniquée, elle pose ses mains sur les yeux de Blake, elle balbutie des mots sans suite, elle veut appeler une ambulance, Mais maman, c'est un clebs, c'est juste un clebs. Le colley halète sur le bitume fissuré, son corps brisé tordu adopte un angle bizarre, il est agité de soubresauts qui vont en s'affaiblissant, il agonise sous les yeux de Blake, et Blake regarde avec curiosité la vie quitter l'animal. C'est fini. Le garçon mime un peu la tristesse, enfin, ce qu'il imagine être la tristesse, pour ne pas troubler sa mère, mais il ne ressent rien. La mère reste là, glacée, devant le petit cadavre, Blake s'impatiente, il la tire par la manche, Maman, allez, ça sert à rien de rester là, il est mort, là, on y va, je vais être en retard au foot.

Tuer, c'est aussi des compétences. Blake

découvre qu'il a tout ce qu'il faut le jour où son oncle Charles l'emmène chasser. Trois coups, trois lièvres, une espèce de don. Il vise vite et juste, il sait s'adapter aux pires carabines pourries, aux fusils les plus mal réglés. Les filles le traînent dans les fêtes foraines, Eh, s'te plaît, je voudrais la girafe, l'éléphant, la Game Boy, oui, vas-y, encore ! et Blake distribue des peluches, des consoles de jeux, il devient la terreur des stands de tir, avant de décider de faire dans la discrétion. Blake aime bien aussi ce que lui apprend l'oncle Charles, égorger les chevreuils, dépecer les lapins. Qu'on se comprenne bien : il ne prend aucun plaisir à tuer, à achever l'animal blessé. Ce n'est pas un vicelard. Non, ce qui lui plaît, c'est le geste technique, la routine sans faille qui s'installe à force de répétitions.

Blake a vingt ans, et sous son nom très français, Lipowski, Farsati, ou Martin, il est inscrit dans une école hôtelière d'une petite ville des Alpes. Ce n'est pas un choix par défaut, attention, il aurait pu faire n'importe quoi, il aimait l'électronique aussi, la programmation, il était doué en langues, tiens, l'anglais, il lui avait suffi de trois mois de stage chez Lang's à Londres pour le parler quasiment sans accent. Mais ce que Blake préfère par-dessus tout, c'est cuisiner, pour les moments de vide à composer une recette, le temps qui s'écoule sans hâte, même dans l'agitation fiévreuse d'une cuisine, les longues secondes calmes à regarder fondre le beurre dans la poêle, réduire les oignons blancs, monter un soufflé. Il aime les odeurs et les épices, il aime créer un arrangement de couleurs et de saveurs dans une assiette. Ç'aurait pu être l'élève le plus brillant de l'école, mais Vraiment, merde, Lipowski (ou Farsati, ou Martin), si seulement vous étiez un peu aimable avec la clientèle, ça ne saurait pas nuire. C'est un métier de service, de service, vous entendez, Lipowski (ou Farsati, ou Martin) !

Un soir, dans bar, un type, bien saoul, lui dit vouloir en faire tuer un autre. Il a sans doute une bonne raison pour ça, un truc de boulot, de femme, mais Blake, ça lui est égal.

— Tu le ferais, toi, pour du fric ?

— T'es dingue, répond Blake. Complètement dingue.

— Je te paierai, et cher.

La somme qu'il propose est à trois zéros. Blake se marre.

— Non. Tu rigoles ?

Blake boit, lentement, prend tout son temps. Le type s'est effondré sur le bar, il le secoue.

— Écoute, je connais quelqu'un qui le ferait. Pour le double. Je ne l'ai jamais rencontré. Demain, je te dis comment le joindre, mais après, tu ne m'en parles plus jamais, OK ?

C'est cette nuit-là que Blake invente Blake. Pour William Blake, qu'il a lu après avoir vu *Dragon rouge*, le film avec Anthony Hopkins, et parce qu'il a aimé un poème : « Et je bondis dans ce monde dangereux : Impuissant, nu et criard / Comme un démon caché dans un nuage. » Et puis Blake, black et lake, noir et lac, ça claque.

Dès le lendemain, un serveur nord-américain accueille l'adresse mail d'un certain blake.mick.22, créée dans un webcafé de Genève, Blake achète en liquide et à un inconnu un ordinateur portable d'occasion, se procure un vieux Nokia et une carte prépayée, un appareil photo, un téléobjectif. Une fois équipé, l'apprenti cuisinier fournit au type le contact de ce « Blake », « sans garantie que l'adresse soit encore valide », et il attend. Trois jours plus tard, l'homme du bar envoie à Blake un message alambiqué, où l'on devine qu'il se méfie. Il questionne. Cherche le défaut dans la cuirasse. Laisse parfois passer une journée entre deux échanges. Blake parle de cible, de logistique, de délai de livraison, et ces précautions achèvent de le rassurer. Ils tombent d'accord, Blake réclame la moitié d'avance : c'est déjà quatre zéros. Lorsque l'homme lui précise qu'il veut que ça ressemble à une « cause naturelle », Blake double la somme et exige un mois. Convaincu désormais d'avoir affaire à un professionnel, le type accepte toutes les conditions.

C'est sa première fois et Blake compose. Il est déjà méticuleux, prudent, imaginatif, à l'extrême. Il a vu tellement de films. On n'imagine pas ce que les tueurs à gages doivent aux scénaristes de Hollywood. Dès le début de sa carrière, l'argent de la commande, les informations sur le contrat, il les recevra dans un sac plastique abandonné dans un lieu qu'il aura déterminé, un bus, un fast-food, un chantier, une poubelle, un parc. Il évitera les zones trop isolées où on ne verrait que lui, les endroits trop publics où lui ne repérerait personne. Il sera là des heures avant, à surveiller les parages. Il portera des gants, une capuche, un chapeau, des lunettes, se teindra les cheveux, apprendra à se poser des postiches, à creuser ses joues, les gonfler, il possédera des plaques d'immatriculation par dizaines, de tous pays. Avec le temps, Blake s'initiera au lancer de couteau, *half-spin* ou *full-spin* selon la distance, à la confection d'une bombe, à l'extraction d'un poison indécelable d'une méduse, il saura monter et démonter en quelques secondes un Browning 9 mm, un Glock 43, il se fera payer et achètera ses armes en bitcoins, cette cryptomonnaie aux mouvements intraçables. Il créera son site sur le deep web, et le darknet deviendra un jeu pour lui. Car il y a des tutoriels pour absolument tout sur internet. Suffit de chercher.

Sa cible est donc un homme, la cinquantaine, Blake obtient sa photo, son nom, mais il décide de l'appeler Ken. Oui, comme le mari de Barbie. Un bon choix : Ken, ça ne lui concède pas tout à fait une existence.

Ken vit seul, et c'est déjà ça, se dit Blake, parce qu'un type marié, trois enfants, il voyait mal comment créer l'occasion. Reste qu'à cet âge une mort naturelle laisse peu d'options : l'accident de voiture, la fuite de gaz, la crise cardiaque, la chute accidentelle. Point. Saboter des freins, trafiquer une direction, Blake n'a pas encore le savoir-faire, pas plus qu'il ne sait se procurer du chlorure de potassium pour provoquer un arrêt cardiaque ; et l'asphyxie au gaz, il ne le sent pas non plus. Va pour la chute. Dix mille morts par an. Surtout des vieux, mais on fera avec. Et Ken a beau ne pas être un athlète, un combat est hors de question.

Ken habite un F3 au rez-de-chaussée d'un pavillon, près d'Annemasse. Pendant trois semaines, Blake ne fait qu'observer et échafauder des plans. Avec l'avance, il s'est payé une vieille camionnette Renault, il l'a aménagée de façon rudimentaire, un siège, un matelas, des batteries d'appoint pour l'éclairage, et il s'est installé sur un parking désert qui surplombe le lotissement. La vue y est plongeante sur l'appartement. Chaque jour, Ken part vers huit heures et demie, passe la frontière suisse, revient du boulot vers dix-neuf heures. Les week-ends, parfois, une femme le rejoint, une professeure de français à Bonneville, à dix bornes de là. Le mardi est le jour le plus ritualisé, le plus prévisible. Ken est de retour plus tôt, ressort aussitôt pour se rendre à la gym, revient deux heures plus tard, reste dans sa salle de bains vingt minutes environ, puis dîne devant la télé, s'attarde un peu sur l'ordinateur et se couche. Va pour le mardi soir. Il envoie un message à son client selon leur code : « Lundi, vingt heures ? » Un jour de moins, deux heures de moins. Le commanditaire aura un alibi pour le mardi à vingt-deux heures.

Une semaine avant le jour dit, Blake fait livrer une pizza chez Ken. Le livreur sonne, Ken ouvre la porte, sans hésiter, discute, étonné, avec l'employé, qui repart avec sa boîte. Blake n'a pas besoin d'en savoir plus.

Le mardi suivant, il arrive lui aussi sur le palier avec un carton à pizza, il observe un instant la rue déserte, enfile des surchaussures antidérapantes, vérifie ses gants, et il patiente un instant, afin de sonner à la porte au moment où Ken sort de la douche. Ken ouvre, en peignoir, soupire en voyant le carton à pizza dans les mains du livreur. Mais avant qu'il ait le temps de dire un mot, le carton vide tombe, et Blake écrase sur sa poitrine l'embout de deux matraques électriques. Ken tombe à genoux sous la décharge, Blake accompagne sa chute et continue d'appuyer, pendant dix secondes, jusqu'à ce que Ken ne bouge plus. Le fabricant annonçait huit millions de volts, Blake a testé sur lui avec une seule matraque, et il a failli perdre connaissance. Il traîne jusqu'à la salle de bains un Ken qui bave en gémissant, envoie une nouvelle décharge pour faire bonne mesure, et d'un mouvement unique, d'une violence ahurissante – un geste qu'il a répété dix fois avec des noix de coco –, il saisit la tête de Ken entre ses mains, la soulève en la maintenant par les tempes, la repousse de toutes ses forces : le crâne se fracasse contre l'arête du bac, un losange de carrelage se brise sous le choc. Le sang se répand aussitôt, écarlate et visqueux comme un vernis à ongles, avec sa bonne odeur de rouille chaude, la bouche reste ouverte, stupide, les yeux fixent, grands ouverts, le plafond. Blake entrouvre le peignoir : les chocs électriques n'ont laissé aucune marque.

Il arrange le corps du mieux qu'il peut, selon l'hypothétique trajectoire que lui aurait imposée la gravité après une glissade tragique.

Et là, quand il se relève, admirant son travail, une envie prodigieuse de pisser le saisit. Blake n'y aurait jamais pensé. Il faut dire que dans les films, l'assassin ne pisse pas. Le besoin est si pressant qu'il songe même à se soulager dans la cuvette, quitte à nettoyer à fond après. Mais si les flics se mettent à être un tant soit peu intelligents, ou simplement systématiques, à suivre méthodiquement la procédure, ils trouveront de l'ADN. Forcément. Enfin, c'est ce que se dit Blake. Alors, malgré sa vessie qui l'implore, il poursuit son plan en grimaçant sous le supplice. Il prend le savon, le presse fort contre le talon de Ken, écrase une trace sur le sol, et le jette dans l'axe de la glissade supposée : le savon ricoche et va se loger derrière les toilettes. Parfait. Le retrouver ravira l'enquêteur, trop heureux d'avoir résolu l'énigme. Blake règle la température de la douche au maximum, l'ouvre, oriente le jet de la pomme vers le visage et le torse du cadavre, évitant tout contact avec l'eau fumante, et sort de la salle de bains.

Blake court à la fenêtre, ferme les rideaux, inspecte une dernière fois la pièce. Rien n'indique qu'un corps a été traîné sur quelques mètres, et une eau rosée commence à inonder le plancher. L'ordinateur est allumé, sur l'écran s'affichent des images de gazons anglais et de plates-bandes fleuries. Ken avait la main verte. Blake quitte le pavillon, ôte ses gants, marche sans hâte jusqu'au scooter, garé à deux cents mètres de là. Il démarre, parcourt un kilomètre, s'arrête pour pisser, enfin. Merde, il porte encore ses surchaussures en coton noir.

Deux jours plus tard, un collègue inquiet avertira la police, qui découvrira le décès accidentel de Samuel Tadler. Blake touche le jour même le reliquat.

Tout cela s'est passé dans des temps très anciens. Depuis, Blake s'est construit deux vies. Dans l'une, il est invisible, sous vingt noms, autant de prénoms, avec les passeports qui leur correspondent, de toute nationalité, dont de vrais biométriques, oui, c'est plus facile qu'on ne le croit. Dans l'autre, sous le nom de Jo, il dirige d'assez loin une jolie entreprise parisienne de livraison à domicile de plats cuisinés végétariens, possède des filiales à Bordeaux, Lyon, et maintenant Berlin et New York. Sa collaboratrice Flora, qui est aussi sa femme, et leurs deux enfants se plaignent qu'il voyage trop souvent, et parfois trop longtemps. C'est vrai.

★

*21 mars 2021,*
*Quogue, New York State*

Ce 21 mars, Blake voyage. Il court sous la pluie fine et sur le sable humide. Longs cheveux blonds, bandana, lunettes noires, survêtement jaune et bleu, l'invisibilité bariolée du joggeur. Il est arrivé à New York dix jours plus tôt, avec un passeport australien. Son vol transatlantique a été si effroyable qu'il a vraiment cru sa dernière heure venue, que le Ciel lui réclamait vengeance pour tous ces contrats. Dans un trou d'air sans fin, sa perruque blonde a même failli quitter son crâne. Et voici neuf jours qu'il fait ses trois kilomètres de plage sous un ciel gris, à Quogue, devant les baraques à dix millions de dollars, pas moins. On a aménagé des dunes, baptisé la rue Dune Road, pour faire simple, planté des pins et des roseaux afin qu'aucune villa ne soit en vue de sa voisine, afin que chaque propriétaire ne puisse douter qu'il possède seul l'océan tout entier. Blake court, à petites foulées, sans hâte, et soudain, comme chaque jour à la même heure, face à une merveilleuse maison plate plaquée de larges lattes de séquoia, aux vastes baies vitrées, et dont la terrasse se poursuit par un escalier menant à la mer, il s'arrête. Il feint l'essoufflement, se plie en deux sous l'effet d'un point de côté imaginaire, et comme chaque jour aussi, il relève la tête et salue de la main un homme au loin, la cinquantaine un peu ronde, qui boit un café sous l'auvent, accoudé à la balustrade. Un homme plus jeune, grand, brun, cheveux courts, lui tient compagnie. Il se tient en retrait, dos au mur de planches, l'air soucieux, son regard surveille la grève. Sous sa veste, un holster invisible gonfle le tissu côté gauche. Un droitier. Aujourd'hui, pour la deuxième fois de la semaine, Blake s'approche d'eux en souriant, il remonte le sentier sablonneux, entre les genêts et les herbes basses.

D'un mouvement mesuré, Blake s'étire, bâille, prend une serviette dans son sac à dos, s'éponge le visage, puis sort une gourde, boit une longue gorgée de thé froid. Il attend que l'homme plus âgé s'adresse à lui.

— Bonjour Dan. Ça va ?

— Hi, Franck, lance Dan-Blake, qui souffle toujours, feint de grimacer sous une crampe.

— Sale temps pour courir, dit l'homme, qui s'est laissé pousser une moustache et une barbe grise depuis leur première rencontre, voici une semaine.

— Sale journée, même, répond Blake, en s'arrêtant à cinq mètres d'eux.

— J'ai pensé à vous ce matin, en voyant le cours des actions Oracle.

— Ne m'en parlez pas. Vous savez ce que je peux prédire pour les jours qui viennent, Franck ?

— Non ?

Blake replie la serviette avec soin, la range dans son sac à dos, puis il y glisse la gourde avec soin, avant de sortir vivement un pistolet. Il tire aussitôt sur l'homme plus jeune, trois fois, l'impact repousse celui-ci en arrière et il s'effondre sur un banc, puis trois fois sur Franck, ébahi, qui tressaute à peine, tombe à genoux, reste affalé contre la balustrade. Chaque fois deux impacts dans la poitrine, un au milieu du front. Six coups en une seconde, au P226 avec silencieux, les vagues ont couvert le bruit de toute façon. Un contrat de plus, sans bavure. Cent mille dollars gagnés facilement.

Blake remet le Sig Sauer dans son sac, ramasse les six douilles dans le sable, soupire en regardant le garde du corps, foudroyé. Encore une boîte qui embauche des gardiens de parking, les forme en deux mois et balance ces amateurs dans le vrai monde. Si ce pauvre type a fait son travail, il aura fait remonter à ses boss le prénom Dan, sa photo, prise d'assez loin, le nom de la société Oracle, mentionné fugitivement par Blake, et ceux-ci auront pu le rassurer, après avoir identifié un certain Dan Mitchell, sous-directeur logistique chez Oracle New Jersey, un blond aux cheveux longs qui ressemble pas mal à Blake, lequel aura tout de même épluché des dizaines d'organigrammes pour se trouver un sosie plausible parmi des milliers de visages.

Puis Blake reprend sa course. La pluie qui commence à tomber plus fort brouille la trace de ses pas. La Toyota de location est à deux cents mètres, ses plaques minéralogiques sont celles d'une voiture identique, repérée la semaine d'avant dans les rues de Brooklyn. Cinq heures plus tard, il prendra l'avion pour Londres, puis l'Eurostar pour Paris, sous une identité nouvelle. Si son vol retour est moins agité que son Paris-New York d'il y a dix jours, ce sera parfait.

Blake est devenu professionnel, il n'a plus jamais envie de pisser, pendant.

★

*Dimanche 27 juin 2021, 11 h 43,*
*Quartier latin, Paris*

Demandez à Blake, c'est dans ce bar au coin de la rue de Seine que l'on boit le meilleur café de Saint-Germain. Un bon café, Blake veut dire un vraiment bon, est un miracle né de la collaboration intime d'un excellent grain, ici un Nicaragua fraîchement torréfié, à la mouture fine, d'une eau filtrée et adoucie et d'un percolateur, dans ce cas précis un Cimbali, nettoyé chaque jour.

Depuis que Blake a ouvert son premier restaurant végétarien, rue de Buci, près de l'Odéon, il a pris ses habitudes ici. Quitte à désespérer de tout, autant le faire en terrasse à Paris. Dans le quartier, il est donc Jo, pour Jonathan, ou Joseph, ou Joshua. Même ses employés l'appellent Jo, et son nom n'apparaît nulle part, sauf sans doute dans le capital de la holding qui possède la société, inscrite au registre du commerce. Blake a toujours eu le culte du secret, ou disons du discret, et tout lui prouve chaque jour qu'il a eu raison.

Ici, Blake baisse la garde. Il fait les courses, il va chercher ses deux enfants à l'école, et même, depuis qu'ils ont pris un gérant pour chacun des quatre restaurants, Flora et lui sortent au théâtre, au cinéma. Une vie banale, où l'on peut aussi se blesser, mais simplement parce que, en accompagnant Mathilde au poney, on s'est cogné par inattention l'arcade sourcilière contre la porte du box.

L'étanchéité entre ses deux identités est totale.

Jo et Flora remboursent le crédit d'un bel appartement à deux pas du Luxembourg, Blake a acheté cash voici douze ans un deux-pièces près de la gare du Nord, dans un bel immeuble de la rue La Fayette, aux portes et fenêtres aussi blindées que les parois d'un coffre-fort. Un locataire officiel paie son loyer, et son nom change tous les ans, d'autant plus facilement qu'il n'existe pas. On n'est jamais trop prudent.

Blake boit donc son café, sans sucre ni inquiétude. Il lit le livre conseillé par Flora ; il n'a pas avoué à sa femme qu'il a reconnu l'auteur dans le Paris-New York de mars dernier. Il est midi, Flora a emmené Quentin et Mathilde chez ses parents. Il sèche le déjeuner, car ce matin même, il a fixé un rendez-vous à quinze heures : un contrat, reçu la veille au soir. Une affaire simple, bien payée, le client a l'air très pressé. Il doit juste repasser rue La Fayette, pour se changer, comme il le fait toujours. À trente mètres de lui, un homme à capuche l'observe, le visage fermé.

## VICTOR MIESEL

Victor Miesel ne manque pas de charme. Son visage longtemps anguleux s'est adouci avec les années, et ses cheveux drus, son nez romain, sa peau mate peuvent évoquer Kafka, un Kafka vigoureux qui serait parvenu à dépasser la quarantaine. Son grand corps est long, encore mince bien que la sédentarité inhérente à son métier l'ait quelque peu empâté.

Car Victor écrit. Hélas, en dépit de la bonne réception critique de deux romans, *Les montagnes viendront nous trouver* et *Des échecs qui ont raté*, malgré un prix littéraire très parisien, mais de ceux dont la bande rouge ne provoque aucune ruée, jamais ses ventes n'ont dépassé les quelques milliers d'exemplaires. Il s'est persuadé que rien n'est moins tragique, qu'une désillusion est le contraire d'un échec.

À quarante-trois ans, dont quinze passés dans l'écriture, le petit monde de la littérature lui paraît un train burlesque où des escrocs sans ticket s'installent tapageusement en première avec la complicité de contrôleurs incapables, tandis que restent sur le quai de modestes génies – espèce en voie de disparition à laquelle Miesel n'estime pas appartenir. Pourtant il ne s'est pas aigri ; il a fini par ne plus s'en soucier, accepte de rester assis dans des salons du livre pour n'y signer que quatre ouvrages en autant d'heures ; lorsqu'un confraternel insuccès laisse à son voisin de table des loisirs, ils devisent agréablement. Miesel, qui peut sembler absent et distant, a la réputation d'un homme d'humour, malgré tout. Mais un homme d'humour digne de ce nom ne l'est-il pas toujours « malgré tout » ?

Miesel tire ses revenus de traductions. De l'anglais, du russe et du polonais, langue que sa grand-mère lui a parlée durant son enfance. Il a traduit Vladimir Odoïewski, Nikolaï Leskov, des auteurs de l'avant-dernier siècle que plus grand monde ne lit. Il lui est aussi arrivé de faire n'importe quoi, comme – à la demande d'un festival – d'adapter *En attendant Godot* en klingon, cette langue des cruels extraterrestres dans *Star Trek*. Pour garder bonne figure auprès de son banquier, Victor traduit aussi des best-sellers anglo-saxons divertissants, qui donnent à la littérature un statut d'art mineur pour des mineurs. Sa profession lui a ouvert la porte d'éditeurs réputés, sinon puissants, sans que ses propres manuscrits d'auteur en franchissent pour autant le seuil.

Miesel a sa superstition : sa poche de jean renferme toujours une brique de lego, la plus commune, la deux fois quatre plots, rouge vif. Elle vient du mur d'enceinte du château fort que son père et lui bâtissaient dans sa chambre d'enfant. Il y eut l'accident, au chantier, et la maquette demeura inachevée, près de son lit. Le garçon observait souvent, silencieux, les créneaux, le pont-levis, les figurines, le donjon. Poursuivre seul la construction de l'édifice aurait signifié accepter la mort, autant que le démanteler. Un jour, il a décroché une brique de la muraille, l'a glissée dans sa poche, et il a démonté le château fort. C'était il y a trente-quatre ans. Deux fois, Victor a perdu la brique et, deux fois, il en a récupéré une autre, identique. D'abord dans la douleur, puis sans état d'âme. À la mort de sa mère, l'année dernière, il a glissé la brique dans son cercueil, et l'a aussitôt remplacée. Ce petit parallélépipède rouge n'est pas son père, seulement le souvenir d'un souvenir, l'étendard de la filiation et de la fidélité.

Miesel n'a pas d'enfant. Sentimentalement, il vole d'échec en échec avec un enthousiasme intact. Trop souvent distant, il ne convainc pas, et il n'a jamais rencontré la femme avec qui traverser un long moment de vie. Ou peut-être choisit-il ses compagnes de manière à être certain de ne jamais y parvenir.

C'est mentir : *la* femme, il l'a croisée voici quatre ans, aux Assises de la traduction d'Arles : lors d'une rencontre où il expliquait comment « traduire l'humour chez Gontcharov », elle était au premier rang. Il avait tenté de ne pas regarder qu'elle. Parce qu'un éditeur l'avait retenu – Et si vous traduisiez pour nous la féministe russe Lioubov Gourevitch ? Qu'en dites-vous ? Formidable, non ? –, Victor n'avait pas pu s'éclipser. Mais deux heures plus tard, dans la queue patiente qui menait aux desserts, elle se tenait derrière lui, souriante. La vérité, avec l'amour, c'est que le cœur sait tout de suite et il le crie. Bien sûr, on ne va pas déclarer à la personne qu'on l'aime, comme ça, de but en blanc. Elle ne comprendrait pas. Alors, histoire de se cacher qu'on est déjà son otage, on lui fait la conversation.

Parvenu à l'ultime étape des mi-cuits au chocolat, Victor se retourna et l'aborda. Il lui demanda, en bafouillant, comment traduire « crème anglaise » en anglais, puisque *french cream* est la chantilly. Oui, désolé, il n'avait rien trouvé de mieux. Elle avait ri, poliment, avait répondu *Ascot cream* d'une voix rauque qui lui avait paru féerique, et elle était retournée à sa table rejoindre des amies. Il lui fallut du temps pour réaliser qu'Ascot, comme Chantilly, était un hippodrome, mais anglais.

Ils avaient échangé des regards qu'il avait voulu lire complices, il s'était rendu au bar, ostensiblement, dans l'espoir qu'elle l'y rejoigne, mais elle était happée par une discussion. S'étant trouvé aussi sot qu'un adolescent, il était rentré à son hôtel. Il ne la retrouva pas parmi les photos des intervenants, mais il ne doutait pas de la croiser à nouveau, et toute la matinée, il visita les ateliers, sous différents prétextes. En vain. Elle n'était pas non plus à la fête de clôture des Assises. Elle s'était évaporée. Lors du dernier petit déjeuner à l'hôtel, il la décrivit à un ami de l'organisation, mais « petite », « brune » et « fascinante » n'ont jamais défini grand monde.

Deux années de suite, Victor est revenu aux Assises, et s'il veut bien regarder les choses en face, c'était pour la croiser. Depuis – faute professionnelle grave –, il glisse dans ses traductions de courts passages évoquant l'hippodrome d'Ascot ou la crème anglaise. Et c'est avec le recueil d'articles de Gourevitch qu'il a commencé ce méfait : dans le texte d'ouverture, « Почему нужно дать женщинам все права и свободу », « Pourquoi on doit donner aux femmes tous les droits et la liberté », il a introduit la phrase : « La liberté n'est pas une crème anglaise sur un cake au chocolat, c'est un droit. » C'était discret, et qui sait ? Après tout, elle s'intéressait bien à Gontcharov. Mais non. Si elle a lu le livre, elle n'a pas remarqué l'ajout, l'éditeur non plus, et aucun lecteur, d'ailleurs. Victor a laissé passer la vie et c'est à désespérer.

Au début de l'année, un organisme franco-américain financé par les services culturels de l'ambassade de France lui décerne un prix de traduction pour un de ces thrillers qui le nourrissent. Début mars, il part le recevoir aux États-Unis, et l'avion entre dans de monstrueuses turbulences. Durant un temps interminable, la tempête tord l'appareil en tous sens. Le commandant tient des propos lénifiants, mais nul dans la cabine ne doute, et Miesel moins encore que les autres, qu'ils vont s'abîmer en mer, se fracasser contre le mur d'eau. Quelques longues minutes, il résiste, s'accroche au fauteuil, tend ses muscles pour ne pas subir chaque secousse. Son regard évite le hublot, qui donne sur une nuit de grêle. Alors, à quelques rangées devant lui, non loin d'un blond à capuche assoupi que rien ne semble pouvoir réveiller, il voit cette femme. S'il l'avait remarquée lors de l'embarquement, il n'aurait su détacher son regard d'elle. Sans lui ressembler tout à fait, elle lui rappelle cruellement son Arlésienne disparue. À sa fragilité, à la finesse de ses traits, au grain de sa peau, à son corps gracile, on croirait une toute jeune fille, mais des rides minuscules autour des yeux disent la trentaine. Les plaquettes de ses lunettes d'écaille lui dessinent sur le nez d'éphémères ailes de mouche. Elle sourit parfois à son voisin, un homme, plus âgé qu'elle, son père peut-être, et les soubresauts de l'appareil semblent les amuser, à moins que feindre la désinvolture ne les rassure.

Mais l'appareil tombe dans un nouveau trou d'air, et soudain, quelque chose se brise en Victor, il ferme les yeux et se laisse ballotter en tous sens, sans tenter de retenir son corps. Il est devenu une de ces souris de laboratoire qui, soumises à un violent stress, cessent de lutter et se résignent à mourir.

Enfin, après un temps interminable, l'appareil échappe à l'orage. Mais Miesel reste prostré, englué dans une terrible impression d'irréalité. La vie reprend autour de lui, des gens rient, pleurent, mais il contemple tout cela derrière une vitre trouble. Le commandant interdit à quiconque de se détacher jusqu'à l'atterrissage, mais Miesel, vidé de toute énergie, ne pourrait de toute façon s'extraire de son fauteuil. Sitôt les portes de l'avion ouvertes, les passagers se précipitent, impatients de fuir l'appareil, mais tandis que l'avion se vide, Miesel demeure assis sur son siège, près du hublot. Une hôtesse lui tapote l'épaule, il consent à se lever. Alors, il repense à la jeune femme, avec plus d'intensité encore. Il pressent qu'elle seule saurait l'arracher à ce gouffre d'inexistence, il la cherche des yeux mais elle est hors de vue, et il ne la retrouve pas non plus dans la queue du passage de l'immigration.

Le responsable du bureau du livre vient le chercher à l'aéroport, et témoigne de la sollicitude à ce traducteur mutique et désorienté.

— Vous êtes certain que ça va aller, monsieur Miesel ?

— Oui. Nous avons failli mourir, je crois. Mais je vais bien.

Le ton monocorde inquiète l'homme du consulat. Ils n'échangent plus une parole jusqu'à l'hôtel. Lorsque le lendemain en fin d'après-midi, il y revient chercher Miesel, il comprend que le traducteur n'a pas quitté sa chambre de la journée, ni même mangé. Il doit insister pour qu'il se douche, s'habille. La réception se fait à la librairie Albertine, sur la Cinquième Avenue, face à Central Park. Au moment opportun, sur un geste pressant de l'attaché culturel, Miesel sort de sa poche le discours de remerciement écrit à Paris, puis, d'une voix blanche, affirme que le rôle du traducteur est de « libérer en le transposant le pur langage captif dans l'œuvre », il déclame sans force tout le bien qu'il ne pense pas de l'autrice américaine, une grande femme blonde mal maquillée qui sourit à son côté, et il se tait, abruptement. Devant le malaise qui s'installe, l'écrivaine s'empare du micro pour le remercier vivement, et affirmer que sa saga fantastique connaîtra deux nouveaux volumes. Puis vient le moment du cocktail ; Miesel affiche un air absent.

« Merde, vu ce que ce genre de festivités nous coûte, il pourrait faire un petit effort », grommelle en aparté le conseiller culturel. Le conseiller au livre défend vaguement Miesel, lequel reprend l'avion le lendemain matin.

Arrivé à Paris, il se met à écrire, comme sous la dictée, et la mécanique incontrôlable de cette écriture même le plonge dans un abîme d'angoisse. Ce livre aura pour titre *L'Anomalie*, et ce sera le septième de l'écrivain.

« De ma vie, je n'ai pas fait un geste. Je sais que de tout temps ce sont les gestes qui m'ont fabriqué, qu'aucun mouvement ne s'est accompli sous mon contrôle. Mon corps s'est contenté de s'animer entre des lignes que je n'ai pas tracées. Il y a de l'outrecuidance à laisser entendre que nous sommes maîtres dans l'espace, quand nous ne faisons que suivre les courbes de moindre force. Limite des limites. Aucun envol, jamais, ne dépliera notre ciel. »

En quelques semaines, un Victor Miesel graphomane remplit une centaine de pages de cet acabit, fluctuant entre lyrisme et métaphysique : « L'huître qui éprouve la perle sait qu'il n'est de conscience que douleur, elle n'est même que le plaisir de la douleur. [...] La fraîcheur de l'oreiller me renvoie chaque fois à la vaine température de mon sang. Si je frissonne de froid, c'est que ma fourrure de solitude ne parvient pas à réchauffer le monde. »

Les derniers jours, il ne sort plus de chez lui. L'ultime paragraphe à sa maison d'édition dit combien cette expérience de déréalisation confine à l'insurmontable : « Je n'ai jamais su en quoi le monde serait différent si je n'avais pas existé, ni vers quels rivages je l'aurais déplacé si j'avais existé plus intensément, et je ne vois pas en quoi ma disparition altérera son mouvement. Me voici, marchant sur le chemin dont les pierres absentes m'emmènent vers nulle part. Je deviens le point où la vie et la mort s'unissent au point de se confondre, où le masque du vivant s'apaise dans le visage du défunt. Ce matin, par temps clair, je vois jusqu'à moi, et je suis comme tout le monde. Je ne mets pas fin à mon existence, je donne vie à de l'immortalité. En vain, enfin, j'écris une dernière phrase qui ne vise pas à différer le moment. »

Ayant posé ces mots, envoyé le fichier à son éditrice, Victor Miesel, envahi par une angoisse intense sur laquelle il ne parvient pas à mettre un nom, enjambe le balcon, en tombe. Ou bien s'en jette. Il ne laisse aucune lettre, mais tout le texte le mène à ce geste ultime.

« Je ne mets pas fin à mon existence, je donne vie à de l'immortalité. »

On est le 22 avril 2021, il est midi.

# LUCIE

*Lundi 28 juin 2021,*
*Ménilmontant, Paris*

Dans la pénombre du petit matin, un homme au visage anguleux pousse en silence une porte de chambre, son regard fatigué fixe un lit qu'on devine à peine, une femme y dort. Le plan dure trois secondes, mais Lucie Bogaert ne l'aime pas. Trop lumineux, trop dispersé, trop statique. Le directeur de la photo devait sommeiller. Elle note qu'aux effets spé ils devront jouer sur le gamma, le contraste, flouter un tableau trop présent en arrière-plan. Elle recadre légèrement autour du visage de Vincent Cassel, crée un léger zoom sur lui, ralentit le plan de quelques images pour lui donner un peu de rythme. Cela lui prend une minute. Voilà. C'est tellement mieux. C'est pour cette attention aux détails, cet instinct filmique, qu'elle est devenue la monteuse favorite de tant de réalisateurs.

Il est tôt, cinq heures du matin, Louis dort.

Dans deux heures, elle le réveillera, *to wake, woke, woken*, elle préparera le petit déjeuner, *to eat, ate, eaten* et oui, elle reverra avec lui les verbes irréguliers anglais, au programme de sa cinquième. Mais pour l'instant, Lucie remonte en urgence cette scène d'intérieur d'un Maïwenn qu'elles doivent revoir ensemble avant midi. La nuque douloureuse, les yeux asséchés, elle se lève. Le grand miroir sur la cheminée reflète l'image d'une femme petite et mince, aux formes aériennes de jeune fille, à la peau pâle, aux traits fins, aux cheveux bruns coupés court. Elle porte sur son fin nez grec de grandes lunettes en écaille, qui lui donnent un air d'étudiante. Elle marche jusqu'à la fenêtre du salon. Lorsqu'elle se sent débordée par la vacuité, c'est toujours à cette vitre froide qu'elle va poser son front. Ménilmontant dort, mais la ville l'aspire. Ce qu'elle voudrait, c'est abandonner son corps et se fondre avec tout ce qui est dehors.

Un ding assourdi l'alerte d'un mail. Elle lit le prénom d'André et soupire. Elle est en colère, moins parce qu'il insiste que parce qu'il sait qu'il ne devrait pas insister et qu'il ne peut s'en empêcher. Comment peut-il être aussi intelligent et aussi fragile à la fois ? Mais l'amour, c'est ne pas pouvoir empêcher le cœur de piétiner l'intelligence.

Elle a fait la connaissance d'André trois ans plus tôt, lors d'une soirée chez des amis cinéastes. Elle était arrivée tard, et un homme, sur le point de partir, était resté. On s'était moqué de lui, Ah, bien entendu, la jolie Lucie arrive et André n'est plus pressé de rentrer… C'était donc lui, l'André Vannier de Vannier & Edelman, cet architecte dont on lui avait parlé. Un homme grand, mince, qui paraissait la cinquantaine mais qu'on pouvait imaginer plus âgé. Il avait de longues mains, des yeux à la fois tristes et gais, qui avaient su garder l'impérissable de la jeunesse. Elle avait tout de suite senti que dès qu'elle parlait, elle le captivait, et elle avait aimé qu'il soit son captif.

Ils s'étaient revus peu après. Il lui avait fait une cour discrète, et elle avait compris qu'il craignait moins le ridicule que de l'embarrasser. Elle l'avait d'abord éconduit, avec délicatesse. Mais ils avaient pourtant continué à se retrouver, régulièrement, chaque fois il s'était montré prévenant, drôle, attentif. Elle devinait qu'il n'était pas fier de sa vie de célibataire, un sujet dont il se détournait chaque fois, elle soupçonnait un cortège de maîtresses et bien peu de magie.

Un soir de printemps, il l'invite chez lui pour un dîner. Elle s'étonne de l'éclectisme de ses amis : une peintre très conceptuelle, un chirurgien anglais de passage, une journaliste au *Monde*, un bibliothécaire assez porté sur l'alcool, et même un certain Armand Mélois, homme exquis et raffiné qui – elle l'apprend au cours du repas – dirige le contre-espionnage français. Lucie découvre aussi un vaste appartement haussmannien aux meubles sobres, où le bois et l'industriel dominent, encombré de livres, des romans, loin des univers dépouillés et froids qu'on prête aux architectes. Et sur une étagère, une statue en plâtre de Mickey

Mouse, aux couleurs vives. Elle saisit la figurine entre ses doigts, la manipule, étonnée. André s'approche d'elle :

— Elle est hideuse, n'est-ce pas ?

Lucie sourit.

— Je l'ai achetée pour que quelque chose, chez moi, résiste à l'accoutumance. On ne s'habitue pas au laid. C'est de la vie. De la vie moche, mais de la vie.

Toute la soirée, le regard de Lucie revient, aimanté, vers cet affreux Mickey Mouse. Et soudain, sans qu'elle sache pourquoi, la souris de Walt Disney lui parle, elle lui dit qu'avec cet homme-là, un bonheur est possible.

Elle lui présente Louis. André est sans calcul : il aime aussitôt ce garçon vif et drôle qui va entrer dans l'adolescence, et il ne cherche pas à s'en faire un allié. Mais il n'est pas dupe : dans ce combat pour le cœur de Lucie, il n'a nul besoin d'un ennemi.

Un jour, après un déjeuner, alors qu'elle et lui se disent au revoir, elle fait un pas pour traverser la rue et André la tire violemment par le bras en arrière. Un camion passe en trombe devant elle. Son épaule la fait souffrir, mais elle a vraiment failli mourir. Toute couleur a quitté le visage d'André. Ils restent un instant côte à côte, les sons de la ville paraissent exacerbés. Il respire vite, elle aussi, et dans un souffle, il la serre contre lui et dit :

— Je t'ai fait mal, pardon, j'ai eu peur, j'ai cru que… Je t'aime tellement.

Et il recule, effrayé de cette phrase échappée, balbutie encore un pardon et s'en va. Elle le regarde s'éloigner, et pour la première fois, elle s'aperçoit qu'il marche vite, droit, qu'il est encore si jeune. Bouleversée, elle mettra quinze jours à le recontacter, et lorsqu'ils se reverront, il n'en reparlera pas.

Mais il l'a dit. Je t'aime. Lucie se méfie de la phrase. Il est trop tôt pour qu'elle l'entende encore. Elle a aimé un autre homme, qui utilisait trop et mal ce verbe mensonger, qui l'a humiliée, maltraitée, disparaissant pour revenir et disparaître encore. Elle voudrait dire à André qu'elle est lasse de tous ces hommes qui la désirent pour sa peau douce, ses jambes fines, ses lèvres pâles, ce qu'ils appellent sa beauté, cette promesse du bonheur, et qui ne voient plus en elle que cela. Lasse de ceux qui l'abordent en chasseurs, de ceux qui rêvent de la suspendre au mur comme un trophée. Elle mérite mieux qu'une convoitise impulsive, elle ne veut plus qu'on se joue d'elle. Elle voudrait lui dire que c'est pourquoi, peu à peu, elle est allée vers lui, que c'est pourquoi elle est là. Pour ce temps qu'il lui a accordé, pour la douceur qu'elle pressent en lui, pour son respect, aussi. Elle voudrait pouvoir ne pas le maintenir dans ce statut de vieil amoureux silencieux, savoir être tranchante, ou alors lui céder pleinement, lâcher prise. Elle se contente d'avoir honte d'être dure, parfois cruelle, en résistant à l'attirance croissante qu'elle a pour lui.

Un hiver passe encore, et voilà un peu plus de

quatre mois, à l'issue d'un dîner chez Kim, ce petit restaurant coréen du Marais où ils ont pris leurs habitudes, il lui redit : « Tu sais, Lucie, je tiens à toi, et je sais tout ce qui se dresse entre nous, contre nous. Mais si tu veux un jour de moi comme compagnon, pour le temps que tu voudras, ce sera à toi de faire le premier pas… » Le regard qu'il lui porte à cet instant n'a pas d'âge, elle est troublée, elle sourit, et elle a beau savoir qu'elle devrait se donner encore du temps, elle a peur qu'il ne se lasse de cette attente vaine. Elle décide de saisir par sa touffe de cheveux roux le petit Kairos, ce dieu grec joueur du moment propice. Tout son être la conduit à s'asseoir sur la banquette à côté de lui, et elle l'embrasse, tendrement. Aucune comédie romantique à l'anglaise n'eût osé plus belle première scène. Elle ne regrette rien.

Dès cet instant un peu prodigieux, André et elle ne se quittent plus.

André devait partir à New York pour le chantier du Silver Ring quinze jours plus tard, début mars ; elle finissait le montage du dernier von Trotta au même moment et n'avait rien de prévu avant le Maïwenn dans plus d'un mois. Il lui avait proposé d'y aller ensemble : ils auraient du temps, ils iraient présenter leurs respects aux canards de Central Park, rendre visite aux Klee du Guggenheim, et même assister à une comédie musicale à Broadway. Elle avait accepté sans hésiter, à condition qu'il lui montre aussi son chantier. C'était sa façon de lui dire qu'elle voulait « faire partie ». En rentrant chez elle, elle avait préparé joyeusement et à l'avance sa valise, J'emmène quoi comme livres, le Coetzee, tiens, et aussi, hop, un Pléiade Romain Gary, ce n'est pas si lourd, et cette robe noire, oui, elle me va si bien, cette jupe-là est trop courte, mais je mettrai des collants, il fait si froid début mars, et elle s'était réjouie de tant de frivolité retrouvée. Louis avait accepté d'être confié à sa grand-mère pour quelque temps.

Le vol avait été turbulent, effrayant même. Alors que l'avion menaçait de se casser en deux, que la peur allait lui faire perdre tout contrôle d'elle-même, André n'avait cessé de lui parler, en souriant. Elle avait aimé New York, qu'elle connaissait bien moins que lui. Ils devaient rester huit jours, ç'avait été quinze. Chez un coiffeur trop dispendieux de l'East Village, elle avait fait couper ses longs cheveux bruns, très court. « Jamais je n'aurais osé avant, tu sais. J'inaugure une nouvelle vie. » C'était bien sûr le pire des clichés, mais elle avait su gré à André de ne pas le relever. Elle sentait combien il la rassurait, combien ils pouvaient, oui, s'aimer.

Et puis, ils reviennent à Paris, et tout, lentement, va s'abîmer. Peu à peu, face à l'exaltation d'André, à ces bras qui veulent l'enserrer, à ces baisers qu'il lui inflige à tout instant, devant ces amis à qui il veut « absolument la présenter », comme le butin d'une bataille qu'il aurait gagnée, elle recule. Pourquoi les chats qui attrapent les souris refusent-ils de les laisser vivre ? Elle n'était pas disposée à un tel envahissement ; elle aurait voulu moins d'impératifs, un engagement plus lent et plus serein. L'avidité de ses mains d'homme l'effraie, leur convoitise oppressante interdit à son propre désir de naître. Lui ne veut pas comprendre, et cette fragilité qu'André masquait si bien devient tangible, et non, elle ne veut pas devoir le rassurer, non, elle n'a pas à se plier à son appétit tyrannique, elle n'a pas à contenter son narcissisme blessé, fût-ce par l'âge, elle n'a pas non plus à supporter ce regard de chiot de chenil qui pleurniche des Prends-moi, prends-moi. Pourquoi se refuse-t-il à voir qu'il la piège dans ses bras, dans son lit ? Pourquoi faut-il qu'elle se sente coupable de se refuser à lui, quand c'est bien la dernière chose qu'elle veut, avoir le moindre devoir ?

Et puis, début juin, il y a cet ultime dîner, ce dîner où André veut la reconquérir quand tout a déjà fichu le camp, et il insiste pour que ce soit de nouveau chez Kim, comme si le décor déjà vieillot, mi-zen mi-Gangnam Style, pouvait exercer sur elle un pouvoir magique, et il parle, parle, devant sa *beosut cream pasta* qui refroidit, n'écoutant que lui, s'abandonnant à son goût immodéré des mots, et chaque jolie phrase rend ces adieux plus laids encore. Elle le regarde, il lui prend la main, qu'elle lui abandonne, et elle n'a envie que d'être ailleurs, le froid s'installe dans son cœur, elle sourit sans colère à ce charmant monsieur de nouveau vieux, mais pourquoi ne voit-il pas qu'elle est déjà partie ? Peut-être n'avait-elle pas assez d'énergie, ou simplement d'amour – Dieu qu'elle déteste ce mot.

André aura malgré tout joué son rôle de pommade, le temps de sa cicatrisation, une espèce d'onguent à l'odeur finalement bien pénible, et rance, maintenant que la plaie a guéri… Mais non, elle a tort, pourquoi relire leur si beau commencement à l'aune amère de leur fin ? Ce n'est pas elle qui s'est jouée de lui, c'est lui et lui seul qui n'a pas su être à la hauteur de leurs propres espoirs.

Elle insiste pour partager l'addition, afin de lui signifier par tous les moyens possibles qu'il y a désormais lui et elle, et plus aucun nous. Alors, il lui tend un petit livre : *L'Anomalie*, de Victør Miesel. Le nom lui évoque quelque chose.

— Tiens, ça te plaira…

Elle l'ouvre au hasard et tombe sur la phrase : « L'espoir nous fait patienter sur le palier du bonheur. Obtenons ce que nous espérions, et nous entrons dans l'antichambre du malheur. » Mon Dieu, des métaphores, ça commence mal. Un peu plus loin : « La séduction a toujours été un savoir-faire commun, la rupture un art majeur. » Elle est donc une artiste. Va pour l'art majeur.

Elle accepte le cadeau et s'en va.

C'était il y a trois semaines, bien avant le départ d'André pour Mumbai, pour cette fichue Soyara ou Suyara Tower dont il lui a vanté l'élégance alors qu'elle ne s'intéresse déjà plus à rien de ce qu'il construit.

Sur l'écran, le mail qu'il a envoyé hier s'affiche toujours en bleu et en gras.

Elle finit par l'ouvrir. Pas une phrase qui ne lui semble bavarde, creuse, ridicule. Rien ne la touche, mais sans doute n'est-il rien qui aurait pu l'atteindre. « J'aurais voulu faire, avec toi, le plus long chemin possible, et même le plus long des chemins possibles. » Des banalités. « Je ne saurai pas si tu aurais fini par aimer mon regard, amoureux et désirant, posé sur toi. » Elle lève les yeux au ciel. Et enfin cette pathétique dénégation : « Je n'attends pas de réponse. »

De toute façon, répondre, Lucie n'y songe pas.

Soudain le téléphone bourdonne, un numéro masqué. Comment peut-il oser, un lundi matin, au cœur de la nuit, avec Louis qui dort dans sa chambre ? Lucie décroche, furieuse, pour que cesse la sonnerie. Mais c'est une voix de femme :

— Lucie Bogaert ?

— Oui, répond Lucie à voix basse.

— Commissaire Maupas. Police nationale.

— Mais… Vous devez vous tromper.

— Vous êtes bien née le 22 janvier 1989 à Montreuil ?

— Oui.

— Bien. Nous arrivons sur votre palier. Laissez-nous entrer, s'il vous plaît.

— Mais pourquoi ? Vous allez réveiller mon fils.

— Nous allons vous expliquer. Nous avons un mandat d'amener, je le glisse en ce moment sous votre porte. Ouvrez, s'il vous plaît.

## DAVID

*29 mai 2021,*
*Troisième Avenue, New York*

Le ficus a soif. Ses feuilles brunes s'enroulent dans leur sécheresse, des branches sont déjà mortes, il incarne dans son pot de plastique la désolation même, si tant est que le verbe incarner convienne à une plante verte. Si on ne l'arrose pas bientôt, se dit David, il va mourir. En toute logique, on doit pouvoir trouver quelque part sur la ligne continue du temps un point de non-retour, un moment de basculement irrémédiable à partir duquel plus rien ni personne ne saura sauver le ficus. Jeudi à 17 h 35, quelqu'un l'arrosera et l'arbre survivra, jeudi à 17 h 36, n'importe qui se pointera avec une bouteille d'eau et ce sera Non, mon chou, c'est gentil, il y a trente secondes, je ne dis pas, peut-être, mais là, qu'est-ce que tu crois, la seule cellule qui pouvait relancer la machine, l'ultime vaillante eucaryote qui aurait su réveiller ses voisines, leur crier Allez les filles, on se remotive, on réagit, on se regonfle, on ne se laisse pas aller, eh bien la dernière des dernières vient de nous quitter, alors tu arrives trop tard, avec ta minable petite bouteille, ciao, ciao. Oui, quelque part sur la ligne du temps.

— David ?

Une voix masculine et douce tire David hors de sa rêverie végétale et existentielle. Il se lève et serre dans ses bras un homme grand, la cinquantaine, à peine plus âgé que lui et pourtant aux cheveux déjà blancs, un homme qui lui ressemble, comme il se doit de celui avec qui l'on possède une bonne partie d'ADN commun.

— Salut, Paul.

— Ça va, David ? Jody ne t'a pas accompagné ?

— Elle nous rejoindra dès que possible. Elle donne son cours à l'institut Goethe, je n'ai pas voulu qu'elle le reporte.

— D'accord.

David suit son frère dans le cabinet. Un bureau français Empire, des bibliothèques en chêne, des appliques en cristal Art nouveau, des rideaux carmin de velours épais, et par la fenêtre une splendide vue sur Lexington Street avec, juste en face, au coin de la Troisième Avenue, l'entrée de leur club de squash du vendredi. La pièce dissimule plutôt bien ce qu'elle est. Le cabinet d'un oncologiste, un des meilleurs.

— Tu veux un café, David ? Un thé ?

— Café.

Paul glisse une capsule dans le percolateur, pose une élégante tasse italienne sous la goulette, trouve le moyen d'éviter quelques secondes encore le regard de son frère. Il devine que David, en l'entendant prononcer son prénom trop de fois, a compris. Dans les films de guerre, lorsqu'un soldat pisse le sang et que le sergent lui dit Ça va aller, Jim, tu vas t'en tirer, Jim, ce n'est jamais bon signe. La rhétorique bienveillante, l'expresso italien avec sa mousse onctueuse, cette façon de repousser sans cesse le moment de parler, tout ça annonce le pire.

— Tiens.

David hoche la tête, accepte la tasse machinalement, la pose aussitôt sur le bureau.

— Vas-y. Je suis prêt.

— Bien. Tu te souviens, David, hier, pendant l'écho-endoscopie, on a fait une biopsie… J'ai reçu les résultats.

Paul écarte la tasse, sort des clichés d'une enveloppe, les dispose sur le bureau face à son frère.

— C'est ce que je craignais. La tumeur que tu as sur la queue du pancréas, à l'opposé de l'intestin grêle, ici, est une tumeur maligne. Cancéreuse. Et la tumeur n'a pas seulement envahi les vaisseaux sanguins et les ganglions voisins, il y a des métastases au foie et à l'intestin grêle. Cliniquement, tu en es au stade 4.

— Stade 4. Autrement dit ?

— Il est trop avancé pour qu'on puisse envisager une pancréatectomie distale, c'est-à-dire retirer le pancréas et la rate.

David accuse le coup. Il respire mal. Paul avait préparé un verre d'eau, il lui tend. Son frère lève les yeux vers lui. C'est parce que Paul a remarqué dans le blanc oculaire ce jaune malsain et caractéristique qu'il a exigé des examens. David inspire profondément, et demande :

— Pronostic ?

— Comme on ne peut plus opérer, on va faire à la fois une chimio et une radiothérapie pour réduire la taille de la tumeur.

— Pronostic, Paul ? répète David.

— Comment le formuler ? C'est une saleté.

— Ce qui veut dire ? Mes chances ?

— À cinq ans, 20 % de chances de survie, voilà, c'est ce que disent les probabilités. Mais ça ne veut rien dire, les proba. On va essayer de faire bien mieux qu'elles. Je t'ai pris un rendez-vous chez Saul pour que tu aies un deuxième avis. C'est le meilleur. Il te prend en urgence, il peut te recevoir dès demain, je lui ai déjà transmis les résultats d'analyse et ton IRM.

— Ce n'est pas la peine, Paul. Je te crois. On va faire comme tu dis. On commence quand ?

— Dès que tu peux. Désormais, tu es en congé, pour trois mois au moins. Avertis ta compagnie maintenant. Tu as une bonne couverture médicale ?

— Je pense. Je n'ai jamais eu l'occasion de vérifier. Mais oui, sûrement.

David se lève, marche quelques pas. Il tremble de colère, mais est-ce de la colère ? Tout son corps se refuse à rester impavide. Seigneur, pourquoi revient-on toujours sur les semaines d'avant, pourquoi ne peut-on s'empêcher de vouloir mesurer l'ampleur de son propre aveuglement ? Et tous ces jours vécus dans l'insouciance, dans ce dernier bonheur de l'ignorance, à dîner, à raconter des blagues, à emmener les gosses au cinéma, à faire l'amour avec Jody, à jouer au squash avec Paul, alors que peut-être, il aurait suffi d'un scanner il y a quoi, trois mois, pour établir le diagnostic, et, peut-être, être sauvé. David se demande si quelque chose en lui avait deviné, et si ce quelque chose n'avait pourtant pas voulu savoir.

— Ça s'est déclenché quand ?

— Je ne sais pas, David. C'est impossible à dire. La tumeur est peut-être là depuis un an, deux mois. Personne ne peut savoir. Tous les cancers du pancréas sont différents.

— On n'aurait pas pu intervenir, il y a deux mois ? Après ce Paris-New York infernal où la grêle a massacré mon avion, j'étais déjà un peu fatigué, tu te souviens ? Je pissais très foncé, aussi. Et je n'avais pas le temps de faire des examens.

— Je ne sais pas. Ce dont je suis certain, c'est qu'il faut se concentrer sur ce qu'on peut faire maintenant, et on peut encore beaucoup.

— Il y a de nouveaux traitements ? Des médicaments ?

— Oui, on va essayer tout ce qui existe, et aussi, si tu veux, les molécules encore expérimentales, des trucs révolutionnaires pas encore sur le marché, je te le jure.

Paul ment, parce que c'est mieux que Mais non, David, il n'y a rien de nouveau, c'est une saloperie, je te le redis, on ne sait pas faire, que dalle, on n'a pas découvert de remède miracle, on ne sait même pas pourquoi, selon le patient, tel protocole marche mieux que tel autre.

— C'est un cancer douloureux, n'est-ce pas ?

— Je t'assure qu'on fera tout pour que la souffrance soit minimale, pendant tout le traitement. Bien sûr, il y aura des effets indésirables. Forcément. On n'a rien sans rien.

Indésirables. Tu parles. Oui, mon frangin, oui, tu vas vomir tes tripes, te vider par tous les bouts, tu vas perdre tes cheveux, et tes sourcils, et vingt kilos aussi, et après quoi ? Tout ça pour gagner quoi, peut-être deux, trois mois de sursis, 20 % de chances de survie à cinq ans, 20 % oui mais pas à ton stade, mon petit frère, toi c'est une chance sur dix même pas, merde, c'est injuste, dégueulasse… Paul tire son fauteuil, il s'installe à côté de David, qui ne bouge plus, tétanisé, éteint, Paul pose sa main sur le bras du frère déjà absent, il espère que ce geste va calmer la panique glacée qui l'envahit, et il voudrait aussi que sa seule main posée aspire les ténèbres et les détruise, parce que c'est comme ça, c'est dingue, mais des années de pratique et des centaines de patients perdus n'empêchent pas encore et toujours que surgisse la pensée magique, même au fond du cerveau le plus rationnel, et aussi, soudain, ça lui revient maintenant, pourquoi maintenant ? les fous rires des parties de bowling à Peoria, quand David tirait n'importe comment et se faisait le strike tout de même, quel cul bordé de nouilles ce con, et l'odeur des marshmallows roses cramés sur le gaz chez tante Luna, et le parfum sucré de fruits rouges de cette petite blondasse de Deborah Spencer qu'ils aimaient tant tous les deux, et qui finalement a couché avec cet abruti de Toni le Dinosaure, mais pourquoi l'appelait-on comme ça, déjà, et le discours de David à son premier mariage, mariage totalement foireux avec Fiona par ailleurs, ça pour être foireux, ce discours si con et si drôle et tellement magnifique aussi à force d'être drôle et con, et la naissance de son fils, appelé David lui aussi, et le petit David tout endormi dans les bras de son oncle David qui pleure d'émotion à la maternité, et tout ce qui va foutre le camp et tout ce que le cancer va engloutir dans son tourbillon noir, et voilà, d'un coup, les larmes montent, d'un coup brutal, irrépressibles, merde, un cancérologue qui se met à chialer, c'est quoi, ça ? Paul se retourne, il prend un mouchoir en papier, se mouche bruyamment.

Un rayon de soleil entre dans le cabinet. Ce n'est pas le meilleur moment, mais qu'il entre, qu'il donne à David sa lumière dorée, c'est un faisceau de vie, un miracle éphémère lorsque ce fichu soleil passe à l'ouest entre les deux gratte-ciel de la Troisième, à 17 h 21, un prodige qui dure douze minutes exactement, hiver comme été. À 17 h 33 ce sera fini.

— Bien, David. Je n'attends aucun patient. On va attendre Jody, je t'explique le protocole.

Paul explique, longuement, David écoute, sans l'interrompre. Mais le lendemain, Paul devra lui expliquer encore car il n'aura rien retenu. David aura pensé au visage de Jody, à son regard de détresse sans nom, aux yeux des gosses quand il va falloir expliquer que papa est très malade, Grace, Benjamin, mes chéris, il va falloir être très courageux tous les deux, il va falloir aussi aider beaucoup votre maman et être très sages, c'est d'accord ?, il aura pensé à sa couverture médicale excellente, certes, mais qui enquêtera et lui reprochera d'avoir occulté ses dix années de fumeur de quinze à vingt-cinq ans, il aura pensé à la douleur inéluctable, à la déchéance des derniers jours, à la crémation, même, à la musique qu'il faudra faire écouter aux amis, quelque chose de sympa, hein, Paul, du rock, un blues, mais pas un requiem bien plombant de je ne sais qui, il aura pensé encore aux frais de scolarité, et au crédit de l'appartement qu'il a remboursé par anticipation, quel con, alors qu'en cas de décès l'assurance versait tout le capital dû, il aura pensé à tout ce qui est à venir et à tout ce qui viendra encore, après. Il aura même pensé à des choses étranges.

— Au fait, Paul… dans ta salle d'attente…

— Oui ?

— Le ficus. Il faut que tu l'arroses.

Il est 17 h 33 et le soleil s'éclipse.

*

*Jeudi 24 juin 2021, 22 h 28,*
*Mount Sinai Hospital, New York*

Dans la salle d'attente de Paul, le ficus n'est pas mort. Mais David n'y est pas retourné, et il ne verra plus le passage du soleil entre les deux gratte-ciel, ni même le soleil. La chambre 344 au Mount Sinai Hospital est plein nord et dans quelques jours sans doute, il la libérera. La mort a pris ses quartiers dans ses traits amaigris.

Contre la douleur, on teste un nanomédicament que développent des Français en complément de la morphine, qui n'impose pas d'augmenter sans cesse les doses. Contre le cancer, l'équipe médicale a abdiqué. Trop virulent, trop invasif, trop avancé.

On frappe à la porte, mais nul ne répond : à côté de David inconscient, Jody dort dans le fauteuil, épuisée par tant de nuits à veiller. Les enfants sont chez Paul, depuis trois jours. La porte s'ouvre, doucement, laisse pénétrer deux hommes, costume noir, porteurs de badges dorés. En silence, le premier se penche sur David, prélève de la salive à la commissure de ses lèvres, range le bâtonnet dans son éprouvette et quitte aussitôt la pièce. Le second sort un portable, photographie le mourant intubé, transfère l'image, et s'assied sur une chaise, incapable de détacher son regard du visage émacié.

## LA LESSIVEUSE

*10 mars 2021,*
*côte Est des USA, eaux internationales,*
*42° 8'50"N 65° 25'9"W*

Tous les vols sereins se ressemblent. Chaque vol turbulent l'est à sa façon. Il est 16 h 13 quand le vol AF006 Paris-New York, au sud de la Nouvelle-Écosse, voit se dresser devant lui la barrière ouatée d'un immense cumulonimbus. Le front nuageux se lève, et vraiment vite. Il est encore à un quart d'heure de navigation, mais il s'étend au nord comme au sud sur des centaines de kilomètres, en arc de cercle, et plafonne déjà à près de 45 000 pieds. Le Boeing 787, qui vole à 39 000 et allait amorcer sa descente vers New York, ne saurait y échapper et le cockpit connaît une brusque agitation. Le copilote compare les cartes et le radar météo. Le large front froid nuageux n'était pas signalé, et Gid Favereaux n'est plus seulement surpris, il est franchement inquiet.

Le mur opaque, gris, irisé en son sommet par

un soleil éblouissant, pousse vers eux à une vitesse folle, avale avec voracité la couche nuageuse qui le nourrit et le soutient. Le commandant Markle affiche la fréquence de Boston, examine les instruments, le radar météo qui se colore de rouge à 120 nautiques. Il hoche la tête, pose son café, quand Boston émet sur sa fréquence.

— À tous les avions sur Boston Control. En raison des conditions exceptionnelles sur la côte Est, tous les terrains sont fermés à l'exception de KJFK. Plus aucun décollage de la côte Est depuis une demi-heure. La situation se développe trop vite pour que nous ayons pu avertir aucun avion plus tôt. KJFK Canarsie reste ouvert pour atterrissage.

— Boston Control, bonjour, Air France 006, niveau trois neuf zéro en route vers Kennebunk. Nous avons un monstre devant nous. Demandons cap trois cinq zéro sur les prochains 80 nautiques.

— Air France 006, ici Boston Control. Liberté de manœuvre. Contactez maintenant Kennedy sur 125.7. *Bye bye.*

Markle grimace, regarde l'horizon se boucher, du nord au sud, inexorablement. Pour son avant-dernier vol sur l'Atlantique, le ciel lui offre un souvenir mémorable. Il se connecte à l'aéroport.

— Kennedy Approach, de Air France 006, nous avons assez de kérosène pour longer le front nuageux en déviant au cap sud jusqu'à Washington.

Un clic, une autre voix de femme, plus grave.

— Désolée, 006. Négatif. Ce sont les mêmes conditions jusque bien au-delà de Norfolk. C'est peut-être même pire vers le sud maintenant. Descendez quand vous le pouvez à unité huit zéro et reprenez la route vers Kennebunk. Conservez les paramètres.

Markle secoue la tête, coupe la communication, saisit le micro cabine et annonce aux passagers, d'une voix rassurante, en anglais d'abord, puis dans un français pas trop approximatif :

— Ici votre commandant de bord, veuillez immédiatement regagner votre siège et attacher votre ceinture, ainsi qu'éteindre tout appareil électronique. Nous allons traverser une zone de très grande turbulence. Je répète : de très grande turbulence. Veuillez ranger vos sacs et vos ordinateurs sous le siège devant vous ou dans les rangements prévus à cet effet. Ne gardez aucun liquide et fermez votre tablette devant vous. Personnel de bord, veuillez veiller à la sécurité des passagers et de la cabine et aussitôt regagner votre siège. Je répète, après vérification de la sécurité des passagers, veuillez immédiatement regagner votre siège.

Le cumulonimbus se rapproche, c'est un supercellulaire, mais il est loin d'être classique. Ce n'est pas une enclume solitaire qui monte jusqu'à la haute atmosphère, ce sont des dizaines d'entre elles, comme soulevées par une main invisible, qui fusionnent dans la tropopause. Sur l'océan, les navires doivent être pris dans une dépression apocalyptique. En vingt ans de long-courriers, Markle n'a jamais vu ça. L'orage de l'année, au moins. Les dômes stratosphériques plafonnent à seize kilomètres de hauteur. Il pourrait tenter de se glisser entre deux colonnes, mais ce serait pour se précipiter dans celle qui suit. Le radar météo affiche désormais une longue barre rouge oblique : une muraille d'eau et de glace.

— Tu as vu à quelle vitesse ça grossit ? s'inquiète Gid. On va se payer un courant descendant de dingue dès qu'on va parvenir au flanc. On ne va jamais réussir à traverser.

Gid a raison de s'inquiéter, se dit Markle, même s'il n'a qu'une année de transatlantique et trois sur des long-courriers. Il rallume le micro et reprend pour la cabine, sur un ton joueur, dédramatisant.

— *Hello folks*, de nouveau le commandant Markle, je vous demande à nouveau de rester assis, de boucler votre ceinture, de vérifier celle des enfants assis à côté de vous. Éteignez tout appareil électronique, je le répète. Il est très possible que nous rencontrions un trou d'air dans la minute qui vient. À tout personnel de bord, si la sécurité est assurée, regagnez votre siège dès maintenant s'il vous plaît… J'attends confirmation de votre part.

— Tous en position de sécurité, confirmation, fait la voix de la cheffe de cabine.

— OK, ça risque d'être impressionnant, et je garantis que vous vous en souviendrez, mais je vous promets que ce n'est dangereux pour personne si vous êtes bien attachés. Des montagnes russes, pour ceux qui aiment les fêtes for…

Soudain, avant même d'atteindre l'extrémité du front chaud, le Boeing manque d'air pour le soutenir et plonge. Malgré l'isolation de la porte de la cabine, Markle et Favereaux croient bien entendre les passagers hurler.

L'avion connaît dix interminables secondes de chute libre avant de pénétrer dans le cumulonimbus au pire endroit, au sud-ouest de la colonne, avec une inclinaison effarante, un angle de trente degrés que lui impose l'assistance au pilotage qui a pris le relais des commandes manuelles. Tout de suite, le Boeing est roulé dans les courants tourbillonnants du nuage, et tout de suite aussi, le cockpit s'allume, car c'est la nuit, un noir de suie, et un fracas épouvantable : des centaines d'énormes grêlons mitraillent les vitres, en laissant ici et là un impact dans le verre blindé. Quelques instants qui paraissent sans fin et, malgré les rafales de la tornade, le Boeing retrouve le courant ascendant chaud et un peu de portance ; cette fois-ci, c'est une intense sensation d'écrasement de bas de grand huit.

Markle, sanglé dans son fauteuil, pousse au maximum les deux General Electric, parce que oui, qu'est-ce que c'est que cette espèce de saleté, un Pot-au-Noir pareil, c'est bon pour un Rio-Madrid, vers l'équateur, qu'est-ce que ça vient fiche en plein Atlantique Nord ? Putain, c'est trop bête, on a les plus puissantes des chaudières, des ailes d'une souplesse épatante, on ne va tout de même pas se laisser casser en deux comme un modèle réduit, ce n'est pas possible. Sur le simu, on s'en est sortis des dizaines de fois, avec des moteurs qui avaient lâché, avec des dépressurisations, des ordinateurs de bord en rade, merde on ne va pas se planter en vrai. Markle ne songe pas à ses gosses, pas à sa femme, pas encore, peut-être même que les pilotes meurent toujours sans avoir eu le temps de faire défiler leur vie, et Markle ne pense pas du tout aux passagers, là, il essaie juste de sauver ce gros Boeing bien lourd et bien pataud, alors il répète des gestes appris par cœur, répétés encore et encore, il se fie à des réflexes et à ses vingt années d'expérience. Mais c'est tout de même un sacré truc.

Markle et Favereaux, secoués, chahutés, livides, se concentrent sur les instruments, ils se battent avec la tempête, plus tard on apprendra que c'était la plus violente et la plus subite des dix dernières années, le voyant de la turbine gauche indique une perte de puissance de 15 %, mais le champ électrique intense perturbe l'électronique de bord. Et au bout du compte, dans cette tornade, l'avion résiste, se maintient à peu près à l'horizontale, finit par se stabiliser, et même si la grêle ne faiblit pas, si le pare-brise est constellé en surface, la seconde épaisseur ne présente aucune microfissure inquiétante.

Markle, dès que les secousses s'atténuent un tant soit peu, s'adresse à la cabine. Malgré le bruit assourdissant qui règne dans l'habitacle, il essaie de ne pas crier.

— *Sorry, folks* pour ces turbulences. Nous allons devoir continuer notre route vers New York à travers le cumulonimbus et rester dans cette lessiveuse pendant au moins…

Soudain, un soleil éblouissant revient dans le cockpit, le Boeing accélère brutalement, le silence se fait de nouveau, les perturbations sont aussitôt derrière eux.

Markle vérifie les contrôles, stupéfait. L'avion vole parfaitement bien, dans un grondement régulier, mais tous les instruments sont déréglés. Malgré la chute vertigineuse durant cinq bonnes minutes, l'altitude s'affiche de nouveau calée à 39 000 pieds, le radar météo refuse de signaler la moindre perturbation, et le cap apparent est deux six zéros. Il reprend le micro de l'interphone cabine.

— Eh bien, comme vous l'avez constaté avec moi, nous sommes sortis à l'instant du nuage sans trop de dégâts. Nous vous prions de rester assis jusqu'à future instruction et de maintenir éteint tout appareil électronique. Personnel de bord, vous pouvez vous détacher, merci. Rapport cabine, s'il vous plaît.

Markle coupe le micro et affiche le code d'urgence 7 700 sur le transpondeur. Il remet son casque, appelle Kennedy Approach :

— Mayday, mayday, mayday, Kennedy Approach, ici Air France 006. Suite à des turbulences en traversant la couche et au givrage important, pas de blessés, mais nous n'avons plus d'instruments, ni altitude, ni vitesse, le radar est HS, le pare-brise est très endommagé.

Au contrôle de Kennedy, la voix est désormais masculine, et étonnée.

— Mayday reçu Air France 006. Pouvez-vous confirmer le code transpondeur 7700 ?

— New York, Air France 006, je confirme, transpondeur 7700.

La voix, où l'on décèle une profonde incompréhension, répète :

— Air France, de Kennedy Approach, confirmez le transpondeur sur 7700. Vous dites bien Air France 006 ?

— Affirme, Air France 006, mayday. Je confirme transpondeur sur 7700, nous avons traversé un gros nuage de grêle, le pare-brise est fissuré, le radôme est sûrement défoncé.

La communication est coupée, quelques longs instants. Markle se tourne vers Favereaux, interdit. Trois fois il a rentré le code transpondeur, et Kennedy ne parvient toujours pas à les identifier. Soudain, la connexion se rétablit. Une voix de femme, cette fois, mais moins chantante que la première. Moins aimable aussi.

— Air France 006 mayday, de Kennedy Approach. Ici Air Traffic Control, quel est le nom du commandant de bord, s'il vous plaît ?

Markle reste bouche bée. Jamais de toute sa carrière aucun contrôleur ne lui a demandé le nom d'un pilote.

— Air France 006 mayday, de Kennedy Approach. Je répète : qui est l'officier aux commandes, s'il vous plaît ?

## SOPHIA KLEFFMAN

*Vendredi 25 juin 2021,*
*Howard Beach, New York State*

Betty la grenouille, c'est Liam qui la retrouve dans la cuisine, un samedi après-midi, derrière un radiateur près de l'évier, totalement desséchée. Elle est légère comme une plume, translucide, une feuille de calque qu'on aurait froissée et écrasée pour ébaucher une rainette de papier, avec les cuisses et les palmes bien découpées. Liam dit à sa petite sœur Elle est bien crevée, ta Betty, bien crevée, ça l'amuse vraiment, il commence à danser avec les bras en l'air, Betty crevée Betty crevée, et Sophia se met à pleurer.

Trois semaines plus tôt, Betty s'est échappée du vivarium où elle devait s'ennuyer ferme, malgré les jolies mousses humides et les plantes vertes luisantes et les cailloux ronds et gris que Sophia avait choisis, et aussi la demi-coque de noix de coco qui fait piscine, et surtout les mouches noires bien vivantes qu'elle lui donnait à manger le soir en rentrant de l'école. Sophia avait placé le vivarium près de son lit, sur une table basse, et chaque soir, la petite fille se relevait, s'emmitouflait dans une couverture et racontait à voix basse sa journée à la grenouille immobile sous les herbes. Ce que voulait Sophia, c'était que Betty soit en sécurité, heureuse aussi, mais surtout en sécurité, à l'abri des prédateurs, c'est un mot qu'elle a appris et qu'elle aime bien, peut-être parce que sa sonorité est un peu inquiétante, justement. Mais la grenouille s'était évadée malgré tout. Elle avait dû sautiller un peu partout pour chercher de la chaleur et de l'humidité avant d'échouer là, un étage plus bas, contre le métal un peu tiède du convecteur. Elle avait eu faim et soif et sa peau s'était craquelée comme la terre du jardin quand il n'a pas plu durant des jours et, figée dans la mort, Betty est devenue un ectoplasme de grenouille.

Sophia a peur d'y toucher, et Liam aussi, même s'il fait le crâne et tourne autour de la petite dépouille en criant. La mère leur dit Mais taisez-vous, calmez-vous un peu, vous allez réveiller papa, mais le père descend déjà de l'étage, en T-shirt, et il gueule C'est quoi tout ce bordel, Avril, tu ne peux pas dire à tes gosses de se tenir tranquilles, juste le temps de ma perm, et puis tu ne devais pas aller faire des courses ? Le lieutenant Clark Kleffman voit Betty vraiment très morte, sa fille qui pleure toujours et il rigole, Eh bien, Sophia, ta grenouille, tu sais quoi ? On dirait un vieux ravioli chinois !

Clark la soulève par une patte entre deux doigts et la dépose, indifférent, dans une assiette creuse.

Ensemble, les Kleffman se résignent à enterrer Betty, et bien qu'ils ignorent tout de sa religion, Avril décide qu'elle est baptiste, comme eux ; après tout, elle n'a pas reçu le vrai baptême immersif du croyant, mais elle passe le plus clair de son temps dans l'eau. C'est plus simple. La *born again frog* ira au paradis des grenouilles. Et finalement Clark la jettera dans les toilettes, c'est plus simple aussi.

Betty, c'était le cadeau pour les six ans de Sophia. Avec elle, Sophia a beaucoup appris sur les grenouilles. Par exemple qu'elles existent depuis trois cents millions d'années, qu'elles ont connu les dinosaures, qu'il en existe des milliers d'espèces et qu'un composant d'insecticide, l'atrazine, les menace parce que leur peau est perméable, elles qui pourtant « sont utiles parce qu'elles mangent des insectes ». Qu'elles sont des amphibiens, comme les salamandres et les crapauds. D'autant que d'ailleurs, Betty est un crapaud, *anaxyrus debilis*, Sophia a recopié avec application son nom sur un bristol, l'a collé sur le vivarium et même, en fait, c'est peut-être un crapaud mâle, le vendeur ne savait pas trop bien – Mademoiselle, a soupiré Andy, en tout cas Sophia lisait Andy sur son badge, je suis désolé, ce crapaud mesure à peine un pouce, je ne peux pas distinguer les organes reproducteurs, donnez-lui plutôt un nom qui colle pour les deux sexes, comme Morgan ou Madison ; mais Sophia l'appelle malgré tout Betty. Betty se cache dans son terrier ou sous les pierres quand Sophia s'approche du vivarium. Le bruit de l'aspirateur la terrifie aussi. Et celui des avions qui décollent de LaGuardia et survolent Howard Beach. On ne peut jamais la voir, tellement elle a peur de tout. C'est bien une gonzesse, a ricané Clark. Ne dis pas des choses comme ça à Liam ou à Sophia, a soupiré Avril.

Donc, Clark Kleffman ramasse Betty dans l'assiette à soupe, et Sophia crie :

— Betty a bougé, maman. Betty a bougé !

— Quoi ? Mais non, Sophia, c'est juste que ton père a penché l'assiette.

— Si, elle a bougé. Regarde, c'est à cause de l'eau qui restait dans le creux ! Ça l'a réveillée. Maman, maman, rajoute de l'eau, s'il te plaît !

Avril hausse les épaules, mais prend un verre, tire de l'eau au robinet et la verse sur Betty. Le batracien remue une patte, l'autre, finalement il ressuscite, il absorbe toute l'eau comme une éponge et le voilà qui s'agite au fond de l'assiette et même sa peau reprend peu à peu la couleur verdâtre qu'elle avait perdue.

— C'est dingue, dit Clark Kleffman, stupéfait.

— Elle a fait comme les axolotls pendant la sécheresse, maman, tu te souviens bien, les axolotls, on en a vu, elle a fait pareil, elle s'est mise en léthargie et elle a attendu la saison des pluies.

— C'est dingue, répète Clark. J'ai jamais vu un truc pareil, cette conne de grenouille était 100 %

morte de chez morte, et la voilà qui gigote comme une pute en chaleur. C'est dingue.

— Clark, s'il te plaît, n'emploie pas des mots pareils devant les enfants, dit Avril.

— Je suis chez moi, putain, je parle comme je veux ! Pour vous tous, je suis quoi, juste une machine à payer les mensualités et à aller se faire tuer dans un pays de cons, c'est ça ? Ras le cul, Avril, ras le cul, tu entends ?

Avril baisse les yeux au sol, Sophia et Liam se figent. L'air coagule autour de la colère de Clark.

Clark serre les poings, se referme, c'est ça ou il casse tout. Bordel, en Afghanistan, dix fois il a failli crever, et c'est comme ça qu'on le remercie. Dix fois, facile, oui. Tout le monde s'est toujours foutu de leur gueule, à peine bons à clamser qu'ils sont, ils ne sont pas fils de politiciens, comme ces petits cons qui déjà pendant le Viêtnam se planquaient dans la Garde nationale. L'année dernière, d'accord, pour remplacer ces cercueils sur roues que sont les Humvee, le régiment a touché des Oshkosh, des véhicules massifs, des *bad boys* qui ont de la gueule, dont le blindage est censé arrêter des 13 mm. Mais non, que dalle, avec les perforantes, ce n'est rien d'autre que du carton repeint couleur sable.

Deux semaines avant la résurrection de Betty la grenouille, sur le trajet entre la base aérienne de Bagram et Kaboul, le Oshkosh s'est pris une rafale de Zastava, sûrement, au bruit, le semi-automatique de base en Syrie. Une balle a traversé la vitre de la portière arrière gauche, verre indestructible qu'ils disaient, et elle a fini dans la poitrine de Thompson, qui a mesuré soudain combien les balles sont faites pour les corps et s'est mis à hurler comme un damné. Thompson, c'était un mercenaire de la firme paramilitaire Academi, un pauvre type plus con que tordu qui avait perdu son job pourri dans une filiale de General Motors quand l'usine s'était barrée dans un pays où un autre pauvre type fabriquait les mêmes bougies pour trente cents de l'heure. Tout ce que Thompson visait, c'était son chalet dans le Montana, et pour ça, il assurait la protection rapprochée des ingénieurs d'Albemarle Corp. : quatre mois qu'ils prospectaient le lithium sans oser s'éloigner du Kabul Serena Hotel, quatre mois qu'ils tentaient de signer des contrats d'exploitation plus vite que les Chinois de Ganfeng Lithium. Mais dommage pour Thompson, le véhicule de soutien d'Academi était reparti sans lui pour Kaboul. Il avait dû allonger deux cents dollars pour qu'on l'accepte dans le Oshkosh, juste pour deux heures de nids-de-poule, de gravats et de tôle ondulée dans une banlieue misérable ravagée par dix ans de guerre.

Pendant que le sergent Jack s'occupait de Thompson qui roulait des yeux blancs et crachait son sang par hoquets, Clark s'est glissé dans la tourelle rotative et mis à mitrailler l'endroit d'où il lui semblait que les tirs étaient partis, en gueulant toutes les insultes qu'il connaissait. Les projectiles traçaient par centaines vers deux baraques de boue séchée sur une colline pelée, deux pauvres baraques qui partaient en poussière sous les impacts.

Le Oshkosh a fait demi-tour à toute allure vers Bagram, où le bloc opératoire les attendait. L'infirmerie était déjà encombrée : la veille, un des auxiliaires afghans, un type du nettoiement, s'était fait exploser avec une ceinture près du réfectoire, en hurlant *Allahou akbar*, deux morts, dix blessés, parce qu'on racontait que des soldats bourrés ont pissé leur dizaine de Bud sur des corans.

Peut-être que c'était vrai, cette histoire : à Guantánamo, on avait bien balancé des tranches de jambon dans les cages. Les ordures sauront toujours trouver refuge dans le patriotisme. De toute façon, on n'avait pas eu à trouver un lit pour Thompson, à l'arrivée, il était mort, et l'habitacle était poisseux de sang. Et là, c'était certain, on aurait toujours pu verser de l'eau sur Thompson, lui ça ne l'aurait pas ramené à la vie. Alors désolé, Clark n'en a rien mais vraiment rien à foutre de prononcer des mots comme « gonzesse » ou « pute en chaleur » devant les gosses, il va bien falloir un jour qu'ils apprennent dans quel monde de merde ils vivent.

— Avec vos conneries, je suis crevé, dit Clark, va faire ces putains de courses, Avril, et emmène le petit. Liam, tu ne joues pas à ton foutu jeu vidéo et tu vas aider ta mère à porter les paquets. Viens Sophia, on va remettre ta grenouille dans son vivarium.

Sophia regarde sa mère, qui prend les clés de voiture en silence, puis par la main Liam qui ronchonne, et elle suit son père qui monte à l'étage avec une Betty totalement revigorée dans l'assiette.

Dans le vivarium, il y a aussi une petite tour Eiffel, collée sur un caillou, parce que quatre mois plus tôt, pour leur anniversaire de mariage, les Kleffman sont allés à Paris, France. Ils ont réservé un deux-pièces à Belleville, et les enfants ont dormi sur le convertible du salon. Ils ont visité Notre-Dame, l'Arc de triomphe, parcouru Montmartre et les Champs-Élysées. Et malgré tout ça, Sophia a insisté pour aller voir des « batraciens ». Avril a cédé, elle l'a emmenée au Jardin des Plantes, et c'est là que sa fille a vu pour la première fois un axolotl, cet animal extraordinaire capable de reconstituer un œil, ou même une partie de son cerveau.

Puis Sophia, Liam et leur mère sont repartis directement pour New York, par un vol régulier si agité que dans la dernière demi-heure, les enfants n'ont cessé de hurler. Clark n'est pas rentré avec eux ; il a reçu une nouvelle mission qui l'envoyait de Paris à Varsovie, puis aussitôt de Varsovie à Bagdad, cette fois pour accompagner dans le C17 deux chars Abrams et une bombe à effet de souffle massif, la « mère de toutes les bombes », dix tonnes, dix mètres, un monstre. Clark est resté neuf semaines, et il a fini par rentrer à Howard Beach, avec toujours sur lui l'odeur chaude et métallique du sang de Thompson.

L'intelligence de Sophia est la fierté d'Avril, et pourtant elle s'en veut d'être jalouse de sa propre fille, de sa vivacité, de sa curiosité. À l'âge de Sophia, Avril restait collée à sa mère, à colorier des animaux, des poulains surtout. Quand avec ses sœurs elle avait dû déménager sa mère qui perdait la tête, elle en avait retrouvé des centaines. C'était fou : des poulains pourpres et des poulains indigo, des poulains verts et des orange, toutes les couleurs de l'arc-en-ciel y passaient, mais c'étaient encore et toujours des poulains. Elle ne s'en souvenait pas. D'ailleurs, elle ne se souvenait de rien de cette époque. Elle était partie très jeune de chez ses parents, pour épouser ce grand garçon blond et frêle, si délicat, si attentionné, qui lui avait écrit un joli poème, sur une feuille arrachée qu'il lui avait tendue en silence, embarrassé de sa propre audace :

| | |
|---|---|
| *Swing the bells* | Sonnez les cloches |
| *Play hide and seek,* | Jouez à cache-cache |
| *I kissed April on her cheek* | J'ai embrassé Avril sur la joue |

Oui, à l'époque, Clark était prévenant. Comme il n'avait pas de diplôme, il avait tenté d'être agent immobilier, puis moniteur d'auto-école, mais il perdait vite ses nerfs, avec une cliente hésitante, un conducteur débutant, et il n'avait su conserver aucun boulot. L'armée lui avait fourni un cadre, lui avait rendu sa fierté. À vingt-deux ans, à ce gamin qui en paraissait dix-huit, on avait rasé le crâne, donné un béret noir et surtout une prime de quinze mille dollars. Avec l'argent et la garantie d'une solde régulière, Avril avait pu négocier un emprunt et acheter en pleine débâcle de l'immobilier une maison bradée à Howard Beach, dont les propriétaires ruinés venaient d'être expulsés ; de rage en partant ils avaient cassé à la masse tout ce qu'ils pouvaient, les lavabos, l'évier, la cuisine, et même la cloison de leur chambre à coucher. Dans quelques années, quand en Antarctique le glacier Thwaites, ce gros glaçon épais de deux kilomètres et grand comme la Floride, se serait détaché et mis à fondre, la maison aurait les pieds dans l'eau. Mais Clark et elle ne pouvaient pas vraiment s'en douter, et ils avaient tout remis en état, Avril malgré son gros ventre avait refait seule la peinture.

| | |
|---|---|
| *April tender, April shady,* | Avril tendre, avril d'ombre, |
| *O my sweet and cruel lady* | Ô ma douce et cruelle dame |
| *April blooming with pastel colours,* | Avril fleurissant aux couleurs pastel |

Avec les mois qui passaient, Clark était devenu sûr de lui, autoritaire même. Elle ne reconnaissait plus le gentil garçon qui lui écrivait des poèmes. L'entraînement l'avait transformé, musclé, endurci. Et lorsqu'ils faisaient l'amour, ce jeune homme si craintif avec son jeune corps de femme, si timide, était devenu brutal, égoïste. C'est à ce moment-là qu'elle avait commencé à avoir peur de lui. Mais quand Clark avait fini sa formation, réussi l'examen final, Liam était né et Sophia était en route.

| | |
|---|---|
| *April caught in the icy storm,* | Avril saisie dans l'orage glacé, |
| *April soft, so sleepy warm,* | Avril douce, si chaude de sommeil, |

Et des années plus tard encore, Avril tendre, avril d'ombre, avait ouvert par hasard un bouquin qui traînait chez sa sœur et elle était restée bouche ouverte comme une carpe échouée sur la berge. Son poème, son beau poème écrit rien que pour elle était « Fall for April », d'un poète anglais oublié, et ce bout de papier que Clark lui avait donné à leur premier rendez-vous, qu'elle conservait encore, comme une idiote, plié en quatre dans son porte-monnaie, il l'avait étudié en classe et recopié, laborieusement. Elle était rentrée chez elle avec les gosses, et cette nuit-là, elle l'avait passée à pleurer de rage et de chagrin, devant l'ultime avilissement de cette image du passé, ce souvenir désormais piétiné d'un Clark tenant à la main, avec une gaucherie d'adolescent, une page arrachée à un cahier.

| | |
|---|---|
| *April, I fall for you.* | Avril, je suis amoureux de toi. |

⋆

Clark soulève le grillage du vivarium, penche l'assiette, la grenouille tombe, rebondit sur la mousse et plonge aussitôt dans la coque de noix de coco qui lui sert de mare.

— Il faut donner à manger à Betty, papa. Elle doit avoir faim.

— Laisse-la se reposer, ma chérie, et toi aussi, tu vas prendre un bain, jouer dans la baignoire comme Betty.

Sophia ne répond rien. Elle entend se refermer la porte d'en bas, diminuer le son des pas de sa mère et de Liam, les portes claquer, la voiture démarrer. Clark ouvre les robinets, vérifie la température de l'eau, verse quelques cristaux de sels parfumés, retire ses chaussures. Sophia traîne. Il fronce les sourcils.

— Dépêche-toi, Sofi, zou, dans l'eau, on n'a pas tout notre temps comme à Paris…

On sonne à la porte et le père s'interrompt. On sonne encore, Sophia entend un bruit de serrure, Clark lève les yeux au ciel.

Une voix de femme :

— Monsieur Kleffman ? Madame Kleffman ? Agent Chapman, FBI.

— Bon, Sofi, je descends. Tu rentres dans le bain, restes dans la mousse, et tu arrêtes le bain quand c'est à moitié plein, d'accord ?

Clark quitte la pièce, et Sophia entend, au rez-de-chaussée, son père qui élève la voix, un homme qui lui répond avec fermeté, puis un autre. La dispute se poursuit, on frappe à la porte de la salle de bains.

— Je peux entrer, Sophia ? fait la voix féminine.

— Oui madame, répond la fillette.

Une dame entre, elle sourit, elle est noire, ses cheveux sont lissés, coiffés court comme maman, pense Sophia, et elle a l'air moins fatiguée. L'officier du FBI s'agenouille, lui caresse la joue, doucement, professionnelle : les neurosciences ont démontré que le toucher est un vecteur essentiel pour sécuriser et rassurer les enfants.

Puis l'agent lui tend une serviette :

— Bonjour, Sophia, je m'appelle Heather. Officier Heather Chapman. Sèche-toi vite, habille-toi, et je t'attends dehors, d'accord ? Tu sais où est partie ta maman ?

— Elle est allée faire des courses avec Liam.

La femme sort de la salle de bains, décroche un portable :

— Sophia Kleffman est avec moi. Trouvez où Avril Kleffman est en ce moment, sans doute dans le Macy's le plus proche, une Chevrolet Trax noire, vous avez l'immatriculation. Elle est avec son garçon, Liam.

La petite fille est habillée, la femme l'attend sur le palier, lui tend la main. En bas, les cris se sont tus, son père n'est plus là.

— Viens, Sophia, on va retrouver ta maman, ton frère Liam, et on va aller se promener en voiture tous ensemble.

— On revient à la maison, après ? Parce qu'il faut donner à manger à Betty.

— Betty ?

— C'est ma grenouille, madame. On croyait qu'elle était morte, elle était seulement desséchée. Comme les axolotls.

La femme avait déjà sorti son portable, elle le range.

— Ne t'inquiète pas pour ta grenouille. On va s'en occuper aussi. Tout va bien aller. Appelle-moi Heather. Tu veux bien, Sophia ?

— Oui madame.

## JOANNA

*Vendredi 25 juin 2021,*
*Philadelphie*

— Joanna, dit Sean Prior, votre cerveau est une cathédrale gothique.

Joanna Wasserman soutient le regard de Sean Prior et dissimule sa consternation. Vraiment ? Cathédrale ? Gothique ? Gothique flamboyant, au moins, songe l'avocate. Pourquoi pas le Taj Mahal, les pyramides, ou le Caesars Palace à Las Vegas ? Un instant désarçonnée, elle trouve malgré tout une réponse.

— C'est plutôt mieux qu'un cerveau d'homme.

— Pardon ?

Simone de Beauvoir. Son père lui disait sans cesse qu'elle avait « un cerveau d'homme ».

Le CEO de Valdeo glousse d'un air entendu, comme s'il était le meilleur pote de Simone, de son père et de leur chien. Joanna rit intérieurement. Au mieux, Prior possède une idée vague de qui est cette fichue Simone, mais le patron d'un géant de la pharmacie qui pèse trente milliards de dollars n'a pas le droit de présenter la moindre faille. Une cathédrale gothique… Quelle pitié.

Joanna s'est déplacée au siège de Valdeo à Philadelphie avec un jeune avocat associé qui suit les dossiers et d'ailleurs les porte. Sept ans que l'entreprise pharmaceutique est le client de la firme Denton & Lovell, pour la plupart des affaires fiscales et des OPA, trois mois qu'elle y travaille, et deux mois que Prior est son interlocuteur direct. Dès leur première rencontre, Prior lui a demandé, avec ce phrasé lent du Texas qu'il cultive et ce sourire de grand carnassier qui ne connaît pas de prédateur :

— Dites-moi, maître, savez-vous pourquoi je vous ai choisie, parmi toutes ces têtes de nœud de Denton & Lovell ?

— Laissez-moi deviner, monsieur Prior. Parce que je suis sortie en tête de ma promotion à Stanford, peut-être, parce que je suis une jeune femme, sans doute, parce que je suis noire, sûrement. Et aussi parce que je gagne tous mes procès contre les vieux Blancs avec qui vous avez fait Harvard.

Prior a éclaté de rire.

— Oui, maître, et parce que vous êtes bien la seule à oser une telle réponse.

— Moi, monsieur Prior, je vous ai accepté comme client uniquement parce que vous êtes capable de me supporter.

Prior avait ajouté, car jamais il n'aurait toléré de ne pas avoir le dernier mot :

— N'oubliez tout de même pas aussi que je sors de Carnegie Mellon.

Match nul. Depuis cette joute, Joanna Wasserman et Sean Prior feignent d'être les meilleurs amis de la Terre. De se parler d'égal à égal. Prior y met un point d'honneur, c'est *son* moment de mixité sociale et raciale toute relative, où l'héritier multimillionnaire s'enorgueillit, jouit même, de savoir discuter sans montrer le moindre dédain avec une petite négresse surdouée de Houston, une boursière méritante de l'*affirmative action*, fille d'un électricien et d'une couturière – il a fait prendre tous les renseignements.

Dans leurs échanges, malgré ce qui les sépare – trente-trois ans, deux milliards de dollars en stock-options et un dentier étincelant –, tous deux abusent des prénoms, et cela colore leur conversation d'une touche raffinée d'hypocrisie vénéneuse. Seraient-ils latins qu'ils se tutoieraient. En bourgeois qui se déclare l'ami de son jardinier, Prior s'est persuadé de cette fiction d'amitié, mais Joanna n'est dupe de rien. Elle discerne dans le rictus de Prior cet indicible du Sud qu'il porte sur lui, ces signes et ces nuances symboliques qui imprègnent toutes les relations raciales, elle reconnaît cette posture spontanée qui autorise une riche dame blanche aux cheveux bien mis à offrir à son chauffeur noir le plus radieux des sourires, un sourire d'affection écrasant où se déchiffre son impérieuse certitude de l'infériorité naturelle de ce petit-fils d'esclave, ce sourire empoisonné qui n'a pas bougé d'un pouce depuis *Autant en emporte le vent* et que toute son enfance Joanna a vu se dessiner sur les visages poudrés des clientes blanches de sa mère couturière.

Un jour – le vingtième siècle s'achevait –, à la sortie du collège, alors que la petite Joanna attendait le bus scolaire, une limousine noire s'était arrêtée devant elle, la vitre teintée arrière s'était baissée et une amie de classe lui avait proposé de monter, avec un sourire qui disait sa joie simple d'être quelques minutes encore avec Joanna.

— Absolument, Joanna, avait renchéri sa mère, monte, on fera un petit détour pour te déposer, ça ne fait rien.

« Ça ne fait rien. » Joanna avait compris : la mère contrariée avait cédé à l'insistance de sa fille. Et l'enfant était montée dans la grande berline allemande, à l'arrière, avec son amie. La dame au volant voulait montrer qu'elle était polie, faire la conversation :

— Alors Joanna, que veux-tu faire plus tard ? Pas couturière comme ta mère, tout de même ?

Joanna n'avait pas répondu. Lorsqu'elle était rentrée chez elle, elle s'était jetée dans les bras de sa mère, les yeux mouillés, l'avait serrée dans ses bras, puis sorti ses cahiers. L'arrogance d'une phrase venait de fabriquer la plus reconnaissante des filles et la plus travailleuse des écolières.

Vingt ans plus tard, Joanna sait d'où elle vient, où elle va. Elle sait surtout que dans ce procès de l'heptachloran, où beaucoup de manutentionnaires sont des femmes, presque toutes de couleur, une avocate noire aussi pugnace va déplacer les lignes et endiguer l'agressivité des contradicteurs. Prior y compte bien en tout cas. Joanna a même deviné qu'il voulait tant qu'elle soit son avocate que cela lui a valu d'être recrutée par D & L en dépit de prétentions salariales qu'elle avait espérées dissuasives ; on lui a sur-le-champ attribué un client et un seul : Valdeo. Mieux, le cabinet, fait rarissime, l'a fait directement accéder au rang de *partner*.

Les larges fenêtres du bureau de Prior, au dernier étage d'un haut building des années 1930, donnent sur la Delaware River. En présence d'un visiteur, Prior ne peut s'empêcher d'arpenter la pièce dans une posture satisfaite de propriétaire, de feindre de s'absorber dans la vue du fleuve, bras croisés et menton relevé à la Mussolini. Chaque fois, l'avocate lui octroie ces longues secondes de pose censément méditative, d'autant qu'ils sont deux du cabinet dans ce bureau, et que cela met la minute à cent dollars. Elle lui en avait un jour fait la remarque. Prior avait extirpé de sa mémoire une phrase joliment cynique : si l'argent n'était pas autant surestimé, on lui accorderait moins de valeur... La formule n'est pas de lui, mais Prior aime citer. Dans un monde de gestionnaires où toute culture littéraire est incongrue, il en a fait un puissant instrument de domination symbolique. Et quand s'est dessinée la menace d'un procès au pénal à propos de l'heptachloran, cet insecticide lancé sans valider tous les tests, quand le conseil d'administration a montré des signes d'anxiété, Prior a pulvérisé le principe de précaution avec maestria : « Mes chers collègues, je songe toujours à ce si beau poème de Ralph Waldo Emerson qui se termine ainsi : "N'allez pas là où le chemin vous mène. Allez là où il n'y a pas encore de chemin et laissez une nouvelle trace." Alors oui, dans la lutte sans fin pour nourrir l'humanité, nous aurons laissé une trace. »

L'heptachloran... Si Joanna est dans ce bureau, c'est à cause de cette molécule active qui interdit à certains insectes de dépasser le stade larvaire. C'est dans les années 2000 que Valdeo l'a synthétisée, le brevet est depuis tombé dans le domaine public et d'autres firmes le produisent. Mais elle se révèle de toute évidence fortement cancérigène, même à faibles doses, et c'est aussi un perturbateur endocrinien. Maintenant que le cabinet Austin Baker a lancé une *class action*, Valdeo risque de devoir débourser des centaines de millions.

— Parlons de notre affaire, si vous le voulez bien, Sean. Avec soixante-cinq malades à ce jour qui accusent Valdeo d'imprécaution, ça peut nous coûter très cher.

Joanna aime beaucoup le mot d'imprécaution, ce néologisme qui suppose l'absence d'intentionnalité. Elle ne déteste pas non plus ce « nous » qui signifie combien sa firme fait intimement corps avec les intérêts de son client. Elle poursuit :

— Dites-moi, Sean : Austin Baker risque-t-il de présenter une preuve que Valdeo connaissait le danger de cette molécule et l'a caché à ceux qui la manipulaient ?

— Je ne vois pas comment.

— Si on vous pose une question semblable au procès, répondez tout sauf: « Je ne vois pas comment. » Telle que je l'ai exprimée, la formulation est perverse et j'y ferais objection. Commencez par répéter que cette molécule est inoffensive.

— Bien sûr qu'elle l'est. Nos tests thérapeutiques de l'époque contredisent les études indépendantes qu'aligne Austin Baker.

— Parfait. Redites-le tout de même. Ce sera experts contre experts, Sean. Notre problème, c'est votre ancien ingénieur, Francis Goldhagen. Selon lui, Valdeo aurait choisi de ne pas retenir ses analyses qui prouvaient la nocivité de l'heptachloran.

— Nous avions des réserves sur son protocole, et nous avons écarté ses conclusions. Par ailleurs, nous avons enquêté, et sa vie privée prouve qu'il peut mentir, au moins à sa femme.

L'avocate soupire. Gagner ce procès avec de tels procédés pourrait à moyen terme endommager l'image du cabinet. Mais le perdre à court terme n'est pas davantage une option.

— Je ne souhaite pas le discréditer ainsi. Valdeo n'en sortirait pas grandi, et la justice non plus.

— Vous savez, Joanna, la justice, c'est comme l'amour maternel, tout le monde serait plutôt pour… Puisqu'on parle famille, Joanna, comment va votre sœur ?

Il sait, comprend aussitôt l'avocate. Évidemment. Prior, qui a fait enquêter sur ses failles, Prior sait qu'en février dernier on a diagnostiqué chez sa petite sœur une cholangite sclérosante primitive. Il sait aussi qu'une jeune étudiante comme Ellen a forcément pris une assurance santé classique, avant de constater, effarée, que celle-ci ne couvrait pas cette maladie orpheline qu'est la CSP. Prior croit que c'est seulement pour Ellen que Joanna a accepté ce poste bien rémunéré chez Denton & Lovell. Sans cette greffe de foie facturée deux cent mille dollars, Ellen serait déjà morte, et désormais, il faudra en sortir au moins cent mille chaque année, cent mille dollars juste pour qu'elle survive quoi, dix ans, quinze peut-être, en espérant que son frêle corps résiste à la cholangite, qu'il tienne jusqu'à ce qu'on découvre un traitement, peut-être. Prior se trompe. Le salaire a compté, bien sûr, mais Joanna avait désiré cette position culminante, ce monticule d'argent du sommet duquel elle pouvait contempler l'étendue de sa revanche.

Le CEO poursuit, d'une voix grave où il glisse toute la componction dont il est capable :

— Ce qu'elle vit est terrible. Croyez bien que je suis de tout cœur avec vous.

— Je suis… très touchée.

— Si votre sœur a besoin de quoi que ce soit, Joanna, nous sommes les mieux placés pour vous aider. Clinique, médicaments, protocoles nouveaux.

— Merci, Sean. Pour l'instant, il faut déjà que la greffe de foie prenne. Mais je retiens votre proposition. S'il vous plaît, revenons à la *class action* contre l'heptachloran. Je vais demander à mon confrère maître Spencer de vous résumer notre projet de défense.

À peine le jeune avocat a-t-il achevé son exposé que Sean signale, d'un simple mouvement du menton, qu'il accepte la stratégie de défense de Denton & Lovell. Il leur serre la main, leur signifie que, pour lui, la réunion est finie. Alors que Joanna va elle aussi quitter son bureau, il la retient.

— Joanna, je voulais vous proposer une opportunité. Celle de vous joindre à notre réunion du Dolder Club demain soir samedi. Vous connaissez le Dolder, n'est-ce pas ?

Joanna hoche la tête. Elle connaît. Un club très fermé, plus confidentiel encore que son modèle le Bilderberg. Mais alors que le Bilderberg rassemble à huis clos chaque année une centaine de personnalités du monde des affaires et de la politique, le Dolder ne concerne que vingt patrons, le gotha de « *big pharma* » : depuis cinquante ans, nul ne sait quand ces réunions se tiennent, ni ce qui s'y raconte. Il est possible qu'y soit négocié le prix des médicaments, que s'y nouent de petits arrangements entre amis, que des orientations à long terme soient décidées. Les complotistes s'en donnent à cœur joie. Prior sourit.

— Je vous présenterai comme ma conseillère personnelle, ce que selon moi vous êtes. La réunion annuelle se tient cette fois aux États-Unis et c'est donc à moi, un Américain, qu'échoit l'honneur de faire le discours d'introduction. Le thème vous intéressera, c'est « La fin de la mort ».

Julius Braun, oui, le Nobel 2020, présentera ses travaux sur la phylogénétique de l'embryon, et il y aura ensuite deux autres intervenants, ce qu'ils diront vous stupéfiera. Pardonnez-moi de vous avertir si tard, vous connaissez la paranoïa de notre secteur. Ce sera à Manhattan, dans le salon Van Gogh, au Surrey, dans l'Upper East Side. Pouvez-vous y être vers vingt heures ?

Joanna cherche comment lui répondre que Oui, c'est un honneur, Sean, mais vous m'en parlez hélas un peu tard et je crains de ne pas... Mais instinctivement, elle pose sa main sur son ventre en un geste protecteur, primitif. Car il est une chose que Prior ignore : Joanna est enceinte.

C'était il y a sept semaines exactement : entre les sashimis avalés sur le pouce et la réunion des *partners*, elle a fait le test dans les toilettes de Denton & Lovell. Et lorsque les deux petites rayures grenat se sont affichées sur la barrette, Joanna a senti sa poitrine exploser d'allégresse.

L'homme que Joanna aime est un illustrateur de presse. Fin octobre l'année dernière, un leader néonazi avait porté plainte pour un de ses dessins qu'il jugeait injurieux, elle représentait son journal au tribunal et avait gagné par K-O. « Keller *vs* Wasserman » fait désormais jurisprudence : le fait d'écrire, dans un dessin ou ailleurs, qu'un suprématiste blanc manque de matière grise n'est pas une injure, mais une opinion, voire un diagnostic. C'était facile. Le soir même, Aby Wasserman l'avait invitée à dîner chez Tomba's, un restaurant trop cher pour lui, et, à la fin du repas, devant l'évidence du cœur, il lui avait demandé en bafouillant beaucoup ce qu'elle envisageait pour les siècles à venir. Il s'était retenu de lui dire qu'il avait été créé pour l'aimer et la suivre, alors qu'il le pensait tellement. Joanna ne doutait pas non plus. Il lui avait offert un stylo-plume, Tiens, Joanna, c'est un Waterman, ce n'est pas très loin de mon nom allemand, euh… mon nom que je voudrais que tu portes, mais tu sais, je veux bien aussi prendre le tien. Joanna avait pris le stylo, l'avait ouvert et sur la nappe en coton blanc, elle avait simplement écrit Joanna Woods-Wasserman, en évitant d'être par trop lacrymale. Le patron les avait autorisés à repartir avec la nappe.

Ils avaient tout de suite voulu un enfant et fait le nécessaire pour y parvenir, très souvent, très longtemps et en de nombreux lieux. Le médecin était formel : c'est après le retour d'Europe de Joanna début mars, dans ce vol abominable où elle avait décidé que si elle survivait, elle l'épouserait, et avant leur mariage début avril que leurs gamètes avaient fait connaissance et illico décidé de fusionner. On ne remerciera jamais assez le suprémacisme blanc. Et d'ailleurs, avait suggéré le juif Aby, diminutif d'Abraham, si c'est un garçon, on l'appellera Adolf. En deuxième prénom, avait tempéré Joanna en riant. Et aussitôt, elle s'en était voulu d'être aussi joyeuse, quand sa sœur s'apprêtait à vivre une lente agonie. Mais un bonheur de quelques grammes grandissait en elle et il envahissait tout.

Prior insiste.

— Joanna ? Le Dolder ?

Demain soir ? Compliqué : elle comptait fêter son troisième mois de grossesse avec ses parents… D'un autre côté, rencontrer le diable pour danser avec lui n'est pas sans intérêt.

L'avocate n'a pas le temps de prendre une décision, car un lourd téléphone noir, une antiquité en bakélite, retentit sur le bureau de Prior. Il décroche aussitôt et lâche, irrité :

— J'avais demandé qu'on ne me dérange pas… D'accord… Je l'avertis.

Prior se tourne vers Joanna, avec un sourire intrigué.

— Cela va sans doute vous étonner, Joanna, mais vous êtes attendue derrière cette porte. Par deux officiers du FBI. Je compte tout de même sur vous pour demain, s'ils consentent à vous libérer, évidemment.

## L'AFFAIRE MIESEL

Le 22 avril, jour où Victor Miesel tombe du balcon, est un jeudi.

Le déjeuner de Clémence Balmer au Rostand a été retardé, et elle s'apprête à sortir se promener au Luxembourg tout proche quand le mail de Miesel déclenche une petite sonnerie sur son ordinateur. Clémence aime bien Victor : c'est un auteur talentueux, qui peut donner l'impression d'improviser, mais qui est au vrai dans la réflexion. Ses livres sont toujours construits, à la fois fluides et très écrits, jamais tout à fait les mêmes, Miesel donne à Balmer une raison joyeuse de faire son métier. La gloire tarde, d'accord, mais peut-être un jour le public… Nul n'est à l'abri du succès. De toute façon, Miesel s'en moque. *Des échecs qui ont raté*, son dernier roman, s'était retrouvé dans les premières listes du Médicis, du Goncourt et du Renaudot, pour disparaître quinze jours plus tard des deuxièmes sélections : elle l'avait appelé, autant irritée que désolée, pour le consoler, mais au bout de quelques secondes, c'était lui qui la réconfortait, et lui demandait si elle était libre le lendemain, il avait deux invitations au théâtre de l'Odéon. Non, tout glisse sur lui comme l'eau sur les plumes d'un canard.

Clémence transfère le document joint dans sa liseuse, par réflexe d'éditeur. Mais aussitôt, un peu curieuse du titre, *L'Anomalie*, plus dur, plus tranchant qu'aucun de ses titres précédents, ne voyant aucun message qui présente ce texte, elle l'ouvre : elle est stupéfaite.

Clémence Balmer lit vite, c'est son métier, et en une heure elle a fini. *L'Anomalie* ne ressemble à rien de ce que Victor a produit auparavant. Ce n'est pas un roman, pas une confession, pas non plus une succession sans lien de phrases lumineuses ou de formules scintillantes. C'est un livre étrange, au rythme lancinant, qu'on ne peut lâcher, et elle y reconnaît en filigrane tout ce qui a influencé Miesel, de Jankélévitch à Camus, Gontcharov et tant d'autres. Un texte noir, sans distance, où même le persiflage est douloureux : « Dieu, que la connerie suinte de l'esprit religieux. Toute certitude poignarde l'intelligence. Pour faire de la mort une mésaventure parmi d'autres, le croyant a perdu la raison. Si le doute a fait de moi un autodidacte de la vie, j'aurai d'autant plus joui de chaque instant. Jamais je ne suis submergé d'émotion mystique, même face aux scintillements glorieux d'un nuage. Sur le point de mourir noyé, je tente de nager, je ne vais tout de même pas prier Archimède. Et en ce jour où je coule, mes yeux s'ouvrent sur des abysses où n'a cours aucun théorème. »

Soudain inquiète, Clémence Balmer décide d'appeler Miesel aussitôt. Le portable, puis le fixe. C'est la police qui décroche. Apprenant le geste de Miesel, Balmer est terrassée, anéantie. Elle répond aux questions de l'officier, et une vraie tristesse l'envahit, une colère sombre aussi. La dernière fois qu'elle a vu Victor, quand était-ce donc ? Début mars, pour fêter ce prix de traduction, ils ont dîné chez Lipp, lui son éternelle andouillette, elle sa salade parisienne, ils ont bu du pic-saint-loup, et elle n'a rien vu venir, rien, pas décrypté dans une phrase de son ami le moindre indice. Elle relit *L'Anomalie*, à l'aune du désastre qu'il annonçait. Elle s'aperçoit qu'il est signé de Victør Miesel, avec un ø qui n'est que le symbole de l'ensemble vide. Une coquetterie tragique.

Balmer contacte qui elle peut. Miesel n'avait plus ses parents, il n'a ni frère, ni sœur. Il y a bien Ilena Leskova, cette jeune enseignante de russe aux Langues O' qui l'a quitté après un an de relations orageuses, et par ailleurs arrière-petite-nièce du Nikolaï Leskov qu'a traduit Victor. Cette dernière répète « *Boje Moï !* », « Quelle horreur ! », « Comment est-ce possible ? » avec une notable conviction, et s'empresse de prendre congé. Clémence songe à cette phrase qu'elle vient de lire sous la plume de Miesel : « Personne ne vit assez longtemps pour savoir à quel point personne ne s'intéresse à personne. »

L'éditrice prend tout en main, les appels aux

amis, l'enterrement, civil évidemment, et commande l'annonce dans le carnet du *Monde*.

Les éditions de l'Oranger,
Clémence Balmer, et toute l'équipe,
ont la tristesse de vous faire part
de la disparition de Victor Miesel,
écrivain, poète, traducteur
et leur ami

Elle rédige un long communiqué pour l'agence France-Presse, qui rappelle les traductions les plus prestigieuses, et les livres ayant reçu un écho critique favorable. Elle ajoute qu'un manuscrit exceptionnel va paraître sous peu, que Miesel y a mis la dernière main avant de commettre son geste. Elle glisse trois extraits de *L'Anomalie*, et elle qui ne boit pas se verse un fond de verre de whisky, qu'elle sirote lentement, un single malt écossais qu'aimait Victor.

Le lendemain matin, au « comité restreint », formule moqueuse car toute la maison est là, et même les deux stagiaires, elle lit le début du texte, avec conviction. Les deux directeurs de collection approuvent, le directeur commercial insiste pour sortir le livre très vite, sans oser formuler l'évidence nécrophile : la critique, le public vont adorer cette histoire de livre remis juste avant le grand saut. Il a un exemple en tête, voici treize ans, comment s'appelle cet auteur déjà ? Pourrait-on au moins modifier le titre, afin qu'il évoque cette fin tragique ? suggère le responsable libraire. Non, on ne peut pas, répond sèchement Clémence Balmer. Un bandeau alors, ou une jaquette ? Non plus. Et au moins, écrire Victor au lieu de Victør ; pour le référencement Électre, ce serait autrement plus pratique comme graphie, non ? Non.

Le livre est corrigé dans le week-end, mis en pages le lundi, les photocopies des premières épreuves partent à la presse aussitôt, à la fin de la semaine le bon à tirer est donné à l'imprimeur, et ce dernier lance les presses le jour même où l'on incinère Miesel au crématorium du Père-Lachaise. Ses cendres ne sont pas encore dispersées que le livre part chez le distributeur. C'est un record, l'édition a rarement été plus réactive depuis la biographie de Lady Di. Le premier mercredi de mai, *L'Anomalie* est en piles dans toutes les librairies. Balmer a décidé d'un tirage à dix mille exemplaires, pour lui donner toutes ses chances, avec un bandeau bleu simple : MIESEL.

C'est un succès immédiat. Le service culture de *Libération* lui offre la double page qu'il avait promise, *Le Monde des livres*, qui a passé tous les siens sous silence, se rachète par une longue nécro louangeuse où l'on peut lire qu'il « faut féliciter les Éditions de l'Oranger d'avoir su publier Miesel », *La Grande Librairie* exhume ce qui peut exister de vidéos de Victor pour en dresser un portrait, France Culture lui consacre trois émissions : l'affaire Miesel démarre. Clémence réimprime dans l'urgence *Des échecs qui ont raté*, et même ce roman d'il y a cinq ans, *Les montagnes viendront nous trouver*, dont les ultimes exemplaires en stock étaient menacés de pilon.

Des rencontres sont organisées, Balmer accepte d'en assurer certaines. Des comédiens en lisent des passages dans les librairies, il y a une « Nuit Miesel » à la Maison de la Poésie de Paris où, devant une salle comble, un acteur célèbre au beau timbre grave, que *L'Anomalie* a « bouleversé », en fait la lecture intégrale, en quatre heures. Ilena est dans le public, en larmes. Sortir en mai n'est pas l'idéal pour participer à la course aux prix de la rentrée littéraire, mais Miesel est – se murmure-t-il dans les jurys – « incontournable ». Il circule déjà le mot de Médicis.

C'est ce même mois de mai qu'est fondée la Société des amis de Victør Miesel, groupe hétéroclite de camarades et d'admirateurs qui d'évidence ne l'ont pas tous connu ni même lu. Victør Miesel a désormais pléthore de « meilleurs amis », d'un monsieur T., dandy à la voix haut perchée, toujours en veste noire étriquée, à un certain Salerno – Silvio, Livio ? –, son « très vieux copain » dont Clémence Balmer n'a jamais entendu parler. Assez vite, cette société se rebaptise l'Avimi, puis « les Anomalistes ». Ilena en est membre, et par une exquise réécriture de leur peu glorieuse histoire amoureuse, Mlle Leskova se hisse peu à peu au statut tragique et digne de veuve officielle.

Clémence Balmer voit tout cela se mettre en place avec distance, et un sentiment vague d'écœurement. Déjà, le succès à cinquante ans, c'est la moutarde qui arrive au dessert. Cette renommée posthume de Miesel accable l'amie plus encore que son injuste invisibilité n'a pu naguère affliger l'éditrice. Qu'a écrit Victor ? « Toute gloire ne saurait être qu'une imposture, sauf peut-être dans la course à pied. Mais je suspecte quiconque affirme la dédaigner d'enrager d'avoir seulement dû y renoncer. »

## SLIMBOY

*Vendredi 25 juin 2021,*
*Eko Atlantic, Lagos, Nigeria*

Le consul d'Italie à Lagos trébuche à chaque pas qui le rapproche des petits fours. Ni le Nigeria ni l'alcool ne lui réussissent. Ugo Darchini tangue et titube, et lorsqu'un peu de champagne s'échappe de sa coupe pour tacher le parquet exotique de cette salle de réception disproportionnée de l'Eko Atlantic Hotel, il s'excuse d'une voix éraillée et avinée.

Darchini s'approche de la consule de France, près du buffet, comme un naufragé d'une bouée. Il trouve sa robe citron hypnotique, avec ses spirales dorées, qui rappellent la Gidouille du père Ubu. Depuis que dans les soirées nigérianes les dashikis multicolores et les agbadas yorubas traditionnels ont remplacé les tailleurs Versace et les smokings Armani, il faut en faire beaucoup si l'on ne veut pas être invisible. Les trois Nigérians qui discutaient avec la consule l'abandonnent dès qu'ils aperçoivent l'Italien, comme s'il était pestiféré. Le regard du consul est aspiré par les tourbillons de la robe, il ressent une vague nausée.

— *Buona sera*, Hélène. Vous avez une magnifique tenue tapaphysic… pataphysique. Excusez-moi, je n'ai bu que deux verres pourtant.

— Bonsoir, Ugo, je voulais prendre des nouvelles. J'ai pensé que vous seriez rentré en Italie, après ce qui est arrivé. Je sais que votre fille est repartie à Sienne avec sa mère.

Ugo Darchini grimace un sourire, mais non, Hélène Charrier ne peut pas comprendre, elle ne peut pas se représenter les jours à négocier la restitution de sa fille de quatorze ans avec des ravisseurs camés à la meth, à ne pas oser imaginer ce que Renata vit, à craindre qu'un de ces tarés ne lui tranche un doigt, ne lui coupe une oreille pour qu'il leur file plus vite ces soixante-dix mille dollars. Il a confié l'argent à un « consultant en sécurité », Taiwo, un type vraiment louche mais recommandé par un sous-directeur de la prospection pétrolière chez ENI. Il avait déjà joué l'intermédiaire, deux ans plus tôt, quand le fils du gars avait été enlevé. L'échange avec les *area boys* s'était fait avec des kalachs en bandoulière des deux côtés, dans une ruelle d'Apapa, près des docks, en face d'une église évangéliste où clignotait l'enseigne « *Pray as you go* ». C'était seulement cinquante mille dollars, à l'époque. Tout augmente.

Pourtant, de l'ambassadeur à Abuja à la standardiste du consulat, tout le monde lui avait dit, Monsieur le consul, faites très attention à votre fille quand elle va au lycée international, ici, les gens survivent avec un dollar par jour, alors le kidnapping, c'est un business comme les autres, voire meilleur que les autres. Mais ce poste à Lagos était un passage obligé s'il voulait décrocher Athènes dans un an ou deux. Maria avait insisté pour l'accompagner, afin que Renata découvre l'Afrique. Un jour, un jour seulement, il n'a pas eu le courage d'interdire à sa fille de s'aventurer sans escorte armée hors de l'enceinte gardée de la maison. Un jour seulement.

— Elles ont bien fait de rentrer en Italie, soupire la consule de France, parce qu'à Lagos je peux vous garantir que c'est de pire en pire. L'électricité, c'est trente minutes et ça s'arrête d'un coup, pour des heures. Je ne sais pas comment les gens conservent les aliments sans frigo. Au consulat, sans groupe électrogène, on ne pourrait pas travailler, et sans citerne, il n'y aurait pas d'eau. Et tout est comme ça, Ugo. *Tutto*.

Oui, tout est comme ça. Ugo le sait. Sa première vision de Lagos, du hublot, à travers la nuée brune de pollution, ce furent des kilomètres carrés de taudis collés les uns aux autres, des millions de toitures en tôle rouillée, un quadrillage anarchique, et aussi cet immense embouteillage, coloré en jaune et noir de doryphore par ces milliers de minibus si dangereux qu'on tente de les interdire, en vain. Et chaque été, quand viennent les pluies torrentielles, que les rues se transforment en marais pestilentiel, Lagos rappelle à tous qu'elle signifie « lacs » en portugais. Des décennies que la ville est abandonnée à elle-même, corrompue au point que les sociétés étrangères de travaux publics refusent tout contrat avec les mairies. Même l'État a déserté, et en cinq ans, aucun président nigérian ne s'est rendu à Lagos.

Des histoires tragiques, Ugo en apprend une par jour. L'histoire de l'adolescente qui, pour accéder au seul robinet d'eau potable, traverse à pied la voie rapide, se fait écraser, et sur laquelle dix véhicules roulent sans s'arrêter. L'histoire de l'homme frappé d'une crise d'épilepsie qui s'affale – c'était hier, Naruma sa cuisinière l'a vu de ses yeux vu – et que les passants laissent au sol, secoué de spasmes, bavant, peut-être même qu'il est mort. L'histoire du vieillard du bidonville d'Oshodi, qui se jette sous les chenilles d'un bulldozer pour sauver trois vêtements sans que le bull marque un temps d'arrêt.

Si tu te crois fort, viens à Lagos, et tu verras.

La consule repose son verre, et hèle une grande jeune femme noire, aux formes généreuses, en robe dashiki pourpre, qui s'approche et l'embrasse avec enthousiasme.

— Ah, Hélène ! Je cherche la directrice de la Fashion Week Lagos, mais je ne sais pas où elle peut bien…

— Swahila, permettez-moi de vous présenter Ugo Darchini, mon homologue italien. Swahila Odiaka est notre attachée culturelle à Lagos depuis un an.

La femme sourit et serre la main molle que lui

tend le consul. À l'entrée de la salle, des flashes crépitent, des cris retentissent.

— Oh, c'est Slimboy ! s'exclame l'attachée culturelle, il donne un concert, dans deux heures, sur Victoria Island. Vous connaissez Slimboy, Hélène, bien sûr.

Non, Hélène ne connaît pas. L'attachée culturelle chante en riant :

— « *Money not worth it worth it worth it…* » Mais Hélène, vous n'allez jamais sur YouTube ? Il avait une notoriété locale il y a trois ou quatre mois, mais là, c'est fou, avec sa chanson *Yaba Girls*, il a dépassé le milliard de vues en quelques semaines. Une explosion médiatique, comme le Coréen il y a dix ans, vous voyez ? Enfin… Slimboy ? Monsieur le consul d'Italie ?

Ugo décline, poliment :

— Désolé, madame l'attachée culturelle, je n'en ai jamais entendu parler non plus. Moi, c'est plutôt Verdi, Puccini, à la limite Paolo Conte.

Cette fois, c'est Swahila qui – petite vengeance – mime l'ignorance.

— *Yaba Girls*, c'est un rythme très hip-hop R&B, enfin, plutôt afro-pop. C'est un hommage à sa mère qui tenait une boutique à Yaba, dans le *fashion district*.

Elle les entraîne d'un geste.

— Alors, suivez-moi. On va le rejoindre, il donne une conférence de presse. Le ministère a aidé à la production d'un de ses concerts à Paris, en mars dernier.

Les deux consuls suivent l'attachée culturelle :

elle se fraie avec excitation une route dans la foule de plus en plus compacte, jusqu'au musicien et sa compagne, jusqu'aux hurlements suraigus des fans et des paparazzis.

— Slimboy ! Slimboy ! Pour la photo ! Embrasse Suomi !

L'empereur de la pop africaine, obéissant aux photographes, embrasse sous les flashes la jeune actrice, en s'agenouillant, étant aussi grand que sa toute nouvelle fiancée est petite. Ils posent ainsi longuement, avec docilité et complaisance. Le bonheur, c'est peut-être ça.

Femi Ahmed Kaduna, alias Slimboy, n'en revient toujours pas. Il y a trois mois, sa notoriété se limitait au Little Lagos qu'est Peckham, au sud de Londres, à la rigueur à Westchase en banlieue de Houston, et il avait beau reprendre à sa sauce des titres cultes de Fela Kuti, ni le concert de Paris, ni celui de New York dans la foulée n'avaient été de grands succès.

C'est dans la dernière heure du vol Paris-New York, après avoir cru qu'il allait y laisser sa peau, et fait un large usage des sacs à vomi, que Slimboy a eu l'idée de *Yaba Girls*. Une chanson qui raconterait avec des mots simples son attachement au quartier de son enfance, aux filles « aiguilles et ciseaux », une chanson qui chanterait la gratitude du petit Femi envers sa maman qui vendait des colliers sur le marché, qui priait chaque jour pour lui et qui venait de mourir, ce serait une chanson douce, étonnante et mélodieuse.

Et dans son vol de retour à Lagos, il a décidé

que pour une fois, son clip n'exhiberait pas de grosses cylindrées, de hors-bord, qu'on ne verrait pas de magnifiques filles à demi nues dansant sur une plage, se trémoussant avec lui sur un lit dans une villa fastueuse, qu'il n'arborerait pas de chaînes en or, ne compterait pas ses dollars en souriant. Non, tout le monde faisait ça, il avait envie d'autre chose, alors on montrerait la dignité des gens ordinaires, des travailleuses fatiguées, des boutiquières, des tailleurs, des repasseurs à l'ouvrage, qui rient et dansent, par quarante-cinq degrés à l'ombre, avec seulement, comme taches de couleur, des bandes de tissu wax hollandais. Et lui, Slimboy, vêtu de blanc dans les rues sales, chanterait en anglais et en yoruba, saluerait l'une, puis l'autre, respectueux, humble, même, comme la révérence du gamin qu'il a été à son enfance heureuse. Lui, Slimboy, il casserait les codes du vibe afro-rap, il éviterait l'auto-tune, la réverb, le delay et autres effets usés jusqu'à la corde, et au-dessus de la mélodie, un saxophoniste viendrait soutenir en contre-chant et balancer doucement. Slimboy avait même trouvé le musicien, c'était un vieux Blanc squelettique aux cheveux rares, un virtuose québécois qui jouait parfois avec le rappeur canadien Drake, il symboliserait le monde ancien qui passe le relais au nouveau.

Ils ont tourné le clip dans les rues de Yaba en deux jours, l'ont aussitôt mis en ligne et la chanson a fait le tour du monde. Il existe déjà quatre remix de *Yaba Girls*, dont un par Franks, Slimboy a été la surprise du Coachella Festival, il a chanté aux côtés de Beyoncé, a fait un duo avec Eminem, il a été l'invité d'Oprah sur son show. Oui, le bonheur c'est peut-être ça.

Au retour d'une tournée anglaise en mai, il a malgré tout acheté une Lamborghini jaune, et un gigantesque appartement au dernier étage d'une tour d'Eko Atlantic, dont la première pierre n'est même pas posée ; on ne peut pas indéfiniment chasser le naturel. De toute façon, c'est ça que les jeunes Nigérians veulent, qu'on leur vende du rêve, ils veulent boire du champagne dans la voiture de course, ils veulent visiter le penthouse avec vue sur la mer, ils veulent qu'on leur dise qu'ils ont beau se réveiller chaque matin dans leur baraque de tôle pourrie au milieu des pneus abandonnés et des rats crevés, la richesse et la gloire sont au coin de la rue, oui d'accord, pour un sur un million, mais qu'est-ce qu'ils en ont à foutre, puisque ce sera eux, forcément.

Les deux consuls et l'attachée culturelle sont parvenus à s'approcher de l'estrade où se tient Slimboy. Ils entendent mal les questions, mais le chanteur derrière son micro semble réfléchir et répond :

— Je veux espérer qu'Eko Atlantic sera une opportunité formidable pour Lagos et le Nigeria, et que toute la population qui vit autour tirera des bénéfices de la construction de la ville la plus ambitieuse d'Afrique.

La consule de France hoche la tête, soupire : cette théorie absurde du ruissellement a encore de beaux jours devant elle. Elle se tourne vers Darchini.

— Et justement, Ugo, que pensez-vous de cette horreur qu'on inaugure building après building, en se gavant de petits fours ?

Le consul italien fait la moue. Oui, Eko Atlantic, cette île artificielle conquise sur l'océan, est une abomination. Ce n'est encore qu'un immense terrain vague, mais deux cent mille hyper-riches de Lagos se réfugieront dans ses gratte-ciel étincelants, protégés de la violence de la mégalopole par des ponts gardés par des vigiles armés. Dans ce château fort, ils auront leur centrale électrique, leur station d'épuration, leurs restaurants, leurs palaces, leurs piscines, leur port de plaisance pour amarrer leurs yachts…

— Le Dubaï africain, comme ils disent, reprend Hélène Charrier. Ils l'ont même surélevée de plusieurs mètres, en prévision de la montée des eaux. Et du haut de ces buildings de luxe, on verra Lagos et ses quarante millions d'habitants se noyer, de Kuramo Beach aux bidonvilles de Makoko, cet égout à ciel ouvert… Désolée, Ugo, je trouve ça monstrueux. Le pire, vous savez ce que c'est ? C'est que c'est le monde de demain. On a jeté l'éponge, on tente de s'en tirer chacun de son côté, et pourtant personne ne sera sauvé. Ce n'est pas Lagos qui s'éloigne de la civilisation, c'est nous, nous tous, partout, qui nous approchons de Lagos.

— Vous exagérez, Hélène.

— J'aimerais tellement, Ugo.

Soudain, dans la salle de conférence de presse, le bruit retombe. Un journaliste a posé une question à Slimboy.

— Eze Onyedika, de *Punch*. Slimboy, on dit que tu vas chanter une nouvelle chanson, avec Doctor Fake ? Est-ce que c'est une chanson en faveur de l'homosexualité ? Tu es homosexuel ?

Un silence s'installe, solide comme de la brique. Si l'Afrique tout entière est un enfer pour les homosexuels, le Nigeria est son neuvième cercle. Il y a la loi, qui les menace de quatorze années de prison, il y a la police, qui les pourchasse et leur extorque de l'argent, il y a toute une population qui les rejette, avec répugnance et détestation, abreuvée de haine et de rumeurs par les évêques et prêtres évangélistes au sud, et au nord par les musulmans qui appliquent la charia. Pas un jour sans que des jeunes soient assassinés, lynchés, pas un jour sans qu'un chanteur, un acteur, un sportif, la terreur dans la voix, ne doive se défendre d'être gay. Alors oui, voici trois mois, le très raffiné Doctor Fake, sans aller jusqu'à oser afficher son goût pour les hommes, a brisé le tabou avec son hit aux paroles bien anodines et pourtant ambiguës, *Be Yourself*.

— C'est beaucoup de questions, répond Slimboy. Oui, je vais chanter une chanson avec Doctor Fake, elle s'appelle *True Men Tell the Truth*. Mais cela ne veut rien dire, une chanson « en faveur de l'homosexualité ». Lorsque je chante *My Nollywood Girl*, c'est une chanson qui parle de l'amour, pas une chanson « en faveur de l'hétérosexualité ». Tu saisis la nuance ? Et d'ailleurs, j'ai un scoop : je viens d'apprendre il y a quelques minutes que j'enregistrais très bientôt à Londres avec Elton John. Son jet vient me chercher après-demain.

Le journaliste insiste :

— Mais est-ce que tu es gay, Slimboy ?

— Tu veux un rendez-vous ?

Les journalistes rient, Slimboy enfonce le clou :

— Pourquoi ne poses-tu pas plutôt cette question à Suomi ?

La jeune femme sourit obligeamment et aussitôt elle embrasse Slimboy sur la bouche avec une voracité aussi jouée qu'enjouée. Sous les applaudissements des journalistes, le baiser ne s'éternise pas. Slimboy y met fin avec galanterie et ajoute :

— Mais quand je lis que les gens d'un village ont tué à coups de pierres deux gamins de seize ans après qu'un prédicateur les a dénoncés dans un prêche, simplement parce qu'ils se sont embrassés, j'affirme qu'il y a quelque chose à changer dans notre pays. Suomi et moi sommes tout à fait d'accord sur ce point. On ne peut forcer personne à être ce qu'il n'est pas. Il faut de la tolérance, il faut de l'amour. Comment peut-on croire qu'on sera plus heureux en faisant du mal à d'autres ?

Il y a un brouhaha général, d'autres questions. Slimboy se tourne vers son manager inquiet, qui écourte la conférence de presse. Pourtant, si le chanteur s'écoutait, il raconterait le destin de Tom, son premier amant quand il avait quinze ans, Tom brûlé vif devant lui par la multitude déchaînée, et sa propre fuite pieds nus la nuit, hagard, terrorisé, le visage en sang, sa course dans Ibadan poursuivi par la foule hostile, et ses rencontres désormais si dangereuses et si brèves, et la détresse des gays du Nigeria et d'ailleurs en Afrique, qui ont fini par fuir, par s'exiler à jamais dans ces pays froids de Blancs où ils ont malgré tout le droit de respirer. Avec Doctor Fake, il va chanter *True Men Tell the Truth*, mais quelle ironie, quel mensonge, quelle trahison même ! Slimboy sait bien que pour continuer à vivre à Lagos, il a dû s'inventer une autre existence, jusqu'à passer ce pacte de connivence avec Suomi, la star montante de Nollywood, la délicieuse Suomi qui, bien sûr, aime autant les femmes que lui les hommes.

Soudain, Hélène Charrier remarque un grand homme noir en costume sombre. Il reste discrètement sur le côté, à observer le jeune chanteur. Elle se tourne vers le consul italien et le désigne du menton :

— Ugo ? Le type qui pianote sur son portable, qui prend des photos, vous le voyez ? Je vous présente l'attaché commercial britannique. John Gray. Je ne parierais pas que c'est son vrai nom, en revanche, je suis certaine qu'il est des services britanniques. Et il n'est pas seul. Il y en a deux autres du staff de sécurité du consulat. Et surtout, une autre demi-douzaine de types bizarres que je n'ai jamais vus. MI6, je vous le dis.

— Vous avez l'œil, dites donc, Hélène. Vous ne seriez pas des services français, vous aussi ?

— Mais non, Ugo, bien sûr que non. La preuve : si je l'étais, vous pensez bien que je vous dirais que non.

— Certes. Oh, Hélène, connaissez-vous l'histoire de l'espion américain en mission en URSS – ça ne nous rajeunit pas – et qui veut se dénoncer ? Il se rend à la Loubianka.

— La quoi ?

— La Loubianka… le siège du KGB à Moscou… Bref, il dit : « Je suis un espion, et je veux me rendre. — Pour qui travaillez-vous ? demande le type à l'accueil. — Les États-Unis d'Amérique. — Bien, allez au bureau 2. » L'espion américain va au bureau 2 et dit : « Je suis un espion américain et je veux me rendre. — Êtes-vous armé ? — Oui, je suis armé. — Allez au bureau 3, s'il vous plaît. » Il va au bureau 3 et dit : « Je suis un espion américain, je suis armé et je veux me rendre. — Êtes-vous en mission ? — Oui, je suis en mission, commence à s'agacer l'agent américain. — Alors, c'est au bureau 4. » Il va au bureau 4 et dit : « Je suis un espion américain, je suis armé, je suis en mission, et je veux me rendre ! — Vous êtes vraiment en mission ? — Oui. — Alors, allez la remplir, votre foutue mission ! Et foutez la paix aux gens qui bossent ! »

Ugo sourit à sa propre blague.

— Elle est très bien, concède Hélène, qui la connaissait, puisqu'on la raconte aussi à la « piscine », le siège du contre-espionnage français. Avant sa nomination comme consule à Lagos, elle a été les yeux de la Direction générale de la sûreté du territoire au Kenya et en Afrique du Sud.

Les barbouzes n'ont pas bougé d'un pas, ils n'ont d'yeux que pour Slimboy.

— Ça ne nous dit pas ce qu'ils fichent là, et depuis quand l'Intelligence Service s'intéresse à l'afro-rap et au R&B.

## ADRIAN ET MEREDITH

*Jeudi 24 juin 2021,*
*Fine Hall, Princeton University, New Jersey*

Devant le département de mathématiques de Princeton, un élégant building de verre et de briques rougeâtres au modernisme déjà ancien, les étudiants ont dressé des tables à tréteaux, installé un barnum blanc à chapiteau pointu et allumé le barbecue. On célèbre avec force saucisses la médaille Fields de Tanizaki, et le probabiliste Adrian Miller se rend bien compte qu'il regarde sa collègue Meredith Harper avec un sourire crispé, qui alterne avec un air de sentimentalité idiote. La première fois qu'Adrian avait vu Meredith, il l'avait trouvée franchement laide. Une telle impression est passagère, les meilleurs auteurs le lui auraient confirmé. Deux mois avaient passé depuis l'arrivée de la topologiste britannique, et désormais Meredith, avec ses jambes trop minces et ses cheveux bruns trop sages, son nez trop long et ses yeux trop noirs, Meredith la toujours distante l'attire de façon déraisonnable.

Pour se donner le courage de l'aborder, Adrian a bu une bière, puis une autre. À jeun, il peut vaguement faire illusion – Meredith lui a dit un jour, pas méchamment, qu'il avait « un physique à la Ryan Gosling, dans une version dégradée et un peu chauve » –, mais là, il ressemble seulement à un type bourré. Il estime à 27 % ses chances de réussite. Elles auraient pu atteindre 40 % s'il n'empestait pas autant l'alcool, mais d'un autre côté, l'ivresse réduira d'environ 60 % la souffrance née d'un refus. Le probabiliste en a conclu qu'avec tant de chances de se ramasser, autant être ivre.

Le plus clair de la vie d'Adrian s'est passé à faire des probabilités et, de temps à autre, à écouter Bach et les Beach Boys. Il n'a pas construit de famille, aucun enfant ne porte son nom, à moins de promouvoir au rang de progéniture un obscur théorème. Meredith est sa première émotion amoureuse depuis fort longtemps, et en l'instant, il se dit même, avec une certaine emphase : depuis toujours. Elle est seule sous le grand acacia, gracieuse dans une longue robe en coton noir. Il tâche de marcher à peu près droit sur elle.

— J'ai bu, dit-il d'emblée.

— Je confirme, répond Meredith, qui a effectivement trouvé sa démarche bien peu assurée.

— Et je pue la bière, pardon.

— Je ne saurais trop vous dire, Adrian, car moi aussi.

Elle exhibe la bouteille vide qu'elle tient à la

main, se penche dans un geste délicieusement imprécis et lui souffle au nez une haleine tiède et parfumée de houblon.

— Respirez, Adrian, c'est le parfum de la contrariété et de l'ennui.

Car Meredith s'ennuie à Princeton. La Londonienne n'aime pas cette ville de province, où le restaurant japonais – celui qui reste ouvert « tard » – fait clignoter les lampes dès neuf heures et demie pour signifier qu'il va fermer, ce campus qui tente de ressembler à Poudlard avec ses donjons et ses beffrois moyenâgeux du dix-neuvième, elle ne s'habitue pas à ces étudiants qui se croient sortis tout droit de la cuisse de Jupiter et qui, sous prétexte que leurs parents ont déboursé soixante mille dollars de frais de scolarité, lui mailent à toute heure des questions triviales sur le théorème de non-plongement de Gromov, questions auxquelles ils exigent une réponse immédiate, alors que zut, quoi, il leur suffirait de consulter sur Wikipédia l'entrée concernée, fort bien rédigée, elle exècre ces enseignants qui la regardent de haut, St. Andrews – son université d'origine – ne pouvant évidemment égaler Princeton, puisque eux y sont, à Princeton, CQFD. Adrian n'est pas comme ça, et s'il était un peu moins pataud, il y a longtemps qu'il aurait compris qu'elle l'aime bien. Pour un probabiliste, c'est un rêveur, il a des yeux verts qui le feraient prendre pour un théoricien des nombres, même s'il porte les cheveux aussi longs qu'un théoricien des jeux, de petites lunettes d'acier trotskisantes de logicien et de vieux

T-shirts troués d'algébriste – celui qu'il arbore en cet instant est particulièrement avachi et ridicule. Elle le devine brillant. Si c'était un mauvais, il serait depuis longtemps parti dans la finance. Brillant, mais timide, et lorsqu'il bredouille « Meredith, je voulais vous demander… Euh… Vous travaillez bien sur… les espaces localement symétriques et sur… », elle le coupe :

— Non, Adrian, pas du tout. Là, je travaille à me saouler consciencieusement. Je suis ravie de constater que Tanizaki et ce macho de Brenner à Stanford ont reçu leur Fields sur des questions d'interface topologie-géométrie algébrique, domaine où j'ai cosigné quasiment tous leurs articles, quand je ne les ai pas écrits. Par ailleurs, j'habite à Trenton un bungalow pourri où l'eau est froide un jour et tiédasse l'autre, ma Toyota hybride est en panne depuis six jours, un truc de batterie il paraît, j'ai rompu avec l'homme de ma vie – croyais-je en tout cas – voici un an, et cela fait donc, laissez-moi calculer, quatre mois que je n'ai pas fait l'amour. On est fin juin ? Alors non, six. Six mois… et ce n'était même pas terrible. Et vous, Adrian, tout va bien ? La maison, la voiture, le sexe ?

La conversation vient à peine de débuter qu'elle prend pour Adrian une tournure déstabilisante. Il articule du mieux qu'il peut :

— Euh… Ma voiture n'est pas en panne. J'ai de l'eau chaude. Je…

— Alors pourquoi vous traînez-vous toujours cette allure de cocker triste qui se noie dans son écuelle ? Je crois que je vais boire une autre bière. Vous connaissez le principe d'indétermination de Heineken ?

— Euh…, fait Adrian, qui anticipe une blague de physicien quantique.

— Soit on sait combien de bières on a bues mais on ne sait plus trop où, soit on sait où on les a bues, mais on ne sait plus combien.

Elle vacille, prend appui sur le tronc de l'acacia.

— Si vous voulez sombrer plus vite dans le coma, Meredith, il y a de la tequila salle Turing, dans l'armoire, derrière les feutres.

— Excellente idée.

Meredith pose sa bouteille, zigzague sur la pelouse jusqu'à la porte du hall, qu'elle pousse maladroitement. Adrian la suit, un peu inquiet, en tentant de ne pas – de ne pas trop – regarder ses fesses tandis qu'elle monte vivement l'escalier. Elle s'arrête devant la porte de la salle, s'adosse au mur.

— Je suis britannique, Adrian, je vous préviens, si vous tentez de me violer, je me laisserai faire, et je penserai à la reine.

— Vous avez trop bu, Meredith.

— Et vous pas assez.

Meredith tourne la poignée de la salle et y entre en tournoyant, manque de s'étaler de tout son long et s'assied sur une chaise, prise de vertige. Elle regarde autour d'elle.

— Où est cette tequila ?

— Je ne sais pas si c'est raisonnable…

— Asseyez-vous à côté de moi. Et ne me parlez

pas des processus stochastiques, si vous saviez comme je m'en fous, là.

Adrian obéit, la regarde, désarçonné.

— Oh et puis zut, embrassez-moi, Adrian. Vous en mourez d'envie, et là, tout de suite, ça m'est bien égal que vous embrassiez comme un manche.

— Je… Meredith, je vous assure… Pourtant, vous me plaisez, mais je…

— Oui, bon, ce n'est pas très romantique, mais quoi ? On en rira plus tard, avec nos enfants. Embrassez-moi ou je me mets à pleurer. Ou à crier. Ha ! Au secours !

— Meredith, s'il vous plaît, dit Adrian, soudain très inquiet. Ne plaisantez pas avec ça.

— Ah ! Je vous tiens. Mais non, je plaisante. Pourquoi vous les hommes, quand une femme prend l'initiative, perdez-vous tous vos moyens ?

Meredith l'attire soudain à lui, et plaque ses lèvres sur les siennes. Elles ont un goût de fraise, elle ferme les yeux, et ils restent ainsi l'un contre l'autre quelques longs instants, sans même oser s'embrasser, lorsque la poche intérieure de la veste d'Adrian vibre et sonne bruyamment. D'un coup, il s'écarte d'une Meredith aussi étourdie que lui, puis extrait un smartphone gris métal qu'il contemple avec stupéfaction.

— C'est votre femme ? demande aussitôt Meredith – elle s'en moquerait en l'occurrence complètement.

— Je ne suis pas marié.

Après trois sonneries, le smartphone se tait soudain, reste cinq secondes silencieux, avant de sonner et vibrer de nouveau. Ce coup-ci, l'appelant laisse sonner une seule fois, et raccroche. Adrian ne peut quitter le téléphone des yeux. Maintenant, vraiment ?

— Si ce n'est pas votre femme, c'est quelqu'un de très très insistant.

— Merde, merde. Désolé, je dois à tout prix... Meredith, je dois...

Il se précipite dehors, court dans le couloir du département, dix secondes ont passé et le téléphone sonne à nouveau. Trois sonneries, une sonnerie, trois sonneries. C'est le code convenu : il décroche. Une voix d'homme, à la fois assurée et atonale, militaire.

— Professeur Adrian Miller ?

— Euh... Oui, répond-il en hésitant.

— Toto, j'ai l'impression...

La voix attend, attend encore, et Miller répond, d'une voix blanche :

— Que nous ne sommes plus au Kansas.

« Toto, j'ai l'impression... que nous ne sommes plus au Kansas... » N'importe quoi. Adrian ne peut s'en prendre qu'à lui-même, au gosse à l'humour potache qu'il était voici vingt ans et qui a choisi cette réplique tronquée du *Magicien d'Oz* sans imaginer qu'un jour il aurait à la compléter pour confirmer son identité. Depuis vingt ans aussi, il possède ce smartphone qu'on lui change régulièrement, ce smartphone qui doit, pour mille dollars mensuels, être en permanence allumé, ne jamais le quitter, afin qu'Adrian puisse, en toutes circonstances – absolument toutes, la preuve –

répondre, et être aussitôt disponible. Il n'avait encore jamais sonné.

— Adrian, crie Meredith, revenez m'embrasser même si c'est votre femme !

— Veuillez vous tenir prêt, professeur Miller, poursuit la voix. Un véhicule de police arrive devant Fine Hall dans la minute qui vient et il vous emmènera au point de contact.

— Devant Fine Hall ? Vous savez où je suis ?

— Bien sûr, professeur Miller. Vous êtes géolocalisé à trois mètres près. Quand vous serez en route, nous vous rappellerons pour vous mettre en relation avec le centre opérationnel.

— Adrian ? hurle Meredith de la salle Turing. Vous faites chier, Adrian, vous faites vraiment tous chier.

Adrian court à la porte, Meredith n'a pas bougé, elle est figée sur sa chaise, les cheveux ébouriffés, l'air furieuse.

— Je suis désolé, Meredith. C'est très important, je… Je vous expliquerai.

Adrian descend quatre à quatre l'escalier, Meredith crie une phrase où il est question de probabilistes ensanglantés et d'un voyage vers l'enfer qu'il est prié d'accomplir, mais il est déjà dans le hall.

*

Pour comprendre pourquoi Adrian Miller doit répondre sur un smartphone blindé anthracite, ce 24 juin 2021, il faut revenir au 10 septembre 2001, jour où, alors qu'il est le plus jeune postdoc de l'équipe de probabilistes du professeur Robert Pozzi, il fête ses vingt ans au Massachusetts Institute of Technology. Le lendemain, il y aura un cas de vache folle au Japon, les déclarations politiques après l'attentat suicide contre le commandant Massoud, perpétré par deux membres tunisiens d'al-Qaida, et l'annonce du retour de Michael Jordan chez les Wizards de Washington. Mais surtout, ce sera le premier jour de travail de Ben Sliney. Il vient de prendre le poste de directeur des opérations de la FAA, la Federal Aviation Administration. Deux heures après le café et les beignets du pot de bienvenue, il clouera au sol quatre mille deux cents avions, une décision solitaire et sans précédent. Il y a des jours comme ça.

Le 11 septembre, à 8 h 14, l'un des contrôleurs de Boston s'inquiète de voir le transpondeur de l'appareil American Airlines 11 coupé. Six minutes plus tard, une hôtesse à bord de l'avion appelle le numéro qu'elle peut, c'est-à-dire celui des réservations d'American Airlines. Elle prévient d'un détournement, de plusieurs meurtres en cabine. Le temps que l'on vérifie son identité, il est 8 h 25, et un superviseur avertit l'Air Traffic Control. Ben Sliney et les contrôleurs aériens découvrent alors, à l'écho radar, que l'AA11 se dirige plein sud vers New York. La règle pour un détournement exige – oublions le manuel qui voudrait que le pilote, ici poignardé, ait entré le code 7500 sur le transpondeur – d'avertir le QG de l'aviation civile. Au QG, un coordinateur « spécial détournement » doit alors contacter un service du Pentagone, qui doit en référer au bureau du secrétaire de la Défense, lequel avertit le ministre, dont la décision doit redescendre tout au long de la même chaîne. Alors, enfin, les responsables du Centre national de commandement militaire peuvent faire décoller des chasseurs pour intercepter l'avion. Et comme, depuis la guerre froide, le nombre de bases aériennes prêtes à intervenir est tombé de vingt-six à sept, les deux seules bases restantes sur la côte Est sont celle d'Otis, près de Boston, et celle de Langley, siège de la CIA, près de Washington.

Tout cela prend tellement de temps que, le 11 septembre 2001, c'est le superviseur de Boston lui-même qui, dans l'urgence, va appeler la base militaire d'Otis. Comme ce n'était pas à lui de le faire, Otis exige qu'il s'adresse au commandement militaire régional nord-est, à Rome, dans l'État de New York. Il appelle, on lui signale une fois de plus qu'il ne respecte pas la procédure. Néanmoins, convaincu, et agissant lui aussi sans autorisation de la Défense, le colonel Robert Marr demande à la base d'Otis de se préparer à faire décoller les chasseurs.

Bien avant la conclusion officielle de la *9/11 Commission*, le Pentagone sait que, ce jour-là, tout, dans la chaîne de décision, a dysfonctionné. Il crée en interne un groupe de travail dont la tâche sera de proposer un autre processus en situation de crise. Et ce groupe sous-traite tout ce qui touche à la formalisation au département de mathématiques appliquées du Massachusetts Institute of Technology. C'est là qu'apparaît le nom d'Adrian Miller.

Adrian est alors un très jeune probabiliste dans l'équipe de Pozzi, le chef des « maths applis » du MIT. Adrian vient de soutenir, à l'âge de vingt ans, une thèse où il est question de chaînes de Markov, de notation de Kendall... Pour aller vite, il s'intéresse aux files d'attente. Il aime particulièrement la loi de Little, qui dit que le nombre moyen d'unités dans un système stable est égal à leur fréquence moyenne d'arrivée multipliée par le temps qu'elles passent dans le système. Mais passons.

Parce que tout le monde au labo est très occupé, que les contrats avec le département de la Défense agacent profondément Pozzi, c'est à Adrian, en forme de bizutage, qu'est confié le soin de modéliser les blocages et de trouver comment réduire le nombre d'étapes et les délais d'intervention. Adrian sollicite l'aide de Tina Wang, la très intelligente thésarde de Pozzi, afin qu'elle l'assiste sur la partie théorie des graphes, qui lui échappe quelque peu. Ils travaillent tard, mangent vite et mal, dorment peu, disent tout le mal qu'ils pensent du Department of Defense, et quand ils se sentent incapables de quoi que ce soit, ils prennent la vieille Honda d'Adrian et vont se faire en pleine nuit un bowling au Lucky Strike Social Boston, qui ne ferme jamais. Une nuit, après une dispute sur l'hypothèse ergodique et la distribution stationnaire, ils vivent une péripétie plus sexuelle qu'érotique. Un bon souvenir malgré tout.

Surtout, Adrian et Tina recensent toutes les variables qui peuvent affecter le trafic aérien, ils leur attribuent des valeurs statistiques, ils spécifient tout ce qui peut causer une catastrophe – voire simplement perturber le flux – et surpassent les attentes du Pentagone. Leur modèle prend absolument *tout* en compte : la chaîne d'événements, le mode de communication, l'incompréhension linguistique, la différence d'unités – pieds, mètres ? –, l'erreur de pilotage, la panne mécanique, le problème technique, la météo, le sabotage, le détournement, le piratage informatique, l'aiguillage fautif, le défaut de maintenance, et tant d'autres choses… Les deux chercheurs identifient trente-sept protocoles de base, avec, chaque fois, entre sept et vingt chemins contingents, soit près de cinq cents situations de base, et autant de réponses. Quand Richard Reid en décembre 2001 réussit à franchir le contrôle de sécurité avec des explosifs dissimulés dans ses semelles, on a affaire à une variante du protocole 12A ; l'accident du Birmingham-Málaga où le pare-brise du cockpit explose, c'est un des exemples du protocole 7K ; l'Airbus qui sort de la piste à l'atterrissage à Halifax en raison de la neige, 4F ; le volcan islandais qui crache ses cendres et interdit tout décollage, 13E ; le pilote dépressif de la Germanwings qui jette son avion contre la montagne, 25D.

Après cinq mois de travail, ils consignent leurs recommandations dans un mémorandum secret-défense de quelque mille cinq cents pages sobrement intitulé *Trafic aérien civil : diagnostics de crise, optimisation de la chaîne de décision et protocoles de riposte/sécurité*. Et bien qu'ils aient quarante et un ans à eux deux (ou peut-être parce que), ils cosignent « Pr T. Wang & Dr A. Miller & *alii*, Département de mathématiques appliquées, Département de théorie des graphes, Département de probabilités, Massachusetts Institute of Technology ». Dans Wang & Miller & *alii*, Alii est le nom du hamster du labo. De vrais gosses.

Rien ne leur échappe ; le Pentagone leur aurait-il demandé de présenter toutes les réponses possibles à un pile ou face qu'ils en auraient envisagé trois : pile, face, et le cas rare où la pièce déciderait de s'immobiliser sur sa tranche, à la verticale. Mais dix jours après la remise du rapport, en avril 2002, le DoD leur renvoie, avec une question inscrite au feutre rouge : « Et si nous sommes confrontés à un cas n'obéissant à aucune situation étudiée ? »

Tina hausse les yeux au ciel : va pour l'hypothèse où la pièce lancée resterait suspendue en l'air.

Ils ajoutent en cinq jours un ultime protocole pour ce dernier « cas n'obéissant à aucune situation étudiée ». Alors que partout ailleurs, Tina et Adrian ont recommandé qu'un responsable unique, civil ou militaire, supervise le protocole, la mathématicienne décide qu'« en raison du caractère irrationnel des événements justifiant un tel protocole », celui-ci sera confié à un tandem de scientifiques. Et elle écrit son nom et celui d'Adrian Miller. Elle recommande de les équiper de téléphones portables blindés dédiés à ce protocole, qu'ils doivent porter en permanence sans pouvoir les éteindre. Et comme Adrian Miller voue un culte au livre de Douglas Adams, *Le Guide du voyageur galactique*, et à sa « grande question sur la vie, l'univers et le reste », question à laquelle « Pensée profonde », deuxième plus grand ordinateur de tous les temps, répond, après sept millions et demi d'années de calcul : « 42 », ce sera le protocole 42.

Pour faire sérieux ou pour s'amuser, ou parce que faire sérieux l'amuse, Adrian a ajouté une phrase-séquence de code d'initialisation :

1. Opérateur : Toto, j'ai l'impression…

2. Responsables : … que nous ne sommes plus au Kansas.

Lorsque Adrian sort du laboratoire, un véhicule de police l'attend déjà, juste devant le barbecue où les saucisses rôtissent joyeusement. L'officier le salue comme s'il était un général quatre étoiles, et les regards des collègues se braquent vers Adrian. Lui rend au policier un salut gauche et approximatif, et monte à l'arrière non sans se cogner au cadre du toit. La voiture démarre, sirène hurlante, gyrophares allumés. Adrian roule loin du sexe avec Meredith et vers l'inconnu.

Quelqu'un, quelque part dans la galaxie, a donc lancé une pièce, et celle-ci est vraiment restée suspendue en l'air.

# LA PLAISANTERIE

*Côte Est des États-Unis, eaux internationales,*
*41° 25′ 27″ N 65° 49′ 23″ W*

Markle vérifie son micro, mais plus rien. Kennedy a coupé la communication. Il y a un claquement dans la liaison, un très long silence encore, et une voix différente, plus grave.

— Air France 006 mayday, mon nom est Luther Davis, commandant aux opérations spéciales de la Federal Aviation Administration. Pouvez-vous vous identifier encore, s'il vous plaît ? Entrez code transpondeur 1 234.

Markle grimace, Gid tape le code indiqué. Ce n'est pas tous les jours qu'on s'adresse à un commandant aux opérations spéciales de la FAA… Nouvelle coupure. Puis la voix revient.

— Merci, ici Luther Davis, FAA. Pouvez-vous me donner votre date de naissance, et votre lieu de naissance, commandant Markle ?

Markle soupire et obtempère :

— 12 janvier 1973, Peoria, Illinois.

— Pouvez-vous me donner les noms et prénoms de tous les membres d'équipage sur votre vol ?

— Kennedy, je ne sais pas si vous savez, j'essaie de poser un 787 endommagé…

Un long silence encore, une nouvelle rupture de liaison, et une autre voix, féminine.

— Air France 006 ? Kathryn Bloomfield, Norad. Vous m'entendez ?

Le Norad, la défense aérienne, vraiment ? Markle fronce les sourcils.

— Air France 006, que puis-je faire pour vous, Norad ?

— Pour des raisons de sécurité, vous devez déconnecter le wi-fi à bord de l'avion.

Markle ne discute pas et obéit. La voix poursuit :

— Merci. Maintenant, s'il vous plaît, demandez à tous vos passagers d'éteindre leur portable et tout appareil électronique.

— C'est fait depuis longtemps, Norad, nous avons eu des turbulences et nous avons…

— Parfait. Premier officier Favereaux, dans les minutes qui viennent, vous et le personnel de bord allez procéder à la collecte de tous, je dis bien *tous* les appareils permettant de communiquer avec l'extérieur : tablettes, téléphones, bippers médicaux, consoles de jeux, ordinateurs, etc. Pensez aux lunettes à réalité augmentée et aux montres connectées. Il ne doit y avoir aucune exception. Commandant Markle, nous sommes confrontés à un très grave danger de piratage extérieur, qui vise le système de navigation, et les appareils électroniques risquent de servir de relais… Vous pouvez d'ailleurs donner tous ces éléments d'information aux passagers, si vous sentez que vous en avez besoin pour obtenir leur coopération.

— Mais cela va créer des inquiétudes…

— Tant pis. Précisez-leur que tous ces appareils seront restitués dans une heure, une fois que vous vous serez posés à New York. Officier Favereaux, si vous rencontrez une opposition, insistez sur la sécurité de l'avion, sur les dangers d'interférence avec l'instrumentation. Vous avez toute autorité pour récupérer tous les appareils électroniques. Nous suivons un protocole très précis.

— Mais… les appareils… comment allons-nous les stocker ? s'inquiète soudain Favereaux. Tous les portables se ressemblent, comment va-t-on les identifier ?

— Utilisez les sacs à vomi, inscrivez les numéros des sièges au feutre, débrouillez-vous. Rassurez les passagers, ils les récupéreront après l'atterrissage.

Le copilote gargouille un nouveau « oui » vague. Il se lève, part délivrer les instructions au personnel de bord tandis que Markle explique au micro les consignes sans rien omettre. En cabine, le copilote s'attend à une vague de protestations, mais est-ce la peur rétrospective des turbulences, les menaces annoncées de piratage de l'électronique, ou l'autorité incontestable de la voix du commandant de bord, les passagers, dans leur écrasante majorité, se plient à sa demande. Les rares récalcitrants se voient même contraints par leurs voisins d'obtempérer. L'opération aurait pu être délicate, elle ne prend étonnamment que quelques minutes. Après avoir reçu confirmation que les appareils de communication sont stockés en cabine, l'officier du Norad reprend :

— Cette mesure concerne également le personnel de bord. Et vous aussi. Vos téléphones portables, vos ordinateurs. Commandant Markle, vous avez pleine autorité sur cet avion. Vous avez pour ordre de…

— Je suis le commandant de bord, Madame du Norad ! s'agace Markle. Il est évident que j'ai pleine autorité sur cet avion mais c'est vous qui…

— Commandant Markle, il s'agit d'une affaire concernant la sûreté nationale. Nous allons suivre ensemble le protocole 42.

Markle reste interdit. Il n'a jamais entendu parler d'un protocole 42.

— Air France 006, votre nouvelle destination est McGuire Air Force Base, New Jersey. Je répète McGuire Air Force Base, New Jersey.

Fort McGuire… C'est là qu'en 1937 le dirigeable allemand Hindenburg, accroché à son mât d'arrimage, a pris feu et a été entièrement détruit. Markle effectue un lent tournant vers le sud-ouest, et se résigne à annoncer en cabine que, *sorry, folks*, en raison d'avaries majeures, le vol est réorienté vers le New Jersey. Cette fois-ci, beaucoup protestent, certains huent, d'autant qu'au couchant, dérision suprême, les narguent les gratte-ciel étincelants de Manhattan. Markle pourrait divertir les passagers en leur racontant l'histoire de la catastrophe du Hindenburg, mais il a l'intuition que ce n'est pas le moment.

New York revient dans l'intercom :

— Kennedy Approach de nouveau. Commandant Markle, je vous mets en communication avec le Centre de commandement militaire national au Pentagone.

Markle n'a pas le temps de répliquer que c'est déjà une autre voix, masculine. L'accent est nasal, traînant, très yankee, très New Hampshire.

— Commandant Markle, général Patrick Silveria, National Military Command Center. Je parle sous l'autorité du secrétaire à la Défense. Vous allez être rejoint d'ici trois minutes par deux chasseurs de la Navy. Ils viennent de décoller de l'*USS Harry S. Truman* et vont vous escorter jusqu'aux eaux nationales. En cas de tentative de fuite, ou de non-obéissance à leurs consignes, ils ont ordre d'abattre votre aéronef.

Cette fois, c'est trop. Markle éclate de rire. Il a enfin compris.

— Commandant Markle ? Ici le général Silveria, du NMCC. Vous êtes là ?

Markle ne peut plus s'arrêter de rire, il en pleure. Mais quelle énorme blague. Putain, mais quelle bande de contrôleurs à la con, à JFK, quel ramassis d'abrutis de pousseurs d'aluminium, il a vraiment failli tout gober, le Norad, le protocole 42, et maintenant le Pentagone… Il reprend l'intercom.

— Salut, général Silveria de mes deux ! C'est tout ce que vous avez trouvé ? Franchement, j'y ai cru, mais le coup de descendre l'avion, c'est le truc de trop. Vous trouvez que c'est le moment, avec l'orage qu'on vient de se payer ? En plus, vous vous êtes gourés, mon dernier vol, c'est après-demain, pas aujourd'hui. Mais je reconnais : comme cadeau de départ, c'est mieux qu'un carrot cake à la mords-moi-le-nœud.

— Air France 006 ? Ici, le général Silveria, du Pentagone. Je vous passe le porte-avions *USS Harry S. Truman*.

— Et moi je suis le *captain* Speaking ! C'est toi, Frankie ? mais quel putain d'accent yankee de merde... Vous êtes vraiment... Avec vos conneries, on a vraiment collecté tous les portables dans la cabine. Vous vouliez qu'on se fasse écharper par les passagers, c'était ça l'idée ?

Une nouvelle voix dans l'intercom, plus aiguë, et l'accent est texan, cette fois.

— Air France 006 ? Je suis l'amiral John Butler, de l'*USS Harry S. Truman*.

Un sourire ironique ne quitte pas les lèvres de Markle.

— Salut, John Butler à la noix. C'est bon, Frankie, tu peux arrêter ton numéro d'accents, là. Ce n'est même plus drôle.

— Commandant Markle ? Amiral Butler encore. Vous êtes actuellement sous la protection de deux de nos F/A-18 Hornet. L'un est juste derrière votre Boeing, en position d'interception, et l'autre... Regardez à tribord, s'il vous plaît.

Markle hausse les yeux au plafond mais tourne la tête. À quelques mètres de l'extrémité de l'aile droite vole un Hornet, armé de ses dix missiles air-air. Dans le cockpit, le pilote lui fait un signe de la main.

— Maintenant, veuillez obéir à toutes les consignes.

## ANDRÉ

*Dimanche 27 juin 2021,*
*Mumbai, Inde*

« *Fotografei você na minha Rolleiflex...* » Le vaste hall du Grand Hyatt Mumbai diffuse en sourdine la bossa-nova sirupeuse de Stan Getz, Jobim et João Gilberto. La chanson a l'âge de l'homme qui sort de l'ascenseur les épaules tombantes, le souffle court. Quand sous les néons crus de la cabine, le miroir lui a renvoyé ses soixante ans, il a détourné les yeux.

André Vannier n'a pas dormi. Le décalage horaire dont il ne se remet pas, la tristesse, les idées trop noires. Avant de quitter sa chambre, il a écrit à Lucie un très long e-mail qu'il a su s'abstenir d'envoyer. Ce n'était rien d'autre qu'une ridicule bouteille à la mer, après qu'elle lui a asséné d'une voix lasse au téléphone, d'un Paris où il faisait encore nuit, qu'elle est « passée à autre chose ». Il lui a écrit, en sachant que c'est inutile, et surtout, disons, contre-productif. Mais quand les piles de la télécommande sont mortes, on appuie toujours plus fort. C'est humain.

L'architecte sort de l'hôtel international – tout ce qu'il déteste, proportions sans force, matériaux sans élégance, volumes pompeux et étouffants –, il quitte l'arctique de la climatisation pour s'engluer dans la fournaise de l'été tropical indien. Le bruit est soudain assourdissant, l'air suffocant ne mérite pas le nom d'air. Mumbai pue le pneu cramé et le diesel à bout de souffle. Sur la Pipeline Road encombrée, il hèle un rickshaw d'un vert sale, l'engin pile devant lui en faisant hurler dix klaxons. André donne l'adresse du chantier dans le quartier de Kamathipura, propose un tarif généreux et se plie en trois pour faire entrer sa longue carcasse encore mince dans l'espace exigu du trois-roues. Le rickshaw déboîte avec hâte – klaxons encore – et s'enfonce dans le trafic dense en suivant un chemin connu de lui seul.

— Pourquoi tu prends toujours des rickshaws ? lui avait demandé Nielsen la veille. Les taxis, c'est tellement moins stressant.

Oui, mais Nielsen, avec ses longs cheveux blonds, ses costumes Hugo Boss impeccables taillés à sa carrure d'athlète et ses deux petites années de boîte, ce Nielsen tout frais démoulé de l'école – ah ce « depuis votre projet du Grand Mississippi Center, monsieur, je rêve de travailler chez Vannier & Edelman » –, Nielsen ignore encore que ces minutes d'asphyxie sont le luxe de Vannier. Ce qu'il va chercher, ce qu'il retrouve parfois, sur la banquette arrière défoncée du tricycle, ce sont ses vingt ans au Sri Lanka, il y était avec cette fille de Naples joliment cinglée dont le prénom ne lui revient pas sur-le-champ, avec ses seins lourds et son sourire éblouissant, Giulia ? oui, c'est ça, Giulia, il a failli ne pas s'en souvenir.

Le rickshaw se faufile vers le chantier de la Sūryayā Tower dans le flux bruyant et puant, à coups d'accélérations sèches et de klaxon suraigu, et André s'étonne de l'absence d'éraflures sur les ailes des voitures, de la survie des rétroviseurs. Le conducteur n'est pas, pour une fois, un de ces adolescents épuisés qui, à plusieurs, ont acheté un tricycle, et font les trois huit dans une ignorance absolue du code de la route en confiant leur destin à Waze. Non, c'est un homme trapu, sans âge, aux larges lunettes noires Aviator, qui se faufile avec une fluidité agressive entre les camions et les voitures, qui franchit hardiment la ligne blanche sans crainte d'affronter les dizaines de véhicules qui foncent sur lui. Sa progression indemne au sein du flot tient du miracle, le bouddha de plastique translucide collé sur le guidon n'y est pas pour rien.

La Sūryayā Tower est un des plus ambitieux projets remportés par le cabinet Vannier & Edelman, une démonstration de savoir-faire et d'esthétique : un building de verre et de bambou de quatre-vingts mètres, renforcé aux points stratégiques par de longues lignes d'acier. La façade nord condense l'eau qui ruisselle et vient irriguer le mur végétal planté à l'est, la paroi sud-ouest alterne puits de lumière et panneaux solaires – car *sūryayā* signifie soleil – et alimente le building en électricité. Elle sera le pont symbolique entre le quartier des musées et celui des universités, elle abritera des start-up en quête d'image, et tous les niveaux sont déjà réservés. Aucune fioriture ne vient ruiner la simplicité de la tour : c'est une perfection conquise par d'incessantes soustractions. Même leurs concurrents chinois ont dû s'incliner.

Mais un sous-traitant indien a triché sur la qualité du béton des fondations, le pauvre Nielsen s'en est aperçu trop tard, et le chantier a désormais pris deux semaines de retard. André Vannier profite de sa visite de deux jours pour menacer, négocier, conclure, et tant pis si c'est dimanche, avant de s'envoler l'après-midi même pour New York et le Ring.

« Passée à autre chose » : André exècre tous ces mots que Lucie a choisis avec un instinct très sûr, le passé bien mort, la chose bien froide, il devine ce que signifie cet « autre », qui s'est peut-être déjà incarné. Lucie avait souhaité la cruauté, car elle ne désirait plus entre eux désormais que de l'irrémédiable, et elle avait préféré réduire le si peu qu'ils avaient vécu en trois mois à une banale expérience brève et nouvelle – coucher avec un vieux encore un peu consommable, malgré sa vieille peau et son vieux prénom qu'on ne donne plus à aucun enfant. Peut-être s'inflige-t-il un résumé plus féroce que celui d'une Lucie moins sévère.

Il la connaît depuis trois ans. C'était à un dîner chez les Blum. Il s'ennuyait, il allait partir quand une toute jeune femme était arrivée, Pardon de mon retard, les lumières à calibrer sur une scène d'un long-métrage. Lucie était cheffe-monteuse. Malgré des efforts de discrétion, André ne pouvait détourner son regard d'elle, tant elle était « son genre ». L'intensité dans sa voix le subjuguait : jamais elle n'élevait le ton, chaque phrase sortait de ses lèvres d'une manière posée, réfléchie, elle imposait sa parole, et dès qu'elle développait sa pensée, avec concentration, une veine minuscule battait à sa tempe. Plus tard il apprit qu'à vingt ans elle avait eu un petit garçon, Louis, qu'elle élevait seule depuis toujours. De cette responsabilité de mère célibataire, venait, pensait André, son absence totale de frivolité.

Oui, c'est peu dire que Lucie l'avait bouleversé. Vingt ans de moins et il lui eût proposé de lui faire un enfant. La différence d'âge rendait tout invraisemblable. Jeanne, sa fille, aura bientôt l'âge de Lucie. Voici peu, il a demandé à une femme, pour rire : « Voulez-vous être ma veuve ? » La veuve putative n'avait pas ri. Et pourquoi ses compagnes sont-elles désormais si jeunes ? Ses amis vieillissent avec lui, mais pas les femmes qu'il aime. Il fuit, il a peur. Il peut dîner avec la mort à venir, mais ne parvient pas à coucher avec.

Deux ans durant, il l'avait revue. Il était incapable de ne pas la revoir. Un jour miraculeux, elle l'avait embrassé et le miracle avait duré quelques mois.

L'architecte dresse la liste de ce qui, dans les manières de la jeune femme, l'a peu à peu anéanti, et il en conclut que tout se ramène à la question du corps. Depuis qu'il voit la mort à l'horizon, c'est-à-dire depuis longtemps, il place le désir au centre de ce qu'il appelle l'amour. Lucie le situait d'évidence en périphérie.

Lorsque Lucie rentrait épuisée de longues heures de montage, qu'il se levait en souriant pour la serrer dans ses bras, il lisait dans chacun de ses gestes une réserve – qui n'était peut-être que de la fatigue ; dès qu'ils se couchaient, il craignait qu'un mouvement trop intrusif ne la fît fuir ; sa nuit se passait loin d'elle, qui le chassait loin de ce qu'elle appelait son « espace vital », terme qui d'évidence pour sa génération n'évoquait plus le *Lebensraum* nazi. Elle dormait, et déjà elle lui manquait. Il se noyait alors dans la mélancolie, craignant de ronfler et d'ajouter à son inconfort, ou, pis encore, de sombrer dans le sommeil et qu'elle ne se réveille pour découvrir, assoupi à son côté, un vieil homme laid, la bouche ouverte et malodorante.

Au matin, à peine le réveil de Lucie sonnait-il qu'elle se levait, toujours sans l'embrasser ; lui regardait dans le flou d'un petit jour sans lunettes ce corps si désiré déserter la chambre pour la salle de bains. Il écoutait l'eau couler, longuement, il l'imaginait nue fermant les yeux sous la pluie chaude, et sa poitrine se contractait sous la peine, et peut-être l'humiliation.

Aurait-il eu trente ans, aurait-il possédé cette peau ferme encore éternelle, cette peau qui n'a peur ni des rides ni de la mort, ces cheveux encore drus et noirs, Lucie aurait-elle couru loin de son bel amant vers la douche matinale ? Si ç'avait été le beau Nielsen, tiens oui, Nielsen, pourquoi pas, et il frissonne à l'image fugitive d'un Nielsen majestueux chevauchant sa douce Lucie. Il a sa réponse, et elle le crucifie.

Pourtant parfois, Lucie posait sa main sur lui, s'assurait de la rigidité du cylindre de chair, puis montait à califourchon sur lui. Il s'enfonçait loin en elle et, parce que cette position interdisait tout baiser, tentait de l'attirer contre lui ; mais elle se redressait presque aussitôt, et jouissait, vite. Tout son corps svelte, en sueur, lui signifiait alors que son plaisir d'homme devait venir maintenant. André tentait d'atteindre aussitôt la jouissance libératrice en la prenant avec brutalité. Mais ni cette fréquence ni cette cadence n'étaient décidément les siennes.

Son désir, sa tristesse, ses angoisses ont fait peu à peu perdre à André toute prudence, et plusieurs fois, il a maladroitement insisté, mais existe-t-il une insistance habile ? Nié dans son être, frustré dans son corps, il n'a plus su où trouver un second centre de gravité. Combien de temps lui restait-il encore pour être un homme ? L'âge le fragilisait, avec ce fichu 6 pour chiffre des dizaines. Si Lucie ne le désirait pas aujourd'hui avec une absolue vérité, les années à venir ne le rendraient pas plus séduisant.

Le rickshaw entre dans le chantier, sans hésiter, zigzague en pétaradant dans la boue et les planches de bois jusqu'au grand bungalow modulaire orné du large V & E du cabinet. André monte jusqu'à la grande salle du premier étage, où Nielsen l'attend. Lucie, avec Nielsen ? Non, il n'y croit déjà plus.

— Les ingénieurs de Singh Sunset Construction sont là, se contente de dire le jeune architecte.

— Qu'ils attendent. Donne-moi quelques minutes.

André se sert un café noir, s'installe face à la fenêtre, son regard parcourt le chantier de la Sūryayā Tower. Il est dix heures, la réunion était à neuf heures. Rien n'est laissé au hasard, désormais : son retard indécent, ses sandales, son jean délavé et sa chemise de coton blanc au col Nehru, son sac à dos de toile. Sa visite de chantier était prévue de longue date, mais Nielsen et lui ont décidé de leur dire qu'il se déplaçait jusqu'en Inde rien que pour eux.

Une petite escouade d'ingénieurs de Singh Sunset Construction, assis, entourent leur patron. Six costumes noirs coupés serré, six cravates nouées, six visages tendus. Tous se lèvent quand André pénètre dans la pièce. Sans hésiter, l'architecte marche droit vers Singh, qu'il n'a jamais rencontré mais dont Nielsen lui a envoyé la photo. Un homme aux cheveux gris et lissés, la cinquantaine sèche et musculeuse, le regard vif. Avant que l'homme puisse s'incliner, croiser les mains sur sa poitrine, dans le salut traditionnel de l'Inde, Vannier lui saisit la main avec vigueur. Même l'accent Maurice Chevalier qu'il va prendre est calculé.

— *Good morning, Mr Singh.*

— *Very honored, Mr Vannier, very honored.*

— Mr Singh, nous avons deux heures devant nous pour régler ce problème. Je dois repartir à New York ce soir. C'est très grave. Très. Vous comprenez. Avant toute chose, je voudrais que nous visitions ensemble le chantier.

— *Mr Vannier, we think that…*

Sans attendre, Vannier se retourne et sort. Tous suivent. Vannier marche vite, avec Nielsen à ses trousses, les ingénieurs en file indienne derrière eux. Nielsen se tourne vers son patron, et lui glisse à voix basse :

— On a reçu ce matin les résultats du labo à propos des prélèvements du béton des micropieux. Question résistance à la compression, on est loin des normes C 100/115 exigées. On est plutôt sur du C 90, voire un peu moins. C'est rattrapable en installant d'autres micropieux, et on oublie ceux-là complètement.

Vannier acquiesce. Nielsen est son arme secrète en Inde. Un mois que le jeune homme est arrivé à Mumbai, un mois qu'il organise chaque jour, dans un anglais maîtrisé et technique, des réunions de chantier tendues avec les fournisseurs, un mois que ce garçon aux allures de surfeur australien ahuri écoute ce qui se dit autour de lui dans cet hindi qu'il maîtrise parfaitement, cette langue de son enfance passée à Goa, la cité balnéaire de l'océan Indien où sa mère tient toujours une *guest-house*. La maîtrise de cet idiome a décidé, s'en doute-t-il ? de son intégration chez Vannier & Edelman, deux semaines après que le cabinet a remporté l'appel d'offres de la Sūryayā Tower.

Arrivé à la base du pilier, Vannier ouvre son sac, en extrait un ordinateur, une box satellite, un télémètre laser. Il effectue des branchements, vérifie les données, manipule le télémètre, cinq fois, dix fois, recalcule et le braque encore vers le sommet d'un des micropieux, d'un autre, tandis que les hommes de Sunset Singh suent sous le soleil. Il fait durer, au-delà du nécessaire, puis remballe le tout, avec un soin méticuleux, sans hâte, et tous retournent vers le bungalow de la base vie.

Vannier s'assied, invite d'un geste chacun à l'imiter. Il laisse s'écouler quelques secondes et dit, dans un anglais soudain sans accent :

— Monsieur Singh, une erreur a été faite et elle a déjà des conséquences. C'est maintenant qu'il faut corriger, après, il sera trop tard. L'architecture, c'est un jeu, un jeu savant mais un jeu, nous n'en parlerons pas. La construction, ça ne joue pas, c'est faire des choses ensemble... Vous comprenez ? Ensemble...

Singh hoche la tête.

À midi, Vannier a obtenu tout ce qu'il était venu obtenir. Singh Sunset Construction s'engage à un échéancier nouveau, et les faibles pénalités que Vannier & Edelman lui imposent ne visent qu'à couvrir les frais d'expertise et d'avocat. On ne tue pas son cheval au milieu du gué. Les nouveaux forages commenceront l'après-midi même, le nouveau béton sera injecté sous pression dans la nuit, aux heures plus fraîches. Vu l'urgence, Vannier exige non seulement une norme C 115 mais une X S2, qui résiste aux eaux saumâtres. Avec la chaleur, il sera sec dans une semaine, on pourra s'appuyer dessus dans trois.

Comme les ingénieurs de Singh Sunset commencent à se disputer en étudiant le nouveau planning, Vannier s'incline à l'indienne, et Nielsen et lui quittent la pièce.

Ils s'éloignent du chantier, prennent deux Kingfisher glacées chez un vendeur ambulant, marchent vers les quais. Vannier a encore trois heures avant son avion pour New York. Soudain, avec sollicitude, Niels demande : « Et au fait, André, comment va Lucie ? Elle a fini le von Trotta sur lequel elle bossait ? »

Vannier sourit. C'est plutôt une grimace. Puis, il digresse, élude, s'aperçoit qu'il cache leur rupture, comme si l'avouer à Nielsen la rendait plus définitive encore. Il est humilié, et pour la première fois de sa vie, il se sent vieux et il a honte de l'injustice que la vie lui fait.

Lucie est bien partie, et l'architecte se répète sa formule : « passée à autre chose ». *Sic transit.* André le devine déjà : à tout prendre, regretter chaque jour une femme qui n'est plus là sera moins douloureux que désirer sans trêve celle qui dort à ses côtés, dans une pénombre indifférente et tiède, à des années-lumière de lui.

Dans le vol United pour New York, Vannier relit justement ce court texte qu'il a offert à Lucie, *L'Anomalie*, de Victør Miesel, un auteur dont il ignorait tout voici deux mois. Il tente de travailler, mais ne peut s'empêcher de réécrire pour la dixième fois son mail désespéré. Il est à terre. Il n'avait rien anticipé de cette dégringolade, vertigineuse.

C'est cette souffrance exprimée et exhibée qui a exaspéré Lucie, qui a fini par le perdre, mais il s'est montré incapable de composer. Face à la douleur de l'échec, il s'accuse, maudit son impatience. Il se croyait bon amant, tendre et savant, il aurait rêvé de la retenir par le sexe, de devenir pour elle le synonyme d'un plaisir exquis. Alors, stupidement, car rien n'est aussi stupide que le désir, cette essence même de la vie à en croire Spinoza, André avait voulu sans cesse la ramener vers un lit qu'elle a fini par éviter.

« Ton désir m'opprime. Tu as réussi à tuer le mien », lui dit Lucie, et elle réclama une « pause », qui n'en fut bien sûr pas une.

Miss Platon contre Dr Spinoza. Et Spinoza avait perdu. Échec et mat.

Tout cela, André ne l'écrit pas, non, il rédige un mail sans aucun doute ridicule. « J'aurais voulu faire, avec toi, le plus long chemin possible, et même le plus long des chemins possibles. » Il déteste tous ces mots et pourtant il les écrit, et il l'envoie. Quelle heure est-il à Paris ? On est déjà lundi. Elle dort encore.

Puis, la mélatonine faisant effet, il sombre, sans rêver de rien. À JFK, alors qu'il passe la douane, encore ensommeillé, l'officier scanne son passeport, l'observe attentivement, et le retient, quelques minutes, le temps qu'un homme et une femme les rejoignent. Ils sont jeunes, vêtus casual chic, lui costume noir, elle tailleur gris, ils ressemblent à ce qu'ils sont : FBI. D'ailleurs, ils sortent la carte bleutée et ce badge doré de marshal, où une justice au visage de Playmobil tient une balance et un glaive.

— Monsieur André Vannier ? fait la femme.

Il acquiesce, elle lui montre une photo sur l'écran du téléphone.

— Connaissez-vous cette personne ?

C'est Lucie. Lucie assise dans une petite pièce aux néons jaunes. Elle est effrayée, terrorisée, oui, tout le dit dans sa posture, son regard. Quelque chose ne va pas dans cette image de Lucie.

— Oui, je la connais. Bien sûr. Lucie Bogaert, c'est une amie. Il lui est arrivé quelque chose ? Elle n'est pas à Paris ?

— Nous n'avons que l'ordre de vous demander de nous suivre, monsieur Vannier. Un membre de votre consulat aurait dû être là pour vous accueillir. Il nous rejoindra là où nous devons vous conduire. Vous avez le droit de refuser, mais alors, nous l'attendrons ensemble dans la zone de rétention.

Vannier hoche la tête. Évidemment qu'il ne refuse pas.

Ils sortent de l'aéroport, marchent vers une limousine noire ; un homme attendait, qui prend sa valise et la place dans le coffre. Ils montent à l'arrière. À peine installés, l'homme frappe sur la paroi de verre teinté qui les sépare du chauffeur. La voiture démarre, André remarque alors que les vitres sont opaques, totalement.

— Veuillez éteindre votre portable et me le remettre, poursuit la femme. Désolée. Procédure.

André obéit. Il a peur lui aussi. Et pour Lucie et pour lui.

## PREMIÈRES HEURES

*Jeudi 24 juin 2021,*
*McGuire Air Force Base, Trenton, New Jersey*

Un Boeing 787 au fuselage endommagé stationne au bout de la piste 2, non loin des hélicoptères Black Hawk et des gros bimoteurs gris à hélices de l'US Air Force. Trois véhicules blindés sont en position près du long-courrier, une nuit chaude aux odeurs marines tombe sur un terrain vague qu'envahissent les genêts et la sauge.

Près des entrepôts, les camions militaires se succèdent en un ballet ininterrompu. Dans un mélange d'urgence et de discipline, des centaines de soldats aménagent on ne sait quoi dans un vaste hangar dont on vient d'évacuer l'imposant avion-cargo Lockheed C-5 Galaxy qui y était en révision. Près des immenses portes coulissantes se découpent, minuscules, trois silhouettes. Le maintien de la femme, en ersatz raté de tailleur Chanel, et d'un des hommes, en costume sombre *Men in Black*, laisse peu de doute : ils appartiennent aux services. Le dernier individu est plus atypique : il porte les cheveux longs et plutôt gras, des lunettes rondes en acier glissent sur son nez, et son T-shirt troué clame « I ♡ zero, one, and Fibonacci ». Il sent aussi la sueur, un peu, et la bière, beaucoup.

Adrian Miller a beau avoir bu deux bouteilles d'eau, la tête lui tourne encore. Dès qu'il est descendu de la voiture de police, les deux agents sont venus vers lui, se sont présentés, et Miller a aussitôt oublié leurs noms, celui du type de la CIA comme celui de la femme du FBI. Il leur tend la main avec mollesse, sans feindre la moindre énergie.

L'officier la serre avec réticence, raideur même, du bout des doigts, comme la nageoire visqueuse d'un poisson de vase quelque peu avarié :

— Je dois avouer, professeur Miller, que je ne vous imaginais pas aussi… aussi jeune.

La femme du FBI, une Latino aux traits fins, aux yeux vifs, la trentaine, jauge le mathématicien en silence. Elle lui trouve d'abord un air de John Cusack, disons un John Cusack du pauvre, en plus flasque, puis elle se ravise : non, même pas. Elle dit malgré tout, avec un mélange d'étonnement et de respect :

— Nous connaissons votre rapport par cœur, professeur Miller. Un travail remarquable. Nous attendons beaucoup de votre expérience. J'imagine que le docteur Brewster-Wang et vous-même avez déjà été confrontés au protocole 42.

Adrian Miller grommelle un « non » inaudible. Il a si peu de nouvelles de Tina Wang qu'il ignorait qu'un Brewster était entré dans sa vie, et non, il n'a jamais été confronté au protocole 42. À sa connaissance, aucun des événements prévus par les protocoles « à probabilité limitée » n'est venu non plus perturber le trafic aérien : ni l'arrivée d'extraterrestres, affectée à trois protocoles – « Rencontres du troisième type », « Guerre des mondes », « Intention inconnue » – avec chaque fois une douzaine de variantes, dont la Godzilla pour faire plaisir à Tina ; ni l'invasion par voie aéroportée de zombies et autres vampires – ou toute épidémie fulgurante aérobie comme une fièvre hémorragique de type Ébola ou un coronavirus –, envisagée dans cinq autres ; quant à l'hypothèse d'une intelligence artificielle maléfique prenant le contrôle du trafic – qu'elle agisse de façon autonome, protocole 29, ou téléguidée par une puissance étrangère, protocole 30 –, elle n'est pas encore advenue, bien que de plus en plus plausible.

Mais le protocole 42... On *ne peut pas* être confronté au protocole 42. Miller boit une gorgée d'eau et se lance :

— Vous savez, madame... Pardon, j'ai oublié vos noms.

— Agent senior Gloria Lopez. Et mon homologue de la CIA, Marcus Cox.

— Eh bien, agent senior Gloria Lopez, pour tout vous avouer, le protocole 42 est... comment le formuler...

Adrian Miller boit une nouvelle gorgée d'eau, les mots ne lui viennent pas. Il ne peut tout de même pas leur avouer que c'est juste une méchante blague de matheux qui a déjà coûté un demi-million de dollars au contribuable, rien qu'en comptant les vingt ans où l'État a rémunéré deux farceurs pour porter en permanence des portables blindés qui n'auraient jamais dû sonner. Il observe le Boeing, gros cigare d'aluminium désormais éclairé par de puissants projecteurs.

— Savez-vous exactement pourquoi nous sommes là ? Qu'est-ce qu'il a de spécial, cet avion ? À part son pare-brise grêlé et son nez défoncé.

— Le radôme, corrige l'agent spécial. Le nez de l'avion. Ça s'appelle un radôme.

La jeune femme les interrompt.

— Nous ne savons pas grand-chose, professeur Miller. Et l'hélico du professeur Brewster-Wang est en approche. C'est le point noir, là-bas, au nord.

— D'ailleurs, veuillez signer en bas de cette feuille, professeur Miller, ajoute l'agent Cox en ouvrant une enveloppe. C'est un engagement de confidentialité : toute information qui vous est désormais délivrée est classifiée. Si vous refusiez de le signer, cela vous ferait relever du tribunal militaire pour atteinte à la sécurité nationale. Et le violer après l'avoir signé, en vertu du 18 US code § 79, serait considéré comme un crime de haute trahison. Merci de votre collaboration.

⋆

Depuis – au moins – le roi Arthur et ses chevaliers, la gent militaire aime à se réunir en rond, sans doute parce que le cercle proclame l'égalité des mérites sans rien cacher des réelles hiérarchies. La base de McGuire possède donc sa grande table ronde au centre de la salle souterraine de commandement, aux éclairages crus, et dont les murs sont tapissés de larges écrans : plusieurs affichent l'image du 787, cloué au sol, filmé sous toutes ses faces par une batterie de caméras.

Tina et Adrian ont préféré s'asseoir côte à côte pour affronter ensemble une grosse douzaine de généraux étoilés, de femmes et d'hommes de toutes les agences imaginables, avec leurs nom et références sous chevalets de plexiglas. Outre le FBI et la Défense, il y a là les Affaires étrangères, l'US Air Force, la CIA, la NSA, le Norad, la FAA et d'autres sigles encore dont Miller n'a jamais entendu parler. Lui et Tina ont aussi droit à leurs titres, noms et prénoms, au-dessus d'un « Massachusetts Institute of Technology » où l'un comme l'autre ne travaillent plus.

Tina Wang n'a pas beaucoup changé, bien qu'elle ait adopté une tenue plus sage que celle de la thésarde gothique qu'elle a été. Elle a eu le temps de lui glisser qu'elle n'enseigne plus, que oui, elle a épousé un Georg Brewster, un physicien rencontré à la cafétéria de Columbia, et aussi, avec une perfidie souriante, qu'elle aurait difficilement reconnu Adrian, vu qu'il ne ressemble plus tant que ça au Christian Slater du *Nom de la rose*. Elle lui trouve désormais un petit côté Keanu Reeves qui perdrait ses cheveux, mais garde pour elle l'appréciation.

Une voix puissante couvre le brouhaha. Ce grand homme mince n'a pas besoin d'étaler ses résultats à West Point, Colorado Springs, ni ses faits de guerre à Homs et à Mogadiscio : ses cheveux blancs en brosse, les traits volontaires, musculeux, enfin les trois étoiles noires brodées sur son col valent curriculum vitae. Dans cette salle aux boiseries civilisées, son treillis camouflage gris-vert ne lui sert pas à grand-chose.

— Mesdames, messieurs, je suis le général Patrick Silveria, du National Military Command Center, et je représente le secrétariat à la Défense en pleine autorité. La situation doit rester secrète, et le président a préféré ne rien changer de son agenda à Rio, mais sachez qu'il reste informé en permanence. Je fais un tour de table : à ma gauche, le général Buchanan, qui commande la base de McGuire et nous accueille pour quelques jours. Je suppose que personne ne connaît les professeurs Miller et Brewster-Wang à ma droite : ce sont deux mathématiciens et nous leur devons les protocoles de crise que nous suivons depuis 9/11.

Les deux intéressés saluent gauchement, dans un bruissement approbateur, et Silveria poursuit :

— Le professeur Miller enseigne à Princeton, la professeure Brewster-Wang est consultante pour la Nasa et Google Corp. Ils auront toute latitude pour l'application du protocole 42, et je serai le coordinateur de cette opération. Avant qu'on me signale que la CIA n'est pas autorisée à opérer sur le territoire national, je précise que le protocole exige la coopération de toutes les agences.

Tandis qu'un officier distribue à chaque participant une tablette et un épais dossier étiqueté « Classified Information », Silveria présente tour à tour l'agent senior du FBI et tous les autres, de l'agent spécial de la CIA au responsable de la surveillance numérique à la NSA, la trentaine, avec sa tête agaçante de geek fondateur de réseau social, et jusqu'à une petite femme à la voix douce et claire, aux cheveux courts et neige, malgré ses quarante ans à peine : Jamy Pudlowski, du Special Operation Command, PsyOp, spécialiste des Opérations psychologiques. Tous, à leur manière, sont impliqués dans la gestion du protocole 42. La mémoire revient à Miller : les agences gouvernementales impliquées, le grade de chacun autour de cette table, et même l'ordre du jour de cette réunion… rien que Tina Wang et lui n'aient spécifié dans leur rapport.

— Notre équipe sera considérablement renforcée dans les heures qui viennent, poursuit Silveria. En ce moment même, de nombreuses personnes de différents horizons se dirigent vers la base et vont nous aider à affronter la situation. Les PsyOp du FBI nous envoient combien d'agents, agent spécial Pudlowski ?

— Plus d'une centaine. Nous opérons aussi à partir d'un de nos bâtiments à New York.

— Merci. Vous avez devant vous l'état actuel de ce que nous savons de la situation. Le 787 sur le tarmac nous vaut à tous d'être ici : il est entré en communication avec l'aéroport Kennedy à exactement 19 h 03 aujourd'hui 24 juin. Il s'est identifié comme le vol Air France 006, qui assure le Paris-New York. Cet appareil a signalé d'importants dégâts et a été réorienté sur cette base dans les minutes qui ont suivi. Le commandant de bord affirme être David Markle, le copilote s'appeler Gideon Favereaux, et vous trouverez la liste intégrale des personnels de bord et des passagers. Je passe tout de suite la parole à Brian Mitnick, de la NSA. Un mot à propos des tablettes, Brian ?

L'homme de la National Security Agency se lève. Debout, il semble plus gamin encore, d'autant qu'il agite un fin rectangle noir avec un enthousiasme adolescent.

— Bonjour à vous tous, vous avez devant vous une tablette comme moi. La vôtre est personnelle et non verrouillée. En page d'accueil, vous avez le plan du Boeing 787. Cliquez sur chaque siège, un nom apparaît sur une fenêtre pop-up, siège par siège, y compris le personnel de bord. La NSA actualise vos tablettes en temps réel au fur et à mesure des remontées de data sur chaque personne embarquée sur ce vol. Dès qu'existe un lien vers une nouvelle page, dans une image ou un fragment du texte, il s'affiche en bleu. Cliquez et la page apparaît. Pour revenir en arrière, vous cliquez sur la flèche retour. C'est très simple. Maintenant, regardez sur les écrans de contrôle.

D'un mouvement de doigt, Mitnick fait défiler les photos de Markle et de Favereaux, puis celles des hôtesses et stewards. Pendant que Mitnick s'amuse avec son jouet, Silveria reprend la parole.

— Si le protocole 42 a été déclenché, c'est

qu'un autre vol Air France 006 d'aujourd'hui s'est posé voici plus de quatre heures à JFK, à l'horaire prévu, 16 h 35. Il était assuré par un autre appareil, avec aux manettes un autre pilote et un autre copilote. En revanche, un Boeing 787 d'Air France, sous la même référence Air France 006, endommagé tout comme celui-ci et piloté par ce même commandant Markle, assisté du même Favereaux, et embarquant le même personnel de bord et les mêmes passagers, pour résumer l'exact même appareil que celui que vous voyez ici, ce même appareil, donc, s'est posé à l'aéroport de JFK, mais c'était le 10 mars dernier à 17 h 17. Il y a cent six jours exactement.

La cacophonie est générale et l'agent de la CIA y met fin en levant la main :

— Je ne comprends pas. Le même avion s'est posé deux fois ?

— Oui. Je le répète : c'est le même appareil. L'un des techniciens de la maintenance nous le confirme : c'est sur ce même 787 qu'il est intervenu voici près de quatre mois : selon lui, les dommages sont moindres, comme si l'avion était resté deux fois moins longtemps dans la grêle, mais il reconnaît avec certitude certains impacts sur le pare-brise, certains dégâts qu'a subis le radôme, etc. Je passe en liaison directe avec le pilote.

Un léger larsen chuinte dans la salle de commandement.

— Bonjour, commandant Markle. De nouveau le général Patrick Silveria. Je suis avec l'état-major de crise. Puis-je vous demander une fois encore de vous présenter ? De nous redonner votre date de naissance.

La voix de Markle résonne dans la salle. Elle est lasse.

— David Markle, né le 12 janvier 1973. Général, les passagers sont à bout de nerfs, ils veulent débarquer.

— Nous allons les évacuer dans les minutes qui viennent. Une dernière question, commandant Markle : quel jour sommes-nous, quelle heure est-il ?

— L'instrumentation est HS. Nous sommes le 10 mars, et à ma montre, il est 20 h 45.

Silveria coupe la communication. L'horloge lumineuse affiche pour date le 24 juin et pour horaire 22 h 34. Sur le plus grand des écrans apparaît soudain l'image d'un malade intubé, sur un lit d'hôpital.

— Cette photographie a été prise il y a dix minutes par un agent du FBI dans la chambre 344 du Mount Sinai Hospital. Cet homme s'appelle aussi David Markle. C'était le pilote du vol Air France 006 du 10 mars dernier. Ce David Markle-là est en train de mourir d'un cancer du pancréas, diagnostiqué voici un mois.

Silveria se tourne vers Adrian Miller et Tina Brewster-Wang, qui restent muets.

— Comprenez-vous pourquoi nous avons déclenché le protocole 42 ? Et quelle est la marche à suivre, maintenant ?

# II

## *La vie est un songe, dit-on*

(24 juin-26 juin 2021)

> L'existence précède l'essence, et de pas mal, en plus.
>
> *L'Anomalie*, VICTØR MIESEL

## LE MOMENT OÙ

*Jeudi 24 juin 2021,*
*McGuire Air Force Base, Trenton, New Jersey*

En file indienne, entre deux colonnes de soldats armés et équipés de combinaisons jaunes anticontamination, les passagers cheminent vers le hangar. Ils traversent un portique de test de radioactivité, un sas antibactérien et pénètrent sous l'immense dôme, au compte-gouttes ; une rangée de soldats note leur nom, leur prénom, leur numéro de siège. Rares sont ceux qui protestent. À l'énervement puis la colère ont succédé l'épuisement et l'anxiété. Seule une avocate excédée trouve l'énergie de distribuer sa carte professionnelle.

Dans le hangar, les militaires ont branché des douches, des toilettes mobiles, dressé une centaine de tentes, de longues tables. Ils servent des repas chauds, certains passagers tentent de se reposer sur les matelas installés sous les toiles, mais tout résonne sous la voûte d'acier, les enfants crient, des disputes éclatent. Des dizaines de soldats patrouillent, filtrent chaque allée et venue ; dans l'angle nord, une équipe médicale dispose d'un laboratoire sous un chapiteau stérile, et une douzaine d'infirmiers prélèvent un échantillon de la salive de chaque passager ; dans les modulaires de chantier de l'angle est, les psychologues de PsyOp qui affluent débutent les interrogatoires en face-à-face, en suivant le questionnaire que Miller et Wang ont élaboré dans l'urgence. Au cours des dernières heures, le protocole 42 s'est beaucoup enrichi.

Côté ouest, cinq mètres au-dessus du sol, une vaste plateforme métallique domine le hangar. L'équipe de la Task Force s'est déplacée dans l'une des salles en surplomb et chacun peut observer de la baie vitrée cette fourmilière bruyante et chaotique. Les tablettes affichent sans cesse de nouvelles données. La NSA a géolocalisé la plupart des passagers et les membres d'équipage du vol Paris-New York du 10 mars. Une centaine est déjà assignée à résidence sous surveillance policière. Les biologistes comparent leur ADN avec celui de leurs homologues retenus dans le hangar : ils sont strictement identiques. L'avion immobilisé à McGuire est l'exacte réplique de celui qui s'est posé voici un peu moins de quatre mois.

Mitnick, le geek de la NSA, projette sur un écran une image de la cabine, dédoublée.

— Voici côte à côte les vidéos de la caméra située en première classe : à gauche, l'image du premier avion, le 10 mars, à droite celle de celui qui s'est posé ce jour. Pause… Sur les deux *timecodes* sur les images, il est 16 h 26 et 30 secondes… Les deux images sont semblables. Nous sommes en plein milieu des turbulences. Et maintenant image par image…

Sur l'écran, à 16 heures 26 minutes 34 secondes et 20 centièmes, les vidéos divergent et l'écran divisé devient un jeu des sept erreurs : à gauche, une passagère voit ses lunettes s'envoler tandis qu'à droite elle les garde sur son nez, ici un coffre à bagage s'ouvre, alors que là il reste fermé. Et surtout, il fait sombre à gauche tandis que dans la vidéo de droite un soleil radieux illumine la cabine. Le premier avion poursuit sa route agitée dans le terrible orage du 10 mars, quand le second a jailli dans le ciel calme du 24 juin à 18 h 07.

La cacophonie est telle que Mitnick doit crier pour se faire entendre :

— Voilà, jubile-t-il d'une voix surexcitée. Tout se passe à ce moment-là : à 16 heures 26 minutes 34 secondes et 20 centièmes… Et l'invraisemblable continue : nous avons sélectionné trois caméras intérieures sur le Boeing 787 : une à l'avant, une au centre, une à l'arrière. Entre chacune, il y a dix mètres. À 900 kilomètres à l'heure, soit 250 mètres par seconde, le Boeing parcourt ces dix mètres en un vingt-cinquième de seconde, et, miracle, ces caméras prennent vingt-cinq images par seconde… Vous me suivez ?

N'obtenant pas de réponse, Mitnick poursuit.

— Je divise l'écran en trois. À gauche, la vidéo de la première caméra. Au centre, la vidéo de la deuxième, à droite, la dernière. Donc, à 16 heures

26 minutes 34 secondes et 20 centièmes, le soleil inonde la cabine d'un coup pour la première caméra. Le même phénomène se produit sur la deuxième caméra, mais à l'image suivante : à 16 heures 26 minutes 34 secondes et 24 centièmes. Et sur la troisième caméra, vidéo de droite, le soleil est là à 34 secondes et 28 centièmes.

— Et ? Cela veut dire ? demande Silveria.

Mitnick triomphe.

— Il y a un décalage d'un vingt-cinquième de seconde entre chaque caméra. C'est comme si notre deuxième avion surgissait de nulle part à travers un plan vertical immobile. Avant le plan, la tempête, après l'avoir franchi, le ciel bleu. Selon nos satellites d'observation, ce plan se trouvait le 10 mars précisément à 42° 8' 50" N 65° 25' 9" W, mais l'avion est réapparu aujourd'hui un peu plus au sud-ouest, et il y a environ 60 kilomètres entre les deux.

— Vous en concluez quoi, Mitnick ?

— Oh moi ? Rien, rien du tout. C'est une donnée de plus à mouliner pour les grosses têtes de Princeton, dit-il en se tournant vers les deux mathématiciens.

— Ça a fonctionné un peu comme une photocopie, quoi, un scan à un endroit, une impression ailleurs, comme une feuille qui sort d'une machine ? demande Tina Wang.

Mitnick hésite. L'idée lui avait paru trop absurde pour qu'il la suggère.

Le silence revient. Les climatiseurs ne sont pas encore installés, et il règne une chaleur moite. Un message fait vibrer le portable de l'homme de la Sécurité nationale, qui lit et soupire :

— Le président des États-Unis exige que la NSA vérifie s'il n'y aurait pas eu le 10 mars près de nos côtes atlantiques un navire russe ou chinois qui aurait fait une expérimentation de voyage dans le temps…

Un abattement agacé saisit le général Silveria. Il appuie sa tête contre la vitre, regarde le hangar pris dans une lumière crue.

— Mais d'où sort cet avion ? soupire Silveria. Vous avez forcément une théorie, professeur Wang ? Un professeur sans théorie, c'est comme un chien sans puces.

— Désolée, pour l'instant, je n'ai aucune puce.

— Nous espérons retrouver tout le monde dans les quarante-huit heures, reprend Silveria, y compris les passagers d'origine étrangère qui sont retournés dans leur pays depuis le 10 mars. D'ici là, dégotez-nous une explication.

— Il faut enrichir l'équipe scientifique, suggère Adrian. Physique quantique, astrophysique, biologie moléculaire… L'équipe doit être sur place à l'aube.

— Dans trente minutes, poursuit Tina Wang, nous vous donnons une liste de scientifiques. Deux ou trois philosophes, aussi.

— Ah ? Pourquoi ? demande Silveria.

— Et pourquoi les scientifiques seraient-ils toujours les seuls à être réveillés la nuit ?

Silveria hausse les épaules.

— Ne reculez sur aucun nom, j'ai toute autorité

pour kidnapper chaque Prix Nobel présent sur le territoire. La formule exacte est « lui demander de coopérer à la demande expresse du président des États-Unis ».

— Trouvez-nous aussi une salle d'hypothèses : une très grande salle de travail collectif, avec beaucoup d'espaces différents, plusieurs tables, des fauteuils, des canapés, des tableaux noirs, de la craie, enfin, vous voyez…

— Les tableaux seront blancs et interactifs, ça vous ira ? dit Silveria, sans la moindre ironie dans la voix.

— Et aussi des drogues contre le sommeil.

— On vous gavera de modafinil. Nous en avons des centaines de boîtes…

— Il nous faudrait une spécialiste des questions de continuité dans l'espace, de théorie des graphes, hasarde Adrian.

— Pourquoi « une » ? Vous avez quelqu'un en tête ?

Adrian a quelqu'un en tête.

— Le professeur Harper, à Princeton. Meredith Harper. Il y a quelques heures, nous… discutions justement… des topoï de Grothendieck en géométrie.

— J'envoie tout de suite un véhicule militaire la chercher. Elle est… fiable ? en matière de sécurité nationale ?

— Absolument. D'autant qu'elle est anglaise. C'est un problème ?

Le général Silveria est dubitatif.

— Il y a treize Anglais dans ce fichu avion, de

toute façon. Tant qu'elle n'est pas russe, chinoise ou française. Et de toute façon, nous allons collaborer avec les services britanniques.

— Et une machine à café, une vraie, qui fasse des expressos, ajoute Adrian Miller.

— Ne demandez pas l'impossible, grimace le général.

*

Peu avant vingt-trois heures, dans l'angle nord du hangar s'élève un tourbillon de fumée grise, simple volute d'abord, mais qui vire au noir et se densifie. Une voix d'homme crie : « Au feu ! », et une onde de panique se propage dans la foule : des passagers s'élancent vers les portes fermées, bousculent les militaires qui les gardent, les équipes de sécurité affluent pour leur venir en aide.

L'incendie est vite maîtrisé, mais Silveria saisit un micro.

— Je suis le général Patrick Silveria. Je vous prie de ne pas céder à la panique. Je vais descendre vous donner les explications que vous méritez.

Un brouhaha monte de la salle.

— Qu'allez-vous bien raconter à ces gens ? demande Tina Wang alors que l'officier s'apprête à descendre de la plateforme. Je vous conseille de ne pas leur dire qu'ils existent tous déjà en double quelque part et qu'ils n'ont rien à fiche sur Terre…

— Je vais improviser. Qui sait de toute façon ce que nous faisons tous sur cette foutue planète ?

Pendant que Silveria, au micro devant deux cents passagers, se lance dans des explications mensongères, où il est question de sécurité nationale, de piratage, de santé publique, les militaires examinent les dégâts : le feu a pris sous un lit de repos et s'est aussitôt propagé à toute la tente. Un acte volontaire.

À trente mètres de là, une porte de métal étroite donnant sur l'extérieur a été forcée avec un pied-de-biche. Lors du mouvement d'affolement, les soldats qui la gardaient ont relâché leur surveillance. Dix minutes encore et l'on découvre que le grillage qui enclôt la base a été arraché sur cinq mètres, défoncé par un véhicule. Il était de couleur grise, comme l'indiquent les traces de peinture ; mais le parking non loin du hangar, et sur lequel il a certainement été volé, en accueille plus de trois cents.

Un passager s'est enfui et a disparu dans la nuit.

⋆

À minuit, la liste de l'équipe multidisciplinaire est constituée : des Prix Nobel, des Prix Abel, des médailles Fields, lauréats ou potentiels. Une demi-heure plus tard, le FBI commence à sonner à des portes, interrompant toute activité nocturne, le sommeil restant la plus commune. La « demande expresse du président des États-Unis » et les gyrophares qui trouent la nuit font leur effet. Et il n'est pas une heure du matin qu'un ballet de voitures, d'hélicoptères et de jets achemine les scientifiques vers la base de McGuire.

Meredith elle aussi est là, reconnaissable à son parfum de vodka et de dentifrice. On l'a visiblement tirée du lit, et quand Adrian se lance dans une présentation – confuse – de la situation, sa colère est tombée depuis longtemps. Elle l'écoute, les sourcils froncés, regarde la foule, en bas, sans rien dire. Adrian s'étonne :

— Vous ne me posez aucune question ?

— Vous auriez une réponse ?

Adrian secoue la tête, déconcerté, et lui tend un comprimé de modafinil. Pour ne pas dormir, veut-il ajouter, mais elle l'a déjà avalé sans protester.

— Vous auriez dû me dire que vous étiez agent secret, Adrian.

— Ce... ce n'est pas exactement ça. Euh... Venez, je vous emmène en salle de pilotage.

— Tut tut. Mathématicien à Princeton, quelle couverture de dingue pour un espion...

Lorsque Adrian pousse la porte, Meredith reste ébahie devant le décor.

— Oh, Adrian, j'adore, souffle-t-elle, on est dans *Docteur Folamour*.

Sur les écrans, chaque nouvelle donnée confirme l'impossible. L'avion sur la piste est en tout point identique à ce 787 qui s'est posé le 10 mars. Certes, l'appareil a été réparé, certes, les passagers ont vieilli : on fête le soir même à Chicago les six mois d'un bébé qui, dans le hangar, est un nouveau-né hurleur de deux mois. Dans ces cent six jours qui séparent les deux atterrissages, parmi les deux cent trente passagers et treize membres d'équipage, une femme a accouché et deux hommes sont décédés. Mais génétiquement, ce sont les mêmes individus. Silveria fait le bilan en comité restreint, et ne prête aucune attention aux mathématiciens.

— Les interrogatoires ?

— Nous enrichissons le questionnaire élaboré par les professeurs Wang et Miller, répond Jamy Pudlowski, la femme des Opérations psychologiques. Nous y introduisons des détails erronés, pour susciter des réactions qui valideront les identités. Pour commencer, les noms des passagers doivent rester secrets.

L'homme de la NSA agite de nouveau sa tablette.

— Nous monitorons les réseaux sociaux, avec des alertes sur les mots-clés, de « Boeing » à « McGuire ». Quand la crise explosera, nous pourrons identifier les émetteurs et limiter la diffusion des informations. Mais on n'est pas en Chine ou en Iran, nous ne pouvons pas bloquer internet. Pour l'instant, une seule page, celle d'un soldat de la base, mentionne cet avion et nous l'avons effacée. Dieu merci…

— Puisqu'on parle de Dieu…, dit Pudlowski.

Le mot de Dieu a la vertu de créer le silence. La femme du FBI secoue la tête, et dans la lumière, une fine tresse noire traverse l'arrangement de ses cheveux blancs.

— Eh bien… Dieu risque d'être un problème en soi. Dans notre pays comme dans beaucoup d'autres, on parlera d'intervention de Dieu. Ou du diable. Nous ne pourrons pas enrayer les flambées de superstition, les actes irréfléchis d'illuminés. J'ai pris l'initiative de convoquer un conseil des leaders spirituels de tous les cultes. Les conseillers religieux du président sont tous des évangélistes, on ne doit pas nous reprocher de nous être limités à eux. À bord de cet avion, on compte des chrétiens, des musulmans, des bouddhistes… Le temps joue contre nous, et le religieux est imprévisible de nature.

— Vous avez carte blanche, Jamy, dit le général. Avec ses neuf milliards de dollars de budget, votre Bureau va bien réussir à accomplir quelque chose.

— Et pour les Français, les autres Européens, les Chinois et tous les autres… que fait-on ? demande Mitnick. On avertit les ambassadeurs ?

— Pour leur dire que nous détenons illégalement leurs ressortissants ? Nous n'allons rien faire. Nous allons attendre une décision du président. Autre chose ?

Du fond de la salle, Adrian lève le doigt, timidement.

— Pour distinguer les gens du premier avion, posé en mars, et ceux du second, il nous faut un code : un et deux ? Alpha et bêta ? Des couleurs : bleu et vert, bleu et rouge ?

— Tom et Jerry ? Laurel et Hardy ? suggère Meredith.

— Excellentes idées, mais non, tranche Silveria. Faisons simple : March pour le premier, qui s'est posé en mars, June pour celui de juin.

★

Le temps est essentiel, Blake le sait. Quinze minutes dans le hangar suffisent pour qu'il exploite une faille dans le dispositif de sécurité, s'échappe, sept minutes encore pour qu'il roule vers New York dans un vieux pick-up Ford F, le véhicule le plus passe-partout qui soit, emprunté sur le parking de la base. Toujours prendre pour seul bagage un sac à dos. Bien sûr, il n'a pas remis au personnel de bord le portable jetable acheté à Paris, évidemment, il a évité le contrôle ADN. Il arrive à New York à deux heures du matin, jette dans une poubelle le passeport australien du voyage aller, abandonne le pick-up dans une rue sombre, nettoie toute trace sur le volant, le siège, avant de l'incendier malgré tout pour plus de sécurité.

C'est une évidente nuit d'été, caniculaire même, et Blake, qui découvre stupéfait sur un journal la date du 24 juin, trouve au moins la température logique. Dans un webcafé 24 / 24 de Manhattan, il parcourt les actualités des derniers mois. Il apprend ainsi qu'à Quogue, le 21 mars, un certain Franck Stone a été assassiné ; quelqu'un a exécuté son contrat. Il veut consulter ses comptes bancaires secrets, mais les codes ont été changés. Il visite la page Facebook de son restaurant parisien, puis celle de Flora. Sur une photo postée le 20 juin, un homme qui lui ressemble à s'y méprendre porte sa fille sur ses genoux et un bandage au front, et Flora a légendé : « Le poney, ce féroce prédateur. » Il examine son propre front : aucune cicatrice, aucun hématome. Un instant, comme explication banale et bancale, Blake avait songé à l'amnésie. Ce n'est plus une option.

Le pragmatisme l'emporte, comme chaque fois. Il lui faut retrouver ses bases : il prend un taxi pour JFK puis achète en cash et sous une nouvelle identité un billet sur le premier vol pour l'Europe. Le New York-Bruxelles décolle à 6 h 15. À vingt et une heures le samedi, il sera de retour sur le sol européen, et un bus part toutes les heures pour Paris. Blake a des heures pour dormir et, sinon comprendre, du moins réfléchir.

## SEPT INTERVIEWS

### *Extraits de l'interview de David Markle*

Confidentialité : Secret-défense / Protocole : n° 42
Entretien effectué par : Off. Charles Woodworth, PsyOp., SOC
Date : 2021/06/25 / Heure : 00:12 AM / Lieu : McGuire Airbase, US Army
Nom : Markle / Prénoms : David Bernard / Code : June
Date de naissance : 12/01/1973 (48 ans) / Nationalité : USA
Poste équipage : Commandant de bord / Siège : CP 1

Off. CW : Jour 2, minuit douze. Bonjour, commandant Markle, je suis l'officier Charles Woodworth, Special Operation Command, US Army. Vous êtes David Bernard Markle, vous êtes né le 12 janvier 1973, à Chicago, dans l'Illinois. Avec votre autorisation, toute notre conversation est enregistrée et suivie par la NSA.

DBM : D'accord. Je suis né à Peoria, pas à Chicago.

Off. CW : Merci pour cette correction. Vous

avez commencé votre carrière chez Delta Airways, en 1997. Vous êtes entré chez Air France en mars 2003. Vous avez passé trois ans en court-courrier sur Airbus A319 / 320 / 321, puis en long-courrier sur A330 / 340 et désormais vous êtes sur Boeing B787. Exact ?

DBM : Oui.

Off. CW : Commandant Markle, pouvons-nous revenir sur le dernier vol, décrire le cumulonimbus et revenir sur les turbulences, s'il vous plaît ?

DBM : Vers 16 h 20 environ heure de New York, au sud de la Nouvelle-Écosse, nous avons dû traverser un cumulonimbus non signalé sur la carte météo, un monstre, sur un front large. Il culminait à plus de 15 000, c'était inhabituel pour un mois de mars. Nous sommes tombés – à mon avis de mille mètres – sur un angle de 25 degrés minimum. Nous avons cogné un mur de grêlons, rétabli l'assiette, et au bout de cinq à six minutes, nous sommes sortis du cumulo brutalement, dans un ciel dégagé.

Off. CW : Lorsque vous étiez à Peoria, êtes-vous allé à l'école primaire ?

DBM : Pardon ?

Off. CW : Merci de répondre à ma question, s'il vous plaît, commandant Markle. Vous souvenez-vous du nom de cette école ?

DBM : Kellar Primary School. Allez-vous regarder votre tablette en permanence ?

Off. CW : C'est le protocole : ces questions sont délibérément de nature personnelle. Vos réponses sont validées en direct. Avez-vous souvenir du nom de votre instituteur ?

DBM : C'était il y a plus de quarante ans. Ah si… Mme Pratchett.

CW : Merci commandant. […] Dans vos moments de loisir, êtes-vous un peintre, un musicien ?

DBM : Non.

Off. CW : Au sortir du nuage, avez-vous ressenti un trouble, un malaise ?

DBM : Non.

Off. CW : Percevez-vous dans vos oreilles des sons persistants, agréables, mélodiques ?

DBM : Non.

Off. CW : Ressentez-vous des maux de tête, des migraines ?

DBM : Non.

Off. CW : Des irritations des yeux, des sinus ?

DBM : Oui, ça m'arrive. Qu'est-ce que c'est que ces questions ?

Off. CW : Je suis seulement un protocole, commandant Markle. Avez-vous des démangeaisons, des brûlures sur le visage ?

DBM : Non.

Off. CW : Reconnaissez-vous la jeune femme sur la photographie que je viens de recevoir, et qui s'affiche sur l'écran devant vous ?

DBM : Il me semble, oui.

Off. CW : Pouvez-vous me dire son nom ?

DBM : Je crois que c'est Mme Pratchett.

Off. CW : C'est Pamela Pritchett, et non

Pratchett, il y a cinquante ans. Elle a maintenant 84 ans et elle habite encore à Peoria.

DBM : Je voudrais contacter votre supérieur. Et appeler ma femme, elle doit être terriblement inquiète.

Off. CW : Bientôt, commandant Markle. Avez-vous récemment fait des examens médicaux ? [...]

FIN DE L'INTERVIEW le 2021/06/25 à 00:43

*

*Extraits de l'interview d'André Vannier*

CONFIDENTIALITÉ : Secret-défense / PROTOCOLE : n° 42
ENTRETIEN EFFECTUÉ PAR : Lnt. Terry Klein, PsyOp., SOC.
DATE : 2021/06/25 / HEURE : 07:10 AM / LIEU : McGuire Airbase, US Army
NOM : Vannier / PRÉNOMS : Andre Frédéric / CODE : June
DATE DE NAISSANCE : 13/04/1958 (63 ans) / NATIONALITÉ : France
POSTE PASSAGER : cabine 2 Economy class / SIÈGE : K02

Off. TK : Jour 2, sept heures dix. Bonjour, je suis l'officier Terry Klein, Special Operation Command, US Army. Vous êtes bien monsieur André Vannier, né le 13 avril 1958 à Paris ?

AFV : Oui.

Off. TK : Monsieur Vannier, pour des raisons de sécurité, j'enregistre notre conversation.

AFV : J'aimerais avertir mon associé. Nous

avons un chantier à New York. Je dois l'avertir de ma rétention ici.

Off. TK : Je ne peux m'engager à rien pour l'instant, monsieur Vannier.

AFV : Très bien, alors j'exige que vous contactiez le Quai d'Orsay.

Off. TK : Le Kay quoi, monsieur Vannier ?

AFV : Le ministère français des Affaires étrangères. Et demandez à votre chef au Special Operation Command, il connaît forcément Armand Mélois.

Off. TK : Je transfère l'information. Pouvez-vous me décrire votre voyage, et surtout les turbulences ? [...]

FIN DE L'INTERVIEW le 2021/06/25 à 07:25

*

*Extraits de l'interview de Sophia Kleffman*

CONFIDENTIALITÉ : Secret-défense / PROTOCOLE : n° 42
ENTRETIEN EFFECTUÉ PAR : Lnt. Mary Tamas, PsyOp., SOC.
DATE : 2021/06/25 / HEURE : 8:45 AM / LIEU : McGuire Airbase, US Army
NOM : Kleffman / PRÉNOMS : Sophia Taylor / CODE : June
DATE DE NAISSANCE : 13/05/2014 (7 ans) / NATIONALITÉ : USA
POSTE PASSAGER : cabine 1 Economy class / SIÈGE : F 3

Off. MT : Il est neuf heures moins le quart du matin, et nous sommes jour 2. Bonjour Sophia, je m'appelle Mary, je suis officier des forces de sécurité. Tu vas bien ce matin ?

STK : Oui madame.

Off. MT : Tu peux m'appeler Mary, tu sais. Tu as réussi à dormir ? Tu as pris un petit déjeuner ?

STK : Oui.

Off. MT : Il faut bien manger. Hier, vous avez eu un vol très fatigant. Je vais te poser quelques questions, et je vais noter toutes tes réponses sur la tablette que j'ai devant moi. Et j'enregistre toute notre conversation. Tu veux bien, Sophia ?

STK : J'ai fait quelque chose de mal ?

Off. MT : Pas du tout, Sophia, ne t'inquiète pas. Après, nous irons toutes les deux voir les jeux qu'on a installés cette nuit, parce que vous êtes près de trente enfants, tu sais. Et aussi, tu pourras voir des dessins animés. D'accord ?

STK : Oui. Je pourrai jouer sur un iPad ? J'en ai un, mais on nous l'a pris.

Off. MT : On va te le rendre bientôt. Quel âge as-tu, Sophia ?

STK : J'ai six ans, je vais en avoir sept dans deux mois.

Off. MT : Oh, c'est bien. Quel jour, exactement ?

STK : Le 13 mai.

Off. MT : Et le 13 mai, c'est dans deux mois ?

STK : Oui.

Off. MT : Qu'est-ce que tu aimerais, comme cadeau ?

STK : Une autre grenouille. Pour que Betty ne soit plus toute seule.

Off. MT : Qui est Betty ?

STK : C'est ma grenouille. Elle m'attend à la maison.

Off. MT : Je vais te montrer une photographie que ta maman a prise, tu reconnais ta maison ?

STK : Oui…

Off. MT : Tu peux me dire qui est sur la photo ?

STK : Oui, ce sont mes amis de l'école, elle, c'est Jenny, lui, c'est Andrew, Sarah…

Off. MT : Oui, Sophia. Tu vois, je note tout ce que tu me dis, c'est important. C'est une fête d'anniversaire, peux-tu compter les bougies allumées sur le gâteau ?

STK : Oui… Je compte sept bougies.

Off. MT : Merci Sophia. Tu as dû avoir très mal au cœur, dans l'avion ?

STK : Oh oui, ça bougeait beaucoup.

Off. MT : Est-ce que tu as l'impression d'entendre de la musique, parfois ?

STK : Non madame.

Off. MT : Tu peux m'appeler Mary, Sophia, tu sais. Et est-ce que tu as mal à la tête, parfois ?

STK : Non, pas trop.

STK : Tu n'as pas les yeux qui piquent, non plus ?

STK : Non plus.

Off. MT : Tant mieux. Ni la peau du visage qui te démange, sur les joues ou sur le front ?

STK : Non.

Off. MT : Tu voyageais avec ta maman et ton petit frère Liam ?

STK : C'est mon grand frère.

Off. MT : Oui, pardon, je me suis trompée. Et ton papa, il n'est pas avec vous ?

STK : Non. Il est resté en Europe.

Off. MT : Tu as passé de bonnes vacances, en Europe ?

STK : Oui. Je n'ai rien fait de mal ?

Off. MT : Mais non, Sophia, pas du tout. Ton papa est dans l'armée, n'est-ce pas ?

STK : Oui. Il n'a rien fait de mal non plus ?

Off. MT : Mais non, Sophia. Voyons, ne pleure pas. Prends ce mouchoir. Il ne faut pas que tu t'inquiètes. Vraiment pas. Veux-tu que je demande à ta maman de venir parler avec nous ?

STK : Non.

Off. MT : Regarde, j'ai apporté des feutres et du papier. Est-ce que tu aimes dessiner, Sophia ? Tu veux bien me faire un dessin ?

STK : Qu'est-ce que je dois dessiner ?

Off. MT : Mais ce que tu veux, Sophia.

INTERRUPTION DE L'INTERVIEW le 2021/06/25 à 09:02
REPRISE DE L'INTERVIEW le 2021/06/25 à 09:09

Off. MT : Merci beaucoup, Sophia. C'est un beau dessin. Tu l'as fait tout en noir. Tu as vu qu'il y avait aussi des feutres de couleur ?

STK : Oui.

Off. MT : Qui est le très grand monsieur, là ?

STK : C'est mon papa.

Off. MT : Et à côté, qui est-ce ?

STK : C'est moi.

Off. MT : Tu es toute griffonnée. Pourquoi ?

STK : (*silence*)

Off. MT : C'est ta bouche, là ?

STK : (*hochement de tête*)

Off. MT : Et ta maman, elle n'est pas là ?

STK : Non.

Off. MT : Est-ce que tu veux bien me parler encore de ton dessin, Sophia ? Et je vais demander aussi à une autre dame de venir avec moi, pour t'écouter, si tu veux bien. Tu veux bien, Sophia ?

STK : Oui. […]

FIN DE L'INTERVIEW le 2021/06/25 à 09:19

★

*Extraits de l'interview de Joanna Woods*

CONFIDENTIALITÉ : Secret-défense / PROTOCOLE : n° 42
ENTRETIEN EFFECTUÉ PAR : Lnt. Damian Hepstein, PsyOp., SOC.
DATE : 2021/06/25 / HEURE : 07:23 AM / LIEU : McGuire Airbase, US Army
NOM : Woods / PRÉNOMS : Joanna Sarah / CODE : June
DATE DE NAISSANCE : 04/06/1987 (34 ans) / NATIONALITÉ : USA
POSTE PASSAGER : cabine 1re classe / SIÈGE : D2

Off. DH : Jour 2, sept heures vingt-trois. Bonjour, madame Woods, je suis le lieutenant Damian Hepstein, Special Operation Command, US Army. Notre conversation est enregistrée, avec votre autorisation.

JSW : Eh bien, je ne vous la donne pas.

Off. DH : Madame Woods, le refus de coopérer dans un contexte de sécurité nationale sera considéré comme un acte suspect. Vous êtes bien Joanna Woods, née le 4 juin 1987, à Baltimore ?

JSW : Lieutenant Hepstein, je suis protégée par le 4e amendement contre toute détention arbitraire. Je veux pouvoir appeler mon cabinet.

Off. DH : Je peux vous assurer que la situation justifie les mesures restrictives de déplacement dont vous faites l'objet.

JSW : Lieutenant Hepstein, aucun juge n'a signé une demande d'incarcération, ou alors montrez-la-moi. Nous ne pouvons être détenus ainsi, c'est un cas d'*habeas corpus*.

Off. DH : Je comprends, madame Woods, mais tout vous sera expliqué dans les heures qui viennent.

JSW : Je collecte les éléments aux fins d'une action collective fédérale, voire internationale. Quarante-sept passagers ont déjà accepté que mon cabinet les représente…

Off. DH : C'est votre droit. Puis-je vous poser quelques questions, madame Woods ?

JSW : Je ne crois pas, non. Et je voudrais rencontrer votre supérieur. […]

FIN DE L'INTERVIEW le 2021/06/25 à 07:27

*

*Extraits de l'interview de Lucie Bogaert*

CONFIDENTIALITÉ : Secret-défense / PROTOCOLE : n° 42
ENTRETIEN EFFECTUÉ PAR : Lnt. Francesca Caro, PsyOp., SOC.
DATE : 2021/06/25 / HEURE : 07:52 AM / LIEU : McGuire Airbase, US Army
NOM : Bogaert / PRÉNOMS : Lucie / CODE : June
DATE DE NAISSANCE : 22/01/1989 (32 ans) / NATIONALITÉ : France
POSTE PASSAGER : cabine 2 Economy class / SIÈGE : K03

Off. FC : Jour 2, sept heures cinquante-deux. Bonjour, je suis l'officier Francesca Caro, Special Operation Command, US Army. Avez-vous besoin d'une interprète, madame Bogaert ?

LB : Non.

Off. FC : Madame Bogaert, notre conversation est enregistrée, pour des raisons de sécurité. Vous comprenez ce que je dis ?

LB : Je parle anglais, je viens de vous le dire.

Off. FC : Vous êtes bien Lucie Bogaert, née le 22 janvier 1989, à Lyon ?

LB : Où ? Non. Pas à Lyon. À Montreuil.

Off. FC : Merci de cette correction. Quelle est la raison de votre présence sur le territoire américain, madame Bogaert ?

LB : Une raison personnelle… Madame, j'ai un petit garçon de dix ans, je dois absolument l'appeler. On m'a refusé de me rendre mon téléphone.

Off. FC : Je suis désolée, vous pourrez le contacter très vite.

LB : J'aurais déjà dû l'appeler hier. Il doit être inquiet. Avez-vous des enfants, madame ?

Off. FC : Ne vous énervez pas, madame Bogaert.

LB : Personne ne nous dit rien. Nous sommes retenus depuis des heures…

Off. FC : Je dois vous poser un certain nombre de questions.

LB : Promettez-moi que vous allez avertir Louis. Voici le numéro à joindre.

Off. FC : Oui, madame Bogaert. Pouvez-vous me parler de votre voyage, et me décrire le moment des turbulences ? […]

FIN DE L'INTERVIEW le 2021/06/25 à 07:59

★

*Extraits de l'interview de Victor Miesel*

CONFIDENTIALITÉ : Secret-défense / PROTOCOLE : n° 42
ENTRETIEN EFFECTUÉ PAR : Off. Fredric Kenneth White, PsyOp., SOC.
DATE : 2021/06/25 / HEURE : 08:20 AM / LIEU : McGuire Airbase, US Army
NOM : Miesel / PRÉNOMS : Victor Serge / CODE : June
DATE DE NAISSANCE : 3/6/1977 (44 ans) / NATIONALITÉ : France
POSTE PASSAGER : cabine 2 Economy class / SIÈGE : L08

Off. FKW : Jour 2, huit heures vingt. Monsieur Miesel, je suis l'officier Fredric Kenneth White, Special Operation Command, US Army. Pour des raisons de sécurité, avec votre autorisation, notre conversation est enregistrée. Vous êtes bien Victor Serge Miesel, né le 3 juin 1977 à Lorient, en France ?

VSM : Je suis né à Lille, pas à Lorient.

Off. FKW : Merci pour cette correction, monsieur Miesel.

VSM : Pouvez-vous m'expliquer ce qui se passe ?

Off. FKW : Je suis désolé. Quelle est la raison de votre venue sur le territoire des États-Unis ?

VSM : Je viens recevoir un prix de traduction pour un roman.

Off. FKW : Vous êtes traducteur ? Je vois que vous êtes auteur.

VSM : Je... j'écris aussi des romans, des nouvelles. Et de toute façon, une traduction est une œuvre, les traducteurs sont des auteurs. Bref... Pourquoi me posez-vous ces questions ?

Off. FKW : Pouvez-vous me décrire votre voyage, et surtout les turbulences ?

VSM : L'avion a plongé, nous étions très secoués, le bruit était épouvantable, on a tous cru qu'on allait mourir, et tout s'est arrêté d'un coup. Voilà.

Off. FKW : Travaillez-vous sur un livre en ce moment ?

VSM : Je... je traduis un roman fantastique d'un auteur américain, une histoire de teenagers vampires...

Off. FKW : Mais travaillez-vous sur un livre plus personnel, un livre dont le titre sera *L'Anomalie* ?

VSM : *L'Anomalie* ? Non. Pourquoi cette question ?

Off. FKW : Monsieur Miesel, faites-vous de la peinture, de la musique ?

DBM : Non.

Off. FKW : Percevez-vous des sons persistants, agréables, mélodiques ?

VSM : Non.

Off. FKW : Ressentez-vous des maux de tête, des migraines ?

VSM : Non.

Off. FKW : Des irritations des yeux, des sinus ?

VSM : Mais... Vous me faites marcher ! Vous vous croyez dans *Rencontres du troisième type* ?

Off. FKW : Je ne comprends pas, monsieur Miesel.

DBM : J'ai vu vingt fois le film de Spielberg, je le connais par cœur : vous me posez les questions que François Truffaut pose à Richard Dreyfus, au mot près. Quel est l'abruti qui a rédigé ce questionnaire ?

Off. FKW : J'ignore de quoi vous me parlez. C'est le protocole suivi par la Défense nationale dans ce genre de situation.

VSM : Quel genre de situation ? Vous croyez que j'ai rencontré des extraterrestres ? Et là, vous allez me demander si j'ai des irritations, des coups de soleil sur le front et les joues ?

Off. FKW : Euh... Oui... Donc, vous avez des démangeaisons, ou des brûlures sur le visage ? [...]

FIN DE L'INTERVIEW le 2021/06/25 à 08:53

★

*Extraits de l'interview de Femi Ahmed Kaduna, dit Slimboy*

Confidentialité : Secret-défense / Protocole : n° 42
Entretien effectué par : Charles Woodworth, PsyOp., SOC.
Date : 2021/06/25 / Heure : 09:08 AM / Lieu : McGuire Airbase, US Army
Nom : Kaduna / Prénoms : Femi Ahmed / Code : June
Date de naissance : 19/11/1995 (25 ans) / Nationalité : Nigeria
Poste passager : cabine 2 Economy class / Siège : N04

Off. CW : Jour 2, neuf heures huit. Je suis l'officier Charles Woodworth, Special Operation Command, US Army. Vous êtes Femi Ahmed Kaduna, vous êtes né le 19 novembre 1995, à Ibadan, au Nigeria.

FAK : Oui. À Lagos. Pas Ibadan.

Off. CW : Quelle est la raison de votre venue sur le territoire des États-Unis, monsieur Kaduna ?

FAK : Tout le monde m'appelle Slimboy. Je suis le leader d'un groupe. Les autres musiciens sont arrivés hier. Nous jouons à New York demain. Vous ne pouvez pas me retenir comme ça.

Off. CW : Je comprends, monsieur Kaduna.

FAK : Slimboy…

Off. CW : Quelle est la date de votre concert, Slimboy ?

FAK : Demain, je vous ai dit. À 22 heures au Mercury Lounge.

Off. CW : C'est-à-dire ? la date ?

FAK : Le 12 mars…

Off. CW : Je vais vous faire entendre une chanson : *Yaba Girls*. Mettez le casque, s'il vous plaît.

INTERRUPTION DE L'INTERVIEW le 2021/06/25 à 09:15
REPRISE DE L'INTERVIEW le 2021/06/25 à 09:19

Off. CW : Connaissez-vous cette chanson ?

FAK : Non. Ce n'est pas mal. *Yaba Girls* ? Yaba, c'est un quartier de Lagos. C'est un groupe nigérian ? C'est bizarre, ça ne me dit rien.

Off. CW : Monsieur Kaduna, percevez-vous de manière récurrente des sons agréables, mélodiques ?

FAK : Évidemment, je suis musicien. […]

FIN DE L'INTERVIEW le 2021/06/25 à 10:07

## DESCARTES 2.0

*Vendredi 25 juin 2021,*
*salle d'hypothèses, McGuire Air Force Base*

Les gens fatigués sont querelleurs. Les gens épuisés le sont beaucoup moins. Il est six heures du matin lorsque Adrian, Tina et leurs vingt premiers experts s'installent dans une salle de commandement. À sept heures, au rythme des hélicoptères qui les acheminent vers McGuire, ils sont quarante. Les canapés, les tableaux interactifs sont installés, un soldat branche la machine à expressos.

Une minute suffit à exposer la situation. Suivent dix minutes de questions, et Tina et Adrian se contentent de répéter l'invraisemblable : ces gens dans le hangar sont bien les mêmes que ceux qui se sont déjà posés cent six jours plus tôt, dans le même avion. Le dialogue entre Adrian Miller et Riccardo Bertoni – en lice pour le prix Nobel 2021 de physique pour ses travaux sur la matière noire – résume la situation :

— Vous vous foutez de nous, professeur Miller ?

— Si seulement.

À neuf heures du matin, alors que Tina Wang continue d'animer les réunions interdisciplinaires dans la salle des hypothèses, Adrian revient vers la Task Force. Meredith l'accompagne, ainsi qu'un grand type mince aux cheveux gris et exubérants, aux yeux d'un bleu acier. Silveria désigne un écran de téléconférence où s'affichent des visages connus :

— Professeur Miller, le président des États-Unis est en direct, de Rio, ainsi que les ministres des Affaires étrangères et de la Sécurité nationale.

— Ce phénomène est prodigieux, monsieur le président, commence Adrian en se raclant la gorge, mais comme le disait Arthur C. Clarke, toute technologie suffisamment avancée est indiscernable de la magie. Nous sommes parvenus à dix hypothèses, sept sont des plaisanteries, trois retiennent notre attention, et l'une rencontre l'adhésion de la majorité. Commençons par la plus simple.

— S'il vous plaît, dit Silveria.

— Le « trou de ver ». Je laisse la topologiste Meredith Harper vous l'exposer.

Meredith saisit sur le bureau un crayon noir, une feuille de papier et plie cette dernière en deux. Elle a la nette impression de jouer la scène pédagogique d'un film d'anticipation à très petit budget, mais qu'importe.

— Merci, Adrian. Supposons que l'espace puisse se replier comme une feuille de papier…

mais selon une dimension qui ne nous est pas accessible, qui n'est aucune des trois que nous connaissons. Si notre univers est bien régi par la théorie des cordes, c'est un hyperespace en dix, onze ou vingt-six dimensions. Dans ce modèle, chaque particule élémentaire est une cordelette qui vibre différemment des autres, aux dimensions enroulées sur elles-mêmes. Vous me suivez ?...

Le président américain reste bouche ouverte, présentant une forte ressemblance avec un gros mérou à perruque blonde.

— Donc, une fois l'espace replié, on y fait un « trou »...

Meredith Harper traverse la feuille de la pointe du crayon de papier, et passe l'index dans la déchirure.

— ... et on peut passer d'un point de notre espace à trois dimensions à un autre point très facilement. C'est ce qu'on appelle un pont Einstein-Rosen, un trou de ver de Lorentz à masse négative...

— Je vois, dit le président des États-Unis en fronçant les sourcils.

— Cela respecte les lois de la physique classique. On ne dépasse pas la limite de la vitesse de la lumière dans notre espace einsteinien. Mais, en ouvrant un vortex dans l'hyperespace, on peut voyager entre les galaxies en une fraction de seconde.

— C'est une idée commune dans les romans, dit Adrian, qui trouve Meredith trop abstraite. Dans *Dune*, de Frank Herbert, ou d'autres. Et l'idée est reprise dans un film comme *Interstellar*, de Nolan. Ou avec le vaisseau *USS Enterprise* dans les *Star Trek*.

— *Star Trek* ! Je les ai vus, oui, s'exclame soudain le président.

— D'habitude – enfin c'est une manière de parler –, poursuit Meredith, on traverse le temps et l'espace instantanément, il n'y a aucune raison que quoi que ce soit se dédouble. Là, on a ces deux avions…

— C'est comme si l'*USS Enterprise* surgissait en deux points de l'espace, s'enflamme Miller, avec deux capitaines Kirk, deux Monsieur Spock, deux…

— Merci, professeur Miller, dit Silveria, nous avons compris… Donc, la deuxième hypothèse ?

— Nous l'appelons celle de la « photocopieuse », nous l'évoquions avec Brian Mitnick, de la NSA.

Mitnick hoche la tête avec la moue du bon élève pas peu fier d'être mentionné.

— Comme vous le savez, poursuit Miller, la révolution du bioprinting a commencé…

— Pardon ? Soyez plus clair ! demande Silveria, qui anticipe l'agacement présidentiel et s'attribue le rôle du candide.

— On imprime en 3D de la matière biologique. Aujourd'hui, en une heure, on fabrique un cœur humain de la taille d'une souris. En dix ans, la finesse de la résolution a doublé, la vitesse d'impression aussi, tout comme le volume des objets reproductibles. Si l'on poursuit les courbes exponentielles dans chacun de ces domaines, et en étant conservateur…

— Je suis conservateur, interrompt le président, et Miller se demande un instant si c'est une plaisanterie.

— Donc, poursuit le mathématicien, dans moins de deux siècles, on pourra scanner en une fraction de seconde et imprimer tout aussi vite un objet comme cet avion avec une définition de l'ordre de l'atome. Mais deux problèmes : un, où était l'imprimante ? Deux, d'où viennent les matières premières pour fabriquer l'avion et les passagers ?

— Mais justement… Cette image de la « photocopieuse », intervient Meredith, suppose un original et une copie. Et sur la photocopieuse de notre bureau, ce qui sort en premier, c'est toujours la copie.

— Je vois, réfléchit Silveria à haute voix. L'avion « copie » se serait posé le 10 mars dernier. Et c'est l'« original » qui viendrait de se poser. Dans ce cas, pourquoi traiter différemment les membres des deux groupes, au prétexte que le premier avion…

— … est sorti « avant » de la « photocopieuse »…, conclut Meredith.

— Je voudrais évoquer la dernière hypothèse, reprend Miller. Elle emporte assez largement l'adhésion, mais c'est aussi la plus choquante.

Sur l'écran, le président secoue la tête, puis, un froncement des sourcils prouvant la concentration, il demande :

— Vous voulez parler d'un acte de Dieu ?

— Euh, non, monsieur le président… Personne n'a évoqué l'hypothèse, répond Adrian, surpris.

Silveria s'éponge le front.

— Allons-y pour la troisième, Miller.

— Nous l'appelons « l'hypothèse Bostrom ». Je veux parler de Nick Bostrom, un philosophe enseignant à Oxford, qui a proposé au début du siècle…

— C'est très vieux, soupire le président.

— Au début de *ce* siècle, reprend Miller. En 2002 exactement. Je cède la parole à Arch Wesley, de l'université de Columbia, qui est logicien.

Le grand type aux cheveux fous s'approche d'un tableau, y trace une équation :

$$f_{sim} = (f_P f_i N_i) / ((f_P f_i N_i) + 1)$$

… avant de se tourner vers l'écran, avec un bon sourire et une certaine dose d'excitation :

— Bonjour, monsieur le président. Avant d'expliquer cette équation, je voudrais commencer par parler de la « réalité ». Toute réalité est une construction, et même une reconstruction. Notre cerveau est scellé dans l'obscurité et le silence de la boîte crânienne, et il n'a accès au monde que par les capteurs que sont nos yeux, nos oreilles, notre nez, notre peau : tout ce que nous voyons, sentons, lui est transmis par des câbles électriques, nos synapses… nos cellules nerveuses, monsieur le président.

— J'avais compris, merci.

— Bien sûr. Et le cerveau reconstruit la réalité.

Sur la base du nombre de ses synapses, le cerveau fait dix millions de milliards d'opérations par seconde. Bien moins qu'un ordinateur, mais avec plus d'interconnexions. Mais dans quelques années, on arrivera à simuler un cerveau humain, et ce programme arrivera à une certaine conscience. Eric Drexler, le spécialiste des nanotechnologies, a imaginé un système de la taille d'un morceau de sucre capable de reproduire cent mille cerveaux humains.

— Arrêtez avec vos milliards, je n'y comprends rien, dit le président, et beaucoup de mes collègues non plus. Continuez votre démonstration s'il vous plaît.

— Bien, monsieur le président. Je vous demande d'imaginer des êtres supérieurs dont l'intelligence est à la nôtre ce que la nôtre est à celle d'un ver de terre… Nos descendants, peut-être. Imaginons aussi qu'ils disposent d'ordinateurs si puissants qu'ils savent recréer un monde virtuel où ils font revivre de manière précise leurs « ancêtres », et les observent évoluer, selon différentes destinées. Avec un ordinateur de la taille d'une toute petite lune, on pourrait simuler un milliard de fois l'histoire de l'humanité depuis la naissance d'*Homo sapiens*. C'est l'hypothèse de la simulation informatique…

— Comme dans le film *Matrix* ? demande le président, d'un ton d'incompréhension.

— Non, monsieur le président, répond Wesley. Dans *Matrix*, ce sont des machines qui exploitent l'énergie corporelle de vrais humains, des esclaves enchaînés en chair et en os. Elles les font vivre dans un monde virtuel. Dans notre hypothèse, c'est le contraire : nous ne sommes pas des êtres réels. Nous croyons être des humains alors que nous ne sommes que des programmes. Des programmes très évolués, mais des programmes tout de même. Comme l'agent Smith dans *Matrix*, monsieur le président. Sauf que l'agent Smith sait qu'il est un programme.

— Alors, en ce moment, je ne bois pas mon café à une table ? dit Silveria. Ce que nous percevons, sentons, voyons… ce serait aussi simulé ? Tout est faux ?

— Général, ça ne change pas le fait que vous êtes en train de boire un café à cette table, reprend Wesley, ça change seulement ce de quoi sont faits le café et la table. Ce serait facile : la largeur de bande sensorielle humaine maximale n'est pas très grande : simuler tous les sons, les images, le toucher et les odeurs n'aurait qu'un coût négligeable. Notre environnement lui-même n'est pas trop compliqué à contrefaire, tout dépend du niveau de détail : des « humains simulés » ne remarqueraient pas d'anomalies dans leur environnement virtuel, ils auraient leur maison, leur voiture, leur chien, et même leur ordinateur, tant qu'on y est.

— Comme dans la série britannique *Black Mirror*, monsieur le président, souffle Adrian Miller…

Le président fronce les sourcils, et Wesley reprend.

— D'ailleurs, plus nous avançons dans la

connaissance de l'univers, plus il nous apparaît fondé sur des lois mathématiques.

— Sauf votre respect, professeur, l'interrompt Silveria, on ne pourrait pas, par une expérience, démontrer que vous racontez n'importe quoi ?

— Je crains que non, s'amuse Wesley. Si l'intelligence artificielle qui nous simule constate qu'un « humain simulé » va observer le monde microscopique, elle n'a qu'à lui fournir suffisamment de détails « simulés ». Et en cas d'erreur, il suffirait de reprogrammer les états des « cerveaux virtuels » qui auraient remarqué une anomalie. Voire revenir quelques secondes en arrière, avec une espèce de *undo*, vous voyez, et exécuter de nouveau la simulation d'une manière qui évite tout problème…

— Ce que vous racontez est ridicule, explose le président. Je ne suis pas une espèce de Super Mario, et je ne vais sûrement pas expliquer à nos concitoyens qu'ils sont des programmes dans un monde virtuel.

— Je comprends, monsieur le président. Mais d'un autre côté, un avion qui surgit de nulle part et qui est la copie conforme d'un autre, avec tous ses passagers et jusqu'à la moindre tache de ketchup sur la moquette, c'est invraisemblable aussi. M'autorisez-vous à vous expliquer cette formule que j'ai inscrite ?

— Allez-y, lâche le président, furieux. Mais vite.

— Je vous expose l'idée générale. Je voudrais vous démontrer qu'il est assez probable que nous fassions partie de ces consciences simulées. Il n'y a que trois destins possibles à une civilisation technique : elle peut bien sûr s'éteindre avant d'arriver à la maturité technologique, comme nous en faisons la magnifique démonstration, avec la pollution, le réchauffement climatique, la sixième extinction, etc. Pour ma part, je pense que, simulés ou pas, nous allons disparaître.

Le président hausse les épaules, mais Wesley poursuit :

— Ce n'est pas le sujet. Supposons malgré tout qu'une civilisation sur mille ne se détruise pas toute seule. Elle parvient à un stade post-technique et se dote d'une puissance de calcul inimaginable. Et supposons encore que, parmi toutes ces civilisations qui ont survécu, une seule sur mille ressente le désir de simuler des « ancêtres » ou des « concurrents de ses ancêtres ». Alors, cette civilisation technique sur un million, à elle toute seule, va pouvoir simuler, disons, un milliard de « civilisations virtuelles ». Et par « civilisation virtuelle », j'entends chaque fois des centaines de millénaires virtuels pendant lesquels se succèdent des millions de générations virtuelles qui donnent naissance à des centaines de milliards d'êtres pensants tout aussi virtuels. Par exemple, en cinquante mille ans d'existence, moins de cent milliards de Cro-Magnon ont marché sur la Terre. Pour simuler Cro-Magnon, c'est-à-dire nous, c'est une simple question de puissance de calcul. Vous me suivez ?

Wesley ne regarde pas l'écran, où le président lève les yeux au ciel et poursuit :

— L'important est ceci : une civilisation hypertechnique peut simuler un millier de fois plus de « fausses civilisations » qu'il n'y en a de « vraies ». Ce qui signifie que si on prend un « cerveau qui pense » au hasard, le mien, le vôtre, il a 999 chances sur 1 000 d'être un cerveau virtuel et une sur 1 000 d'être un cerveau réel. Autrement dit, le « Je pense donc je suis » du *Discours de la Méthode* de Descartes est obsolète. C'est plutôt : « Je pense, donc je suis presque sûrement un programme. » Descartes 2.0, pour reprendre une formule d'une topologiste du groupe. Vous me suivez, président ?

Le président ne répond rien. Wesley l'observe qui garde son air buté et furieux, et conclut :

— Voyez-vous, monsieur le président, je connaissais cette hypothèse et jusqu'à ce jour, j'estimais à une chance sur dix la probabilité que notre existence ne soit qu'un programme sur un disque dur. Avec cette « anomalie », j'en suis quasiment certain. Cela expliquerait par ailleurs le paradoxe de Fermi : si nous n'avons jamais rencontré d'extraterrestres, c'est que dans notre simulation, leur existence n'est pas programmée. Je pense même que nous sommes confrontés à une sorte de test. Pour aller plus loin, c'est peut-être parce que nous pouvons désormais envisager l'idée d'être des programmes que la simulation nous propose ce test. Et nous avons intérêt à le réussir, ou du moins en faire quelque chose d'intéressant.

— Et pourquoi ? demande Silveria.

— Parce que si nous échouons, les responsables de cette simulation pourraient bien tout éteindre.

## TABLE 14

*Vendredi 25 juin 2021, 8 h 30,*
*hangar B, McGuire Air Force Base*

*Rencontres du troisième type*, vraiment ? De retour de l'interview, Victor hésite entre colère et fou rire. Dans l'ignorance du lendemain, l'écrivain veut consigner froidement, en un long catalogue, ce qui se passe dans ce hangar. Hangar est un mot si bizarre. Pas loin de hagard, de hasard. Il a sorti son carnet, un stylo, il tente de s'abstraire des cris, du bruit, il prend des notes : *Épuisement d'un lieu improbable*. Mais non. Pourquoi marcher à l'ombre de Perec ? Pourquoi ne s'affranchit-il jamais des influences, des figures tutélaires ? Pourquoi, quand il ne craint pas d'être un imposteur, n'est-il qu'un gamin en quête d'adoubement ?

Posément, il inscrit *Mode avion*.

« La date : le 11 mars 2021.

« Il y a beaucoup de choses dans ce hangar, par exemple : une centaine de tentes ocre, un hôpital de campagne, des rangées de longues tables, un terrain de basket improvisé, des dizaines de préfabriqués, des toilettes publiques, des barrières métalliques, sur deux rangs, un centre de "renseignements" sans personne pour renseigner, un "espace œcuménique" signalé par un panneau en six langues, quatre fontaines à eau, et bien d'autres choses encore.

« Le temps : trop chaud, trop humide pour la saison.

« Esquisse d'un inventaire de choses strictement visibles : d'abord des lettres de l'alphabet, de A à E sur l'un des murs du hangar, un H majuscule pour "hôpital", les mots "Air France" (sur la pochette des stewards et des hôtesses), des marques sur les vêtements des passagers, "US Air Force" au sol, "*Danger*", "*High Voltage*" sur des boîtiers électriques. Des slogans sur les murs : "*Aim High, Fly-Fight-Win*", "*Mors Ab Alto*", la devise de l'US Air Force, "*Do something amazing*". »

Victor écrit, sans hâte, mécaniquement. Ayant beaucoup lu, traduit, et trop de niaiseries derrière des joliesses, il trouve indécent d'imposer au monde une ânerie de plus. Il s'en moque bien, qu'une prose flamboyante jaillisse du seul « déplacement de la plume sur la page », il ne croit pas être « tout-puissant face à la phrase », il n'est pas question qu'il « ferme les paupières pour garder les yeux ouverts », ou qu'en ce lieu sans âme il « se dérobe au monde pour y graver son propre égarement », et d'ailleurs, il se méfie des métaphores. La guerre de Troie a sûrement commencé comme ça. Il sait malgré tout qu'il suffira qu'une de ses phrases soit plus intelligente que lui pour que ce miracle fasse de lui un écrivain.

Victor observe toutes ces existences éparpillées, toutes ces anxiétés mouvantes dans la boîte de Petri démesurée qu'est le hangar – quel drôle de mot décidément –, sans savoir à laquelle s'attacher. Il s'abandonne à la fascination d'autres vies que la sienne. Il voudrait en choisir une, trouver les mots justes pour raconter cette créature, et parvenir à croire qu'il s'en est approché assez pour ne pas la trahir. Puis passer à une autre. Et une autre. Trois personnages, sept, vingt ? Combien de récits simultanés un lecteur consentirait-il à suivre ?

À sa table, numérotée 14, outre quelques passagers, il y a le commandant de bord. À Victor, l'homme rappelle son père. Les mêmes yeux vert-gris, le même nez aquilin, les mêmes golfes profonds sur les tempes, qui finiront par gagner leur bataille sur les cheveux drus et gris, le torse vigoureux. Instinctivement, l'écrivain porte la main à sa poche, éprouve le contact lisse de la briquette rouge. Dans son portefeuille, Victor conserve aussi une photographie de ce père disparu, soustraite à un album, de cette époque où il y en avait, où trop de photos n'avait pas tué la photo. L'homme a vingt ans, un sourire conquérant, un regard droit. Un jour, il a dit à son fils en riant : « J'étais jeune dans ce temps-là, je ne sais pas à quel moment tout a commencé à déraper. » Oui, dans la lumière de l'aube, le commandant Markle ressemble à ce père à qui Victor ressemble si peu.

La veille encore, l'uniforme lui a valu d'attirer

les plus angoissés, que le bleu Air France rassurait, ou les plus irrités, en quête d'un fautif. Mais il n'est plus l'objet de toutes les hostilités. Chacun, en le voyant partager l'exaspération générale, a fini par admettre qu'il ne bénéficie d'aucun traitement de faveur, n'a pas accès à la moindre information privilégiée. Pour en faire la démonstration, ou par simple confort, il s'est changé pour adopter un costume de ville. Au sol, David Markle n'est plus seul maître après Dieu, mais un simple type aimable qu'on en vient à plaindre, un général Dumouriez abandonné par ses troupes, en plus sympathique tout de même. Au matin, avec une dizaine d'autres passagers, et sans explication aucune, il a dû passer un panel d'examens médicaux.

Table 14, il y a aussi ce très grand Noir, aux beaux yeux profonds et mélancoliques. Ses cheveux coupés court suivent des motifs géométriques dignes des pavages de l'Alhambra. Il prononce « Johnny » pour *journey*, « Yuwa » pour *you are*, « vishon » pour *vision* : un Nigérian, guitariste et chanteur. Il a beau avoir un concert le lendemain soir dans une salle de Brooklyn, il a compris qu'il ne servait à rien d'insister, et il a cessé de protester lui aussi. Il a malgré tout récupéré sa Taylor douze cordes, restée dans le coffre en cabine, et il joue, il compose une chanson au rythme doux.

*I remember your eyes of yesterday*
*The way you smiled in a dazzling way*

La guitare rend un son riche et rond, la voix est rauque et chaude. Un garçon mince, le nom d'artiste qu'il s'est donné lui sied bien. Il sourit à Victor :

— Ça fait longtemps que je n'ai pas chanté acoustique, sans effets.

Il plaque un accord et reprend :

*But beautiful men in uniform forbid you…*

— *Beautiful men in uniforms ?* demande Victor en désignant les soldats qui gardent les portes.

— Oui. Ce sera sûrement mon titre.

Et il reprend, presque à voix basse :

*The way to the light way to the light way to the light.*

Au bout de la table, un murmure, « Ton nom seul est mon ennemi » et Victor reconnaît Shakespeare aussitôt. « Tu n'es pas un Montague, tu es toi-même. »

Juliette Capulet est ici, c'est une toute jeune fille, elle répète son texte : « Qu'est-ce qu'un Montague ? Ce n'est ni une main, ni un pied, ni un bras, ni un visage, ni rien qui fasse partie d'un homme… Oh ! sois quelque autre nom ! Qu'y a-t-il dans un nom ? Ce que nous appelons une rose embaumerait autant sous un autre nom. Ainsi, quand Roméo ne s'appellerait plus Roméo, il conserverait encore les chères perfections qu'il possède… »

Intense jusque dans l'hésitation, elle sait qu'elle

saura pleurer, lorsqu'il le faudra. L'audition est la semaine prochaine, dit-elle à Victor. Ils vont bien nous laisser sortir, quand ils auront fait les tests, ce sont bien des tests qu'ils nous font, n'est-ce pas ? On ne peut pas retenir les gens comme ça, c'est un pays libre, il y a des lois tout de même.

« Oui, il y a des lois », dit une jeune femme aux traits fins, à la peau noire, aux cheveux ramenés en arrière par une barrette d'argent. L'avocate a rassemblé cinquante signatures pour une *class action* portant sur une demi-douzaine de plaintes, arrestation arbitraire, détention discrétionnaire, confiscation illégale de biens, refus d'accès à un conseil juridique pour plus de quarante-huit heures, etc. Combien facturer chaque minute qui s'écoule sans qu'elle puisse joindre son cabinet ? Comment chiffrer sa propre douleur de ne pouvoir entendre la voix d'Aby, de le croire fou d'inquiétude ? Chiffrer à seulement deux mille dollars par jour et par personne les dommages et intérêts de la rétention, n'est-ce pas un cadeau à l'US Air Force et au gouvernement ?

C'est quoi l'histoire, déjà ? Ah oui. Le diable entre chez un avocat et lui dit : « Bonjour, je suis le diable. J'ai un marché à vous proposer. — Je vous écoute. — Je vais faire de vous l'avocat le plus riche du monde. En échange, vous me donnez votre âme, l'âme de vos parents, celle de vos enfants et celle de vos cinq meilleurs amis ? » L'avocat le regarde d'un air étonné et dit : « D'accord. Où est le piège ? »

La jeune femme grimace. Non, vraiment, elle

n'est pas l'ignoble bonhomme de cette blague. Mais dans ce monde-là, il faut frapper au portefeuille, ils ne comprennent que ça. De nouveau, elle emprunte à une petite fille une feuille et un feutre de couleur, de nouveau elle rédige une lettre. La mère de l'enfant, une jeune femme blonde, hésite.

— Mon mari travaille pour l'armée, je ne voudrais pas lui créer d'ennui.

— Au contraire, madame. Vous m'avez bien dit que votre mari était un héros de guerre, qu'il a été blessé au combat ? Cela le rend intouchable, et de plus, en signant ce document de *class action*, vous rendez impossible à l'armée de l'intimider, de le menacer. Ce serait une entrave de trop à la justice. Unis, nous sommes plus forts. Nous ne pouvons pas rester enfermés plus longtemps. Vous avez bien deux enfants avec vous, n'est-ce pas ? Les dommages psychologiques seront importants, surtout pour eux.

— Des dommages psychologiques ? reprend la femme.

Elle a un regard vers son petit garçon qui ne réclame plus sa tablette et s'est assoupi sur la table, et vers sa fille, qui griffonne des êtres sombres, étranges, aux longs membres fins et effrayants, rature de traits noirs les personnages du dessin.

À la table 14, et Victor l'a bien vu, il y a surtout cette fille. La trentaine, brune, fine comme une liane – et il s'en veut aussitôt du cliché. Elle lui rappelle cette autre fille croisée quelques années auparavant, aux Assises de la traduction, celle qui l'avait transpercé et qu'il n'a jamais retrouvée. La nostalgie est une scélérate. Elle laisse croire que la vie a du sens. Victor s'assied à côté d'elle, aimanté, le propre de l'attraction est de vouloir toujours réduire les distances.

Il tente d'échanger quelques mots. Non, elle est comme tout le monde, elle ne sait rien, elle fait une moue de lassitude et retourne à son livre. Elle est accompagnée : un homme, la soixantaine élégante, qui ne saurait être son père, Victor l'a deviné à sa prévenance attentive, et aussi à son regard lorsqu'il a tenté d'engager la conversation avec elle. Un soupçon d'inquiétude, animal, qu'il n'a su cacher. Ils se présentent. Un architecte. Victor connaît son nom, mais pas son travail. Cet univers de béton et de verre l'ennuie. Parfois, lors d'une traduction, un terme technique – architrave, bardeau… – apparaît, qu'il doit rechercher et oublie aussitôt. Victor observe l'homme et, sans le trouver laid, il voit le vieillard percer déjà sur ses mains à la peau fine, sur son front ridé. Il n'a sans doute que l'âge qu'elle lui prête. Que lui trouve-t-elle ? Que peut-il connaître du désir d'une femme pour un homme ?

L'homme se lève, demande à la jeune femme si elle désire un café, puisque l'armée a installé des distributeurs. Elle secoue la tête, et il s'éloigne sans hâte. Victor devine que c'est une élégance, une manière de la laisser respirer. Ce huis clos est suffisamment oppressant pour qu'il ne l'étouffe pas de son assiduité.

Tiens, le livre qu'elle feuillette est de Coetzee. Victor ne l'a pas lu.

C'est bien ? demande Victor. Quoi ? Ce Coetzee ? Oui, répond-elle, mais moins que *Disgrâce*. Je suis d'accord, répond Victor, c'est son meilleur, n'est-ce pas ? Un chef-d'œuvre, confirme-t-elle, et elle se détourne de lui. Victor comprend qu'il l'ennuie, il n'insiste pas, reprend son carnet, note, sans ironie, le mot « disgrâce ».

## *E PUR, SI MUOVE*

*Samedi 26 juin 2021, 9 h 30,*
*salle de crise, Maison-Blanche, Washington*

Jamy Pudlowski et son équipe ont réuni dans la salle de crise souterraine de la Maison-Blanche une douzaine d'individus mâles, tous convaincus d'être Dieu merci nés dans la bonne religion : deux cardinaux, deux rabbins – un traditionaliste et un libéral –, un pope orthodoxe, un pasteur luthérien, un autre baptiste, un apôtre mormon, trois doctes musulmans issus du sunnisme, du salafisme et du chiisme, un moine bouddhiste vajrayāna, un autre mahayana. Et sur la table, il y a beaucoup de café même si Pudlowski a réussi l'exploit de dormir durant ses quarante minutes d'hélicoptère.

La cheffe des Opérations psychologiques est inquiète. La route droite déteste le nid-de-poule et l'obscur voue de la haine à l'inexpliqué. L'immobilité de la Loi vient se cogner avec obstination à la valse du cosmos et à l'avancée des savoirs. Où dénicher dans la Torah, le Nouveau Testament, le Coran ou dans d'autres textes révélés la moindre phrase, sourate ambiguë ou verset ténébreux, qui prédise ou justifie que surgisse dans l'azur un avion en tout point identique à un autre, posé trois mois plus tôt ?

Lorsque les peuples d'Amérique ont découvert à leurs dépens Christophe Colomb, puis la nuée de conquistadors qu'il annonçait, l'Église catholique a bien dû trouver dans ses textes une explication à leur existence. Certes, à en croire Paul, l'Évangile avait été « entendu jusqu'aux extrémités du monde », mais comment diable les trois fils de Noé, Sem, Cham et Japhet, ont-ils pu faire le peuplement de toute la Terre, par où sont bien passés ces fichus gosses pour essaimer jusque dans les Indes de l'Ouest ? Ces hommes nouveaux étaient-ils les tribus perdues d'Israël, celles-là mêmes dont parle le quatrième livre d'Esdras, cette Apocalypse apocryphe que mentionne Tertullien ? Finalement, on dénicha dans l'Évangile de Jean une formule qui fit l'affaire : Jésus avait « d'autres brebis encore, qui ne sont pas de cet enclos ».

Jamy Pudlowski est catholique par son père, juive par sa mère. En janvier 1960, une doctoresse ashkénaze de Boston est tombée folle amoureuse d'un policier goy de Baltimore, et par la suite, rien n'est allé de soi. La petite Jamy a grandi entre des grands-parents qui n'avaient rien à se dire d'aimable, juifs et allemands côté mère, catholiques et polonais côté père, et leurs disputes à répétition ont façonné une enfant questionneuse.

De dubitative, Jamy est devenue sceptique, avant d'être à jamais rétive à toute forme de conviction religieuse. Baptisée pourtant – en secret – par ses grands-parents Pudlowski, elle refusa de faire sa communion, puis l'année suivante sa bat-mitsva. Elle n'a guère non plus de conviction politique forte, et d'ailleurs elle vote démocrate.

Lors de l'entretien qui devait lui ouvrir les portes du département des PsyOps, la responsable du recrutement avait demandé à Jamy sa religion, et la psychologue avait répondu : « Je n'en ai pas. » La femme avait insisté : « Donc, vous êtes athée », jouant de son stylo comme si elle avait eu une case à remplir sur un questionnaire imaginaire. Jamy Pudlowski avait haussé les épaules : « Je m'en fous, Dieu, pour moi, c'est comme le bridge : je n'y pense jamais. Donc, je ne me définis pas par le fait que je me fous du bridge, et je ne me réunis pas non plus avec des gens qui discutent du fait qu'ils se foutent eux aussi du bridge. » La réponse avait fait mouche. Six ans plus tard, à moins de quarante ans, elle dirigeait un département des Opérations psychologiques de la CIA, avant de prendre les mêmes fonctions au sein du SOC.

Jamy Pudlowski s'est spécialisée dans les questions religieuses, et aujourd'hui, elle a appris à connaître tous les hommes présents dans cette salle. Étant la seule de son sexe, Pudlowski commence évidemment par « Mesdames, messieurs... » dans l'espoir que l'un d'eux relèvera l'ironie, mais non, bien sûr, alors elle désigne le grand écran où apparaît le président, entouré des mêmes que la veille, mais aussi de ses conseillers spirituels :

— Monsieur le président, vous intervenez évidemment dès que vous le voulez. Merci à tous d'être là. Je suis Jamy Pudlowski, officier senior du Special Operation Command de l'US Army. Vous êtes ici parce que, à vous tous, vous représentez l'écrasante majorité des cultes pratiqués sur le territoire national.

Puis Pudlowski présente chacun des prélats présents sans en laisser aucun se plaindre d'avoir été réveillé à l'aube, véhiculé sans délai jusqu'à la Maison-Blanche, et acheminé dans la salle de crise.

— Je vais vous exposer à tous une situation, et formuler ensuite plusieurs questions simples. Je n'attends pas de vous une réponse de nature éthique, mais théologique. J'éclaire mon propos. Vous savez que certains laboratoires savent imprimer en 3D de la matière organique, et fabriquer des objets artificiels biologiques, des muscles, des cœurs, à partir de cellules-souches, sans risque de rejet pour les patients. Et…

Le rabbin traditionaliste l'interrompt.

— Oui, nous sommes déjà arrivés à un accord unanime. Y compris avec nos amis catholiques et musulmans.

Les cardinaux hochent la tête, l'imam salafiste acquiesce :

— Le Conseil islamique du fiqh a établi que l'islam autorise le génie génétique, à condition que cela sauve des vies.

— Merci, messieurs. Je vais vous demander d'imaginer que l'on puisse dupliquer quelqu'un totalement.

— Qu'entendez-vous par totalement ? demande le luthérien.

— Le reproduire à une précision infinitésimale. Ce nouvel individu a le même code génétique que son original, mais cela va plus loin.

— Comme une copie carbone parfaite, c'est cela ? dit l'apôtre mormon.

— Oui, sourit Pudlowski. Une copie carbone.

— Est-ce spéculatif ? demande l'un des bouddhistes, avec une douceur orientale qui frôle le cliché.

La responsable des Opérations psychologiques marque une longue pause, elle veut prendre tout son temps.

— Non, ma question n'est pas théorique. Nous avons interpellé un individu, qui se révèle indiscernable d'un autre, autre qu'il affirme d'ailleurs être. La confrontation a eu lieu. C'est stupéfiant.

— Comme un jumeau ?

— Non… Ils possèdent tous deux la même personnalité et les mêmes souvenirs, au point d'être persuadés l'un comme l'autre d'être l'original. Leurs deux cerveaux sont codés de la même manière, au niveau chimique et électrique, au niveau atomique.

La salle s'agite. Les mots de blasphème, d'abjection sont prononcés, ainsi que d'autres, plus scatologiques que théologiques.

— Qui est à l'origine de cette ignominie ? résume le baptiste.

— Nous ne savons pas, dit Jamy Pudlowski. Nous ne vous demandons pas un avis éthique. Mais ces êtres existent.

— Est-ce que c'est Google ? dit un cardinal, avec excitation. Ils ont…

— Non, Votre Éminence, ce n'est pas Google.

— Pourtant madame, reprend le prélat, Google a pris des parts dans une société israélienne d'impression 3D et…

— Non, Votre Éminence, ce n'est pas eux. Ma première question sera : est-ce que selon la Loi, cet… être est une création divine ?

Les mots ne manquent pas à Pudlowski, son hésitation rhétorique veut inciter au débat : la confusion s'installe, et le salafiste est le premier à se pencher vers son micro.

— Allah a donné à l'homme et aux animaux le don de procréation, et Allah a donné à l'homme la raison, qui lui permet d'inventer des objets. Mais le Prophète – la paix et la bénédiction d'Allah soient sur lui – dit aussi, dans le Pèlerinage : « Ô humanité ! Une parabole vous est proposée, écoutez-la : ceux que vous invoquez en dehors d'Allah ne peuvent pas créer une mouche, même s'ils s'unissaient pour cela. » C'est ce que dit la parabole : l'homme ne saurait créer la vie, même celle d'une mouche.

— Je comprends, mais on a affaire ici à beaucoup plus qu'une mouche, cher ami, corrige Jamy Pudlowski.

Le sunnite se lève et dit :

— Dans les hadith du *Sahih al-Bukhari*, Abu Sa'id al-Khudri – qu'Allah soit satisfait de lui – rapporte que le Prophète – paix et bénédictions d'Allah soient sur lui – a dit : « Il n'y a pas d'être créé, mais Allah l'a créé. » C'est cela l'important.

— Donc, selon vous, ces êtres ont été créés par Dieu.

— Je ne vous répète pas la parabole de la mouche, reprend le salafiste. Si Allah ne voulait pas que cet être soit créé, il ne l'aurait pas autorisé à exister.

— Je vois, dit Pudlowski, je vois…

Puis elle se tait, attend en vain un mot des catholiques ou des protestants. Le rabbin traditionaliste hésite un instant, se lance :

— Il y a tout de même des mythes de création dans le Talmud. Dans le traité Sanhédrin, il est dit que Rava, béni soit-il, crée un homme par des pouvoirs magiques. Le traité ne dit pas lesquels…

— Pardon, mais qui est Rava ? demande Pudlowski.

— C'est un rabbin de la quatrième génération… Peu importe, Rava envoie l'homme qu'il a créé à Rabbi Zera, lequel lui pose une question, mais comme l'homme ne lui répond pas, Rabbi Zera comprend qu'il n'a pas été créé par Dieu, qu'il est un golem et il lui ordonne de retourner à la poussière.

— Dans d'autres versions, complète le rabbin libéral, cet homme qu'a créé Rava peut parler, mais pas se reproduire. Il est aussi dit un peu plus loin dans le Sanhédrin que Rav Hanina et Rav Oshaya créent un mouton, et qu'ils le mangent… Tout cela est assez confus… Il faut le lire comme une parabole. Pour montrer la vanité de l'homme et la toute-puissance de Dieu.

Le chiite soupire.

— Mais tout de même, revenons au Coran. En arabe, le mot « créer », *khalaqa*, qui est utilisé ici, signifie « fabriquer à partir de rien », ce que seul – nous sommes tous d'accord – Allah peut faire. Même votre rabbin Rava part de la Terre. Mais dans le cas que vous mentionnez, madame, cet… être… n'a pas été fabriqué à partir de rien ?

— Certainement pas, répond la femme du FBI. Cependant nous ignorons tout de… du procédé de… fabrication.

Le rabbin libéral profite d'un court moment de silence :

— Il faut rappeler l'enseignement de Maïmonide : Dieu a donné son âme à l'homme, *nèphèsh*, mais si Dieu a donné à l'homme des lois et des préceptes, c'est bien que l'homme possède le libre arbitre, avec un bon penchant et un mauvais.

— Je ne vois pas quel rapport a la question du libre arbitre avec ce dont on parle, s'agace le rabbin traditionaliste. On nous demande une position théologique et bien sûr, vous, totalement hors sujet comme toujours, vous nous ramenez votre Maïmonide !

— Mais enfin ! Je ne ramène pas mon Maïmonide !

— S'il vous plaît, tempère Pudlowski. Comprenez-moi : si je pose cette question de la création, c'est que je ne veux surtout pas qu'on puisse dire de cet homme qu'il est une création satanique.

— Satan ne crée pas ! s'indigne le sage salafiste.

— Ah non ! renchérit le rabbin traditionaliste, et les deux protestants dodelinent du chef.

— Dieu a créé Satan, dit l'un des cardinaux en esquissant le signe de croix. Il l'a créé afin de tenter les hommes, et dans le Jardin, Satan s'est incarné dans le serpent, la plus rusée des créatures de Dieu. Mais Satan ne saurait créer.

— Ah, s'étonne Pudlowski, naïvement. Pourtant, je crois bien avoir déjà entendu parler de « créature de Satan ».

— C'est un abus de langage, une vulgate populaire, sourit le salafiste, tandis que le chiite, au bout de la table, ricane et lâche, indigné :

— Une vulgate ? Et pourtant, il me semble bien que votre théologien Muhammad Al-Munajjid a qualifié Mickey Mouse de « créature de Satan ».

— Mickey Mouse ?! bondit le président des États-Unis, qui n'avait encore pas dit un mot.

— Al-Munajjid n'est pas « notre » théologien comme vous dites, soupire le salafiste, c'est un savant respecté, c'est tout. Il a dit précisément « soldat de Satan » et ses paroles ont été déformées par les mécréants et les apostats pour moquer l'islam.

— Il a tout de même lancé sa fatwa contre Mickey Mouse, continue le chiite avec ironie. Et

Al-Munajjid n'a rien contre l'esclavage, ni contre les relations sexuelles avec les esclaves.

— C'est l'*ijma* et donc l'avis des savants musulmans, s'énerve le salafiste. Muhammad Al-Munajjid ne fait que le répéter, et je…

— Ha ! Et aussi qu'on peut brûler les homosexuels ? demande le luthérien.

Le rabbin libéral lève les yeux au ciel :

— Hum. Dois-je vous rappeler ce que Luther a dit des homosexuels ?

— Messieurs, messieurs, intervient Pudlowski avec autorité. Nous nous éloignons du sujet. Je considère cette première question comme réglée : notre homme n'est pas une créature du diable. D'accord ?

— Il n'est de créature que de Dieu, et nous sommes tous d'accord, dit le rabbin traditionaliste, d'un ton apaisant.

Les moines bouddhistes gardaient le silence, mais l'un d'eux, agacé, prend la parole.

— À propos de vos « créatures de Dieu »… Nous vous avons laissés vous disputer, mais le monde n'a jamais qu'une origine relative. C'est un cycle sans fin où l'univers fluctue entre des états de création, privilège de Brahma, des moments de stabilité où Vishnu domine, et des phases où Shiva détruit tout, de façon lente ou rapide. Et tout peut alors recommencer. Pour nous, votre question n'a aucune espèce de sens. Tous les êtres sensibles ont en eux la présence du Bouddha et peuvent atteindre l'Éveil. Vous ne risquez pas de voir des bouddhistes hurler à des « créatures de Satan ».

Nous souhaitons la bienvenue à cet être neuf. Et comme toujours, nous envoyons un message de paix.

— Un bien beau message de paix, il est vrai, réplique le sunnite, quand vos coreligionnaires massacrent nos frères rohingyas en Birmanie, sous la bannière de ce fanatique de Wirathu…

— Mais… Ce n'est pas mon bouddhisme… Et d'abord, qui a détruit les Bouddhas de Bâmiyân, je vous le demande ? Et au Sri Lanka, qui…

Pudlowski s'interpose avec douceur.

— S'il vous plaît. Je vous sais tous pleins de bonne volonté, mais – et je le regrette – nous ne pourrons régler dans cette pièce les problèmes de la planète. C'est donc une créature de Dieu, ou un être qui ressent la présence du Bouddha. Voilà un point d'acquis. J'ai une autre demande, sur un concept : l'âme.

— L'âme ? répète le sunnite.

— Oui. Je ne saurais la définir, mais c'est un principe essentiel, n'est-ce pas ?

— C'est essentiel, mais compliqué, dit le sunnite. Puis-je développer ?

— J'ai tout mon temps…, soupire Pudlowski.

La réunion dure deux heures, deux heures à la fin desquelles rien n'est réglé, et Jamy Pudlowski, lasse, y met un terme. S'accorder une semaine, un mois, ne résoudrait rien.

— S'il vous plaît, messieurs. Pouvons-nous parvenir à une position commune ? Et même rédiger une déclaration, la plus unanime possible et bien entendu temporaire, mais qui protège cette personne contre tout acte criminel guidé par une mauvaise lecture des textes sacrés ?

— C'est la meilleure solution, dit un des bouddhistes.

— Absolument, acquiesce le rabbin libéral, nous pourrions reprendre ces beaux mots du Lévitique (19,18) où Dieu nous commande d'aimer notre prochain comme nous-mêmes.

— Ou ceux de l'Évangile (Jean 13,34), dit le pasteur luthérien, où Jésus commande à ses disciples de s'aimer les uns les autres.

Le salafiste s'incline et conclut :

— « Faites le bien », a dit le Prophète – la paix et la bénédiction d'Allah soient sur lui. « Allah aime les bienfaisants. » Et en accueillant ces êtres sans les tourmenter, nous ne faisons pas le mal.

— Bien, dit Jamy Pudlowski. Je vous remercie. Je me dois d'ajouter un élément qui n'est pas négligeable. Nous ne sommes pas confrontés à un être « dupliqué », mais à plusieurs. Deux cent quarante-trois très exactement.

— Deux cent quarante-trois ?

Elle ne laisse pas de temps aux réactions :

— Mes amis, je vous redonne rendez-vous demain matin et vous aurez toutes les informations à ce moment. De toute façon, j'imagine que cela ne change rien au débat sur le fond. Je vais rédiger une synthèse de cette réunion, et je vous soumettrai une résolution œcuménique, qui transcende les différences religieuses.

Pudlowski remercie longuement chaque participant, puis prend congé. Une fois dans l'hélicoptère qui la ramène à la base, elle appelle Adrian Miller.

— Alors, demande le mathématicien, cela s'est bien passé ?

— Pour le mieux, soupire Pudlowski. Pour le mieux.

Le téléphone vibre. Un SMS du POTUS.

« *Great job !* » a écrit le président.

## HANGAR

*Samedi 26 juin 2021,*
*hangar B, McGuire Air Force Base*

— Mais ?! Ils dansent ! s'exclame Silveria du haut de la plateforme.

À l'angle nord, un espace s'est ouvert entre les tables et oui, des passagers dansent. Des adolescents, des enfants, mais pas seulement, s'agitent sur le nouveau hit d'Ed Sheeran, *So Tired of Being Me*, entre R&B et dancehall, mais Silveria est loin d'être expert et ni Pudlowski ni Mitnick qui se tiennent à côté de lui ne sauraient l'aider.

Il y a si longtemps qu'il n'a pas dansé. Il y a deux ans, avec sa fille, en ouvrant le bal de son mariage ? Peut-être. Ce jour-là, ils avaient valsé sur Louis Armstrong, lui à l'étroit dans son costume et elle qui débordait joyeusement de sa robe blanche. Silveria revenait d'Afghanistan, il tournoyait en riant avec Gina et Gina riait en tournoyant dans les bras de son père et avec eux tournoyaient dans sa tête les images dégoûtantes de la guerre. Même les yeux fermés, même après trois bières, même enveloppé de douceur dans le parfum fruité de sa fille, le monde de Silveria était de moins en moins un *wonderful world.* Malgré tout, en valsant avec elle, en chassant loin le sang et la poudre et le désert, il crachait à la gueule de tous les démons de l'enfer.

— Qui les a laissés mettre de la musique ? s'agace Silveria.

— C'est plutôt une bonne initiative, dit Jamy Pudlowski. On projette déjà des films aux enfants, et on va distribuer des jeux de société, des échiquiers, des cartes. Cela devrait contribuer à faire baisser la tension.

— Qu'ils dansent, alors.

Le général regarde l'horloge : il est deux heures de l'après-midi et il est aussi épuisé que si la nuit tombait. De la plateforme où il se tient, le hangar est devenu un village de tentes sable camouflage et de préfabriqués blancs, une bourgade provisoire qui sent la graisse rance et le désinfectant. La logistique militaire s'adapte autant qu'elle peut à ces civils indisciplinés. Les soldats savent le minimum, autant dire rien, et leur seule consigne est de ne rien révéler de la date. La majorité garde les portes avec fermeté, mais certains ont été autorisés à s'occuper des enfants. Silveria a triplé leur nombre, et, trouvant ses hommes nerveux, il a remplacé leurs fusils-mitrailleurs par des tasers.

Oui, Patrick Silveria est fatigué, et pourtant il flotte dans une rare plénitude. Pour la première fois de sa vie, il se pose des questions autres que celle de savoir pourquoi il a fini par devenir le général Silveria, médaillé de l'Air Force Cross, du Purple Heart et de la Legion of Merit. Enfant, il avait voulu être médecin pour soigner sa mère mourante, adolescent, il avait tenté d'être comédien, puis il avait commencé des études de physique théorique. Mais le vent n'avait cessé de mal tourner. Il n'avait pu obtenir sa bourse pour Lawrence University, son père avait eu la leucémie qui l'avait emporté, et la belle Myra l'avait quitté pour un vieillard de trente-cinq ans. Alors, par défi, il avait passé et réussi l'examen de West Point, devenant le seul de la promotion à n'avoir aucun militaire dans sa famille. Depuis, il ne cesse d'interroger ce qu'on appelle le destin : et si à dix-huit ans, il avait été retenu pour le second rôle dans cette comédie policière à Broadway, et si Hannah n'était pas tombée si tôt enceinte, et si en 2003, lors de l'offensive d'avril, il n'avait pas réussi à descendre ce satané Mig-25 au-dessus de Mossoul ? Il avait désormais sa réponse : ce chemin de hasard n'a existé que pour qu'un jour, en haut de la plateforme d'acier d'un hangar de Lockheed Galaxy, il pose ses deux mains sur la rambarde peinte au minium, entouré de Prix Nobel, au-dessus de cette foule de gens surgis de nulle part.

— Je vais descendre dans la fosse aux lions, décide Silveria.

— Tout à l'heure, il y a eu un début d'émeute, dit Pudlowski. Ils vont vous déchiqueter…

— J'ai peut-être envie de l'être.

— Et j'allais oublier, dit Mitnick : il y a une

avocate parmi les passagers… Joanna Woods. Je ne suis pas juriste, mais son dossier a l'air sérieux, même s'il est très… coloré.

— Coloré ? s'étonne Silveria.

— Elle rédige ses requêtes sur les feuilles à dessin qu'on a distribuées aux gosses, et avec leurs feutres de couleur.

Le général soupire. Il lui vient en tête une bonne dizaine de blagues sur les avocats, dont une excellente sur la différence entre une tique et un avocat, mais il les garde pour lui. Ça ne détendrait même pas l'atmosphère.

— Si vous souhaitez négocier, Me Woods est à la première rangée, table 14, avec le commandant.

Devant l'air stupéfait de Silveria, Mitnick poursuit :

— Général, si vous consultiez un peu plus votre tablette, vous verriez que nous avons installé sur les murs des centaines de caméras haute définition, et autant de micros directionnels. Il y a, en interface, un système de reconnaissance faciale, une analyse de la parole, dans toutes les langues, avec traduction simultanée. Cliquez sur un nom de passager, et le script s'affiche en direct. Sur les tables, les bouquets de fleurs séchées sont des bijoux d'électronique. Les tentes sont sur écoute elles aussi.

— Bravo. Rien dans les toilettes, tant que vous y êtes ?

— Nous en avons débattu, mais finalement, non.

Pas un trait du visage de Mitnick n'a bougé.

Silveria se demande si l'homme est un pince-sans-rire ou s'il était sérieux.

— Puisque vous êtes si fort, Mitnick, vous avez sûrement l'image du passager qui s'est enfui…

— Non. On n'a installé les caméras et les micros qu'hier matin. Il s'était déjà échappé. On sait qu'il a embarqué à Paris sous le nom de Michaël Weber. C'est une identité usurpée, il voyageait avec un passeport australien, l'un des pays qui ne sont toujours pas passés au biométrique. Il y a des dizaines de Michaël Weber en Australie, mais celui-là habite à Gold Coast, c'est un chauffeur de bus scolaire qui n'a jamais quitté sa ville. À bord du Boeing, nous avons voulu procéder à des relevés d'empreintes sur son siège, mais c'est du tissu. Nous avons récupéré les plateaux-repas, les couverts. En éliminant les ADN de tous les autres passagers, il restera encore celui des préparateurs des plateaux. Imaginons malgré tout qu'on découvre le sien, on saura la couleur de sa peau, celle de ses yeux, la texture de ses cheveux, son âge, sa physionomie, on créera un portrait-robot génétique et on ira le rechercher sur les réseaux sociaux. Il ne faut pas attendre de miracle.

— Les images de l'avion ?

— Il a réservé le siège 30E qui n'est dans l'axe d'aucune caméra de contrôle, et même au moment de l'embarquement, on ne retrouve aucun plan qui révèle son visage. On a interviewé ses voisins de cabine, mais personne n'a trop prêté attention à lui. On a dressé son portrait-robot. Des lunettes épaisses, des cheveux longs, une moustache, des détails qui attirent l'œil et le détournent de l'essentiel. Et il a porté sa capuche durant le vol.

— Les images de surveillance à l'aéroport Charles-de-Gaulle ?

— C'était en mars : la plupart ont été effacées. Sur le peu qui restent, on ne voit absolument rien. À ce niveau d'invisibilité, on a affaire à un professionnel.

— Et l'effraction, dans le hangar ?

— Il a forcé une porte au cours de la petite panique créée par le début d'incendie qu'il a sans doute allumé. Aucune empreinte sur la poignée ni sur la barre de fer qu'il a utilisée. À midi, on a retrouvé à New York le pick-up volé, incendié. Un pro, je vous dis.

— Continuez à chercher. Même une fourmi laisse une trace.

— Une fourmi ailée, pas tant que ça, grimace Mitnick.

## LES QUESTIONS DE MEREDITH

*Samedi 26 juin 2021, 7 h 30,*
*McGuire Air Force Base*

— Je refuse d'être un programme, peste Meredith… Adrian, si cette hypothèse est la bonne, alors nous vivons une allégorie de la caverne, mais à la puissance *n*. Et c'est insupportable : passe encore que nous n'accédions qu'à la surface du réel, sans espoir d'accéder à la vraie connaissance. Mais que même cette surface soit une illusion, c'est à se flinguer.

— Je ne sais pas si « se flinguer » convient à un programme, tempère Adrian, en lui tendant le troisième café de la matinée.

Mais Meredith est furieuse, totalement hors d'elle, même si c'est sans doute un effet indésirable du modafinil dont elle avale un comprimé toutes les six heures pour ne pas dormir. Adrian affronte un flot de questions auxquelles elle n'exige aucune réponse. Tout y passe.

Est-ce que le fait que je n'aime pas le café est

inscrit dans mon programme ? Et ma gueule de bois d'hier, quand je me suis changée en éponge à tequila, elle est simulée elle aussi ? Si un programme désire, aime et souffre, quels sont les algorithmes de l'amour, de la souffrance et du désir ? Est-ce que je suis programmée pour me mettre en colère en découvrant que je suis un programme ? Est-ce que j'ai un libre arbitre, malgré tout ? Est-ce que tout est prévu, programmé, inévitable ? Quelle dose de chaos est incluse dans cette simulation ? Il y a du chaos, au moins ? N'y a-t-il aucun moyen de prouver que non, ouf, en fait, nous ne sommes pas dans une simulation ?

Difficile, va répondre Adrian, de trouver une expérience qui invaliderait l'hypothèse, puisque, pas sotte, la simulation fournirait un résultat prouvant le contraire. Pourtant, cela fait trente heures qu'ils s'obstinent à imaginer une expérimentation. Les astrophysiciens, en particulier, tentent d'observer le comportement des rayons cosmiques de la plus haute énergie. Ils croient impossible, en appliquant les lois « réelles » de la physique, de les simuler avec une précision de 100 %. Des anomalies dans leur comportement pourraient prouver que la réalité n'est pas réelle. Pour l'instant, cela ne donne rien.

L'idée d'une simulation, Adrian la déteste, lui qui adopta Karl Popper comme phare de ses études d'épistémologie, ce brave Popper pour qui une théorie n'a aucun caractère scientifique si rien ne peut la réfuter… Mais il a beau tourner la question en tous sens, à conditions égales, l'explication la plus simple est souvent la bonne. La plus simple, mais la plus inconfortable : l'apparition de l'appareil ne peut pas être un cafouillage de la simulation – il aurait été si simple de « l'effacer », de revenir quelques secondes en arrière. Non. C'est un test, évidemment : comment vont réagir des milliards d'êtres virtuels face à la révélation de leur virtualité ?

Mais Adrian n'a pas le temps de disputer, car Meredith poursuit.

Vivons-nous dans un temps qui n'est qu'une illusion, où chaque siècle apparent ne dure qu'une fraction de seconde dans les processeurs du gigantesque ordinateur ? Qu'est-ce que la mort alors, sinon un simple « *end* » écrit sur une ligne de code ?

Est-ce que Hitler, la Shoah n'existent que dans notre simulation, ou aussi dans quelques autres, est-ce que six millions de programmes juifs ont été assassinés par des millions de programmes nazis ? Est-ce qu'un viol, c'est un programme mâle qui viole un programme femelle ? Est-ce que les programmes paranoïaques ne sont pas des systèmes un tantinet plus clairvoyants que les autres ? Est-ce que cette hypothèse folle n'est pas la forme la plus élaborée de la théorie du complot élaborée dans le plus gigantesque des complots possibles ?

Quelle perversité d'avoir élaboré des programmes simulant des êtres aussi idiots, d'autres simulant des êtres trop intelligents pour ne pas souffrir d'être entourés des précédents, et des programmes simulant des musiciens, d'autres des artistes, d'autres encore simulant des écrivains qui écrivent des livres que lisent d'autres programmes encore ? Ou que personne ne lit d'ailleurs ? Qui a conçu les programmes Moïse, Homère, Mozart, Einstein, et pourquoi tant de programmes sans qualité, qui traversent leur existence électronique sans rien apporter ou si peu à la complexité de la simulation ?

Ou bien, ou bien, s'énerve encore Meredith, sommes-nous les simulations d'un monde de Cro-Magnon par des Neandertal, cette race de *sapiens* qui, elle, contrairement à ce qu'on croit, a *vraiment* réussi, voici cinquante mille ans ? Au point de vouloir voir ce que ces primates africains hyperagressifs auraient bien pu accomplir s'ils n'avaient, les pauvres, disparu ? Eh bien, c'est gagné, ils le savent maintenant, le Cro-Magnon est si indécrottablement abruti qu'il a ravagé son environnement virtuel, détruit ses forêts et pollué ses océans, s'est reproduit jusqu'à l'absurde, a brûlé toute l'énergie fossile, et la quasi-totalité de l'espèce va mourir de chaud et de stupidité dans à peine cinquante ans simulés. Ou tiens, ni mieux ni pire, si nous étions dans une simulation lancée par les héritiers de dinosaures qu'aucune météorite n'aurait détruits, qui s'amusent à observer un monde dirigé par des mammifères ? Ou encore vivons-nous dans l'imposture d'une biologie du carbone conçue autour d'une double hélice d'ADN, univers simulé par des extraterrestres dont la vie s'organise autour d'un triple hélicoïde et de l'atome de soufre ? Et même, même, si nous étions des êtres simulés par d'autres êtres non moins simulés dans une simulation plus grande encore, si tous les univers simulés s'emboîtaient les uns dans les autres, comme des tables gigognes ?

Comment savoir même quelle est notre apparence ? Puisque dans le programme, je suis une femme blanche, jeune, brune, trop maigre, aux cheveux longs, aux yeux noirs, pourquoi la simulation ne s'amuserait-elle pas à me créer autant de variantes de mon visage ou de mon corps que d'interlocuteurs ?

Et tiens, Adrian – et maintenant Meredith s'étouffe de rage –, une autre idée pas si absurde : est-ce qu'une fausse vie existe après notre fausse mort ? C'est vrai, ça, au fait, qu'est-ce que ça leur coûterait, à ces êtres *tellement* supérieurs, *tellement* géniaux, d'ajouter à leur simulation des paradis de pacotille, pour récompenser tous ces petits programmes méritants et dociles qui se sont soumis aux diktats de chaque doxa ? Pourquoi n'auraient-ils pas conçu un paradis pour les bons programmes musulmans, qui ont toujours mangé hallal et qui se sont pieusement tournés vers La Mecque pour prier Allah cinq fois par jour ? Un paradis pour les programmes catholiques qui sont allés se confesser à la messe tous les dimanches ? Un paradis pour les programmes adorateurs de Tlaloc, le dieu aztèque de l'eau, ces victimes sacrifiées en haut des pyramides et qui reviennent sur Terre métamorphosées en papillons ?

Et s'il existait aussi mille enfers, pour ces honteux programmes apostats, infidèles ou libres penseurs, mille géhennes où ces esprits émancipés brûleraient sans répit, dans une torture éternelle et virtuelle, assaillis par des démons rouges et dévorés par des monstres aux gueules féroces ? Et mieux encore, pourquoi ces génies farceurs n'auraient-ils pas imaginé que chaque programme religieux prierait le mauvais Dieu. Et une fois mort, surprise, mon pote, t'étais baptiste, bouddhiste, juif, musulman ? Mais fallait être mormon, Ducon ! Allez hop, tout le monde en enfer !

Après tout, les dieux aztèques ont plusieurs fois créé le monde, et plusieurs fois ils l'ont détruit : Ocelotonatiuh a fait dévorer les hommes par des jaguars, Ehecatonatiuh les a transformés en singes, Quiauhtonatiuh les a ensevelis sous un déluge de feu, Atonatiuh les a noyés et changés en poissons.

Telles sont les questions que se pose Meredith, ou peut-être son programme, qui en a retenu un paquet sur le monde et sur les dieux aztèques. Et d'ailleurs, sans vouloir dénigrer le monothéisme, le dysfonctionnement du monde s'expliquerait bien mieux par un conflit sans fin entre des dieux.

Meredith a soudain envie d'un café qu'elle n'aime pas, elle se bat avec le percolateur récalcitrant – Ces connards, ils ont même programmé des pannes dans leur simulation –, et quand le liquide noir et mousseux coule enfin, elle se tourne vers Adrian, silencieux.

Il la regarde avec un enchantement vermillon dans le cœur. Il aime décidément tout chez elle, ses joues roses lorsqu'elle s'emporte, cette perle de sueur sur le bout du nez, et sa façon de porter ample ses chemises sur un corps d'une si extrême minceur. Peut-être tout cet élan vers elle est-il aussi programmé ? Il s'en fout. La vie commence peut-être quand on sait qu'on n'en a pas.

Qu'est-ce que ça changerait pour eux, après tout ? Simulés ou non, on vit, on sent, on aime, on souffre, on crée, et on mourra tous en laissant sa trace, minuscule, dans la simulation. À quoi sert de savoir ? Il faut toujours préférer l'obscurité à la science. L'ignorance est bonne camarade, et la vérité ne fabrique jamais du bonheur. Autant être simulés et heureux.

Meredith boit une gorgée du café amer et sourit :

— Merci d'avoir fait que je sois là, Adrian. Ma fureur est à la proportion de l'intensité de ce que nous vivons. Je suis follement heureuse d'être dans ce bateau, et avec toi.

La topologiste anglaise éclate de rire, et à cet instant, elle aussi s'en moque bien d'être simulée, et sa joie n'est pas non plus un effet secondaire du modafinil. Elle se met à chanter sur l'air d'*I Can't Get No Satisfaction* :

*I can be no no no no simulation*
*No no no*
*And I cry and I cry and I cry !*
*I can be no no no*

Elle danse et virevolte sur la mélodie des Stones, et comme il reste gauche et interdit, gonflé d'émotion, elle saisit sa main et l'entraîne :

— Allez, Adrian, ne reste pas comme une potiche ! *I can be no no no !*

C'est formidable, se dit Adrian, c'est formidable ce que j'aime cette fille.

Soudain, il l'attire à lui, il va l'étouffer entre ses bras, étourdi de tendresse et de désir, et l'embrasser, quand le général Silveria entre dans la pièce.

— Professeur Miller, dit le général pas gêné pour un sou, un hélicoptère vous attend sur le tarmac. Vous partez tout de suite pour la Maison-Blanche. Le président vous attend.

## QUELQUES PRÉSIDENTS

*Samedi 26 juin 2021, 11 h,*
*West Wing, Maison-Blanche, Washington*

Le président arpente le bureau ovale avec une excitation volcanique, les yeux fixés sur les rayons solaires de l'épais tapis blanc. Il fait un tour complet de la pièce, dans le sens inverse des aiguilles d'une montre, sous le regard indifférent d'un Winston Churchill en buste, le Washington dans son cadre au-dessus de la cheminée se montrant à peine plus attentif.

Ils sont quatre à attendre dans leur fauteuil, face au bureau présidentiel : le conseiller spécial, le secrétaire d'État des États-Unis, une conseillère scientifique, enfin Adrian Miller, captivé par l'aigle majestueux du panneau du *Resolute desk*, Adrian à qui le chef du protocole a fait passer dès son arrivée une chemise blanche propre et parfumée, Et nous en profiterons pour laver rapidement votre T-shirt, professeur Miller.

— Je n'ai pas envie d'appeler le Français, boude le président en retournant s'asseoir.

— Nous retenons soixante-sept ressortissants français, dit le conseiller spécial. Et c'est un vol Air France. Il va bien falloir l'appeler, monsieur le prési…

— Non et non. Je vais d'abord appeler Jinping. Nous avons combien de Chinois ?

— Une vingtaine, monsieur le président. Mais nous appellerons le président français juste après.

— Oui, nous verrons. Jennifer, passez-moi le Chinois. Et moi, professeur Muller, au bout de quelques minutes, je vous passerai Jinping, n'est-ce pas ?

Le président se tourne vers Adrian Miller, qui lui fait vaguement penser à cet acteur de *Forrest Gump*, comment s'appelle-t-il déjà ? Avec quelque chose de plus juvénile.

Adrian ne répond pas. La fatigue des nuits blanches lui pèse, et il pense, un peu étourdi, C'est dingue, dingue, je suis dans le bureau ovale avec le président, je vais parler au président chinois, et je porte une chemise blanche.

— Professeur Muller, je vous parle…

Tom Hanks, voilà, c'est ça, songe le président. Il me rappelle Tom Hanks.

— Oui, monsieur le président, acquiesce Adrian. C'est Miller, monsieur le président.

— Je disais que je vous passerais Jinping, vous lui expliquerez.

— Le professeur Miller doit-il répondre à toutes

les questions, sans exception ? demande le conseiller spécial.

Le président hausse les sourcils, cherche sa réponse vers le secrétaire d'État, lequel hoche la tête :

— Racontez tout ce que vous voudrez, professeur. De toute façon, on ne sait pas grand-chose.

— Monsieur le président, je vous passe le président chinois, dit une voix féminine.

À onze mille kilomètres de là, à Zhongnanhai, dans la salle de conférences du West Building Compound, une main décroche.

— Bonjour président Jinping, dit le président. Il est très tard, je suis désolé.

— Je ne dormais pas, cher président.

— Tant mieux, tant mieux. Je vous contacte pour un sujet d'une importance capitale. Nous sommes confrontés à une situation inédite. Le monde entier y est confronté et c'est la raison pour laquelle vous êtes le premier que je contacte. Je suis en ce moment avec mes conseillers scientifiques. Ils m'assisteront à tout moment. Voici : il y a deux jours, un avion d'Air France s'est posé sur notre territoire. C'est un avion qui s'est posé il y a trois mois déjà.

— Oui ? Cela arrive souvent qu'un avion se pose plusieurs fois, fait le président chinois en retenant un rire. Surtout pour un vol régulier…

— C'est plus compliqué. Je vous passe l'un de mes meilleurs conseillers scientifiques, le professeur Adrian Muller, de l'université de Princeton.

Adrian se lève, saisit le combiné que lui passe le

président, bafouille « Professeur Adrian Miller, monsieur le président… » puis tente d'être à la fois clair, bref, et exhaustif. Au bout du fil, c'est l'incompréhension. « L'avion s'est posé deux fois ? » demande le président chinois, avant de répéter : « Deux fois ? » La conversation se prolonge, et Adrian répond à des questions sur les cumulonimbus, les tests ADN sur les passagers, leurs conditions de rétention… Après l'exposé, il aborde les différentes hypothèses, tente d'expliquer l'inexplicable. Devant la stupéfaction de son interlocuteur, il doit souvent reprendre. Au bout d'un long quart d'heure, le président exige la liste des citoyens chinois retenus sur la base de McGuire.

— Vous pensez bien qu'ils l'ont déjà, souffle à voix basse la conseillère scientifique. Ils savent où se trouve tout Chinois à tout instant, alors, vous pensez bien, ceux qui ont embarqué en mars sur un Paris-New York…

— Nous allons laisser nos services régler les problèmes contingents, conclut le président chinois, saluez votre président et dites-lui que je le rappellerai dans l'heure qui vient.

Puis l'homme de l'empire du Milieu raccroche, Adrian en fait autant, se rassied. Le président américain reste immobile, comme sonné. Le mathématicien observe cet homme primaire, et il se conforte dans l'idée désespérante qu'en additionnant des obscurités individuelles on obtient rarement une lumière collective.

— Ils sont sûrement déjà en train d'aller arrêter

les « doubles » de leurs citoyens, réfléchit à voix haute le secrétaire d'État.

— Nous avons contacté le président Macron, monsieur le président. Il sera en ligne dans une minute, dit le conseiller spécial.

— J'ai du mal avec les Français, et avec ce type en particulier. Bon. Jennifer, passez-moi ce petit connard arrogant.

Le téléphone émet une vibration, le président boit un verre d'eau, décroche, sourit d'un air forcé.

— Mon cher Emmanuel, je suis si heureux de vous parler. J'espère que vous allez bien, et votre charmante femme également. Je vous contacte pour un sujet d'une importance capitale…

À onze mille kilomètres de là, Xi Jinping regarde un instant la nuit qui tombe paisiblement sur le lac du Milieu de la Nouvelle Cité interdite. Tout le long de la berge, il a fait planter des ginkgos par centaines, pour les contempler, méditer. Cet arbre primitif l'a toujours fasciné. Il existait des millions d'années avant même qu'apparaissent les dinosaures, et il survivra à l'humanité. Une version végétale du *memento mori*. Puis, Jinping retourne s'asseoir à la table de conférence. Ils sont là une douzaine, militaires et civils, silencieux. Ils ont écouté les explications de Miller, en prenant de rares notes. C'est le plus noir des « cygnes noirs », ces événements improbables aux conséquences infinies.

Sur les écrans de la salle de la présidence s'affichent des images prises par les tout nouveaux satellites Yaogan 30-06 déployés autour du globe. La définition est excellente : on déchiffre très bien le numéro du Boeing d'Air France, on voit nettement la longue procession entre l'avion et le hangar, on observe en continu le ballet des hélicoptères. Défilent aussi les visages de chaque passager : deux jours que le ministère de la Sécurité de l'État collecte sur eux tout ce qui est possible, avec non moins d'efficacité que la NSA.

— C'est bien ça, résume Xi Jinping. Ils sont dans la même merde que nous en avril dernier avec le vol Beijin-Shenzhen de janvier. Ils détiennent deux cent quarante-trois personnes sur leur base de la côte Est… Contre combien déjà dans l'Airbus ?

— Ils sont trois cent vingt-deux, camarade président, dit un général. La plupart sont toujours sur la base militaire aérienne de Huiyang.

— Devons-nous avertir les Américains de l'existence de ce vol ? demande une femme en civil.

— Pas tout de suite. Peut-être jamais. Ils n'ont pas réclamé le moindre des quinze Américains à bord. Ils ne manquent à personne.

— Et donc, pour eux aussi…, dit un autre militaire à quatre étoiles, cette hypothèse de la simulation est la plus prob…

— Oui, pour eux aussi…, coupe le président.

Le président de 1 415 152 689 programmes.

Lorsque Adrian quitte la Maison-Blanche, le chef du protocole le rattrape dans le couloir. Il lui tend un sac de toile noir arborant le drapeau américain :

— Votre T-Shirt est à l'intérieur, professeur Miller. Nous l'avons lavé et avons pris la liberté... de le recoudre. J'ajoute que j'ai dû taper Fibonacci sur internet pour comprendre votre « I ♡ zero, one, and Fibonacci ». Très amusant, si je puis me permettre. Vous pouvez garder la chemise, bien entendu. Vous trouverez aussi un sweat-shirt à capuche au logo de la Maison-Blanche. Le président a insisté pour vous le dédicacer personnellement.

Adrian n'a pas le temps de placer un mot que le chef du protocole ajoute, impassible :

— Ne vous inquiétez pas, professeur. Nous lui avons donné un feutre à l'eau, cela partira au premier lavage.

## *THE PEOPLE HAVE THE RIGHT TO KNOW*

*Article du* New York Times,
*daté du dimanche 27 juin 2021*

### CONTRE L'ÉVIDENCE, L'USAF NIE RETENIR UN AVION DE LIGNE FRANÇAIS ET SES PASSAGERS SUR LA BASE DE MCGUIRE

Jeudi en début de soirée, un Boeing 787 d'Air France a été contraint de se poser sur la base aérienne militaire de McGuire, située dans le New Jersey. Les passagers et l'équipage seraient maintenus au secret dans un vaste bâtiment aménagé pour les accueillir. Malgré nos demandes répétées, ni l'armée ni la compagnie aérienne ne donnent la moindre explication sur cet incident.

McGuire base, 26 juin. John et Judith Madderick, soixante-cinq et soixante-six ans, tous deux retraités, n'en ont pas cru leurs yeux. Le couple dînait jeudi soir dans son jardin de Cookstown (New Jersey) quand un avion de ligne, escorté de deux chasseurs, a atterri sur la base de l'USAF McGuire, à un mile de là. John et Judith sont habitués aux allées et venues des Super Hercules et des AWACS, mais ils ne se souviennent pas, depuis trente ans qu'ils vivent ici, que cette base ait accueilli un seul avion civil. D'autres témoins, dont un membre des forces armées, ont confirmé qu'il s'agit d'un Boeing 787 volant sous pavillon Air France.

Andrew Wiley, porte-parole de l'armée de l'air, nie toute rétention d'information, mais confirme que la base de McGuire est entièrement bouclée, sous la vigilance de soldats appartenant au groupe de combat de la 86e brigade d'infanterie, acheminés sur place au cours de la nuit de jeudi 24 au vendredi 25. Toute visite est interdite au personnel non autorisé. Des blindés placés en deux points de passage – contre sept auparavant – contrôlent les entrées et venues des quatre mille militaires de la base, dont les véhicules entrent et sortent au compte-gouttes, occasionnant des embouteillages sur les routes environnantes.

Selon une source travaillant au contrôle aérien de Kennedy Airport, un Boeing 787 ayant subi des avaries est bien entré dans l'espace aérien national en donnant le code erroné d'un vol Air France Paris-New York. L'appareil a été aussitôt détourné sur ordre du Norad vers une base militaire de la côte Est. Selon des travailleurs civils de la base de McGuire, qui souhaitent garder l'anonymat, plus de deux cents passagers, ainsi que le personnel de bord, auraient été débarqués et installés dans un vaste bâtiment aménagé à cet effet. Des mouvements très importants ont été observés depuis. Le Boeing a ensuite été parqué dans un autre hangar, non sans que plusieurs clichés aient pu être pris avant cette opération, qui prouvent qu'il s'agit d'un 787-8.

Certaines images, postées sur les réseaux sociaux, sont rapidement devenues inaccessibles.

De son côté, la compagnie aérienne Air France, par la voix de son directeur de la communication François Bertrand, a fait savoir qu'aucun de ses appareils n'a disparu. La compagnie française a par ailleurs fourni la liste des vingt-trois Boeing 787 qu'elle exploite sur une demi-douzaine de lignes, dont certains sous le sigle KLM, et tous sont localisés. Rappelons que la société Boeing a actuellement livré 387 Boeing 787-8 dans le monde, et Air France est son deuxième client européen. Le constructeur aérien, qui assure leur maintenance, ne signale pas non plus d'appareil manquant à l'appel. De plus, aucun aéroport de la côte Est ne signale d'incident concernant un vol commercial.

Les références du 787 lisibles sur les quelques clichés du fuselage correspondent pourtant à celles d'un avion affecté traditionnellement à la ligne Paris-New York. La compagnie reconnaît l'immobilisation d'un de ses Boeing 787 portant le même numéro. Pour des « raisons liées à la sécurité », il a été mis sous séquestre par les autorités américaines dans la matinée de samedi, et il demeure stationné à Kennedy Airport, où il serait soumis à de nombreux tests. Il s'agirait d'un appareil ayant subi des avaries durant des turbulences liées à la « tempête de la décennie », en mars dernier. Cette perturbation majeure avait causé de graves dégâts sur de nombreux aéronefs et navires.

Le mystère demeure néanmoins entier sur l'identité de l'avion contraint de se poser sur la base McGuire. Ses occupants, soit plus de deux cents personnes, sont-elles encore retenues dans les vastes bâtiments de la base ? Des sources proches des autorités militaires l'affirment. Or, le règlement international de l'aviation civile n'autorise la détention de civils sans jugement que dans quelques cas strictement encadrés par les législations nationales. Le terrorisme en fait partie, mais surtout, des dispositions médicales peuvent imposer la mise en quarantaine d'un équipage et des passagers. Cette procédure ne peut toutefois être déclenchée que sur ordre du président, et après avis consultatif du Center for Disease Control (CDC). Interrogé sur ce point, Kenneth Logan, directeur du CDC, affirme que son agence n'est au fait d'aucun problème épidémique sur le territoire national.

Source d'étonnement supplémentaire, ni la saisie depuis deux jours de cet avion ni la détention de ses occupants ne suscitent nulle part la moindre réaction. La Maison-Blanche a assuré par sa toute nouvelle directrice de la communication, Jenna White, qu'aucun Américain ni ressortissant étranger n'était détenu arbitrairement. Alors que plus d'un passager sur trois, sur un vol Paris-New York d'Air France, est français, l'ambassade de France, contactée, conteste que des nationaux soient retenus contre leur gré sur la base McGuire et n'a pas souhaité commenter l'hypothèse.

Pour le bureau des enquêteurs,
Anja Stein

"All the News That's Fit to Print"

# The New York Times

VOL. CLXVII . . . No. 58,039 — NEW YORK, MONDAY, JUNE 28, 2021

**Mysterious Flight.** Image of the Air France Boeing 777, taken on the morning of Saturday 26. The aircraft is still immobilized at McGuire Air Force Base. The military base is now closed and under Army surveillance.

*Thick mystery surrounding the mobilization of scientists in the United States.*

By PABLO LEVIN BECKER

ISLAMABAD, Pakistan — For a nation [illegible] for all the wrong reasons — suicide [illegible], horrific school massacres — Pakistan has reached a turning point that could possibly alter its dysfunctional trajectory.

Imran Khan, the cricket star and A-list celebrity whose political party won this past week's elections, could use his fame and

## *Against The Evidence, The USAF Denies Holding A French Airliner At The McGuire Base*

*Early Friday evening, An Air France Boeing Was forced to land At Air Force Base In New Jersey.*

John and Judith Madderick, 65 and 66, both retired, couldn't believe it. The couple was having dinner Friday night in their backyard in Cookstown, New Jersey, when an airliner, escorted by two fighters, landed at the USAF McGuire base a mile away. John and Judith are used to the comings and goings of [illegible] Hercules and AWACS, but they don't remember, in the thirty years they have lived [illegible], that the base has hosted a single civilian aircraft.

Witnesses, including a member of the armed forces, confirmed [illegible] it was a Boeing 777 flying under the Air France flag. More than two hundred civilians were [illegible] and installed in a large building set up for this purpose. The Boeing was then parked in a hangar, not without several shots being taken before his operation. Some, posted on social networks, quickly became inaccessible.

Andrew Wiley, spokesman for the Air Force, denies any withholding of information, but the McGuire base is now completely sealed off, under the supervision of soldiers from the 86th Infantry Brigade Combat Team, who arrived on the scene during the night of Friday 25 to Saturday 27. Any visit is prohibited to any unauthorized personnel. For its part, the airline Air France, through its [illegible] director François Bertrand, claims "not to be aware" of the disappearance of one of its aircraft.

*Saving the Amazon Rainforest At the Center Of Discussions Between Brazil And the United States*

By IAN BERTI

Washington, DC. Brazil and the United States are "on the same wavelength" regarding the new fires in the Amazon, Brazilian Foreign Minister Ernesto Araujo said Friday after a meeting with Donald Trump at the White House. Jair Bolsonaro, for his part, said Friday that Europe has "no lesson to give" to Brazil on the fires raging in the rainforest.

The head of Brazilian diplomacy, Ernesto Araujo, and Eduardo Bolsonaro, the deputy son of the president and ambassador to Washington, went to the White House in search of support as Brazil has been under intense international pressure for a week. The two men spoke for about 30 minutes with the American president.

Ernesto Araujo welcomed the fact that the U.S. president is receiving officials without the rank of president or head of state. According to the Brazilian minister, "governments share the view that countries are sovereign over their territory" and that fires in the world's largest rainforest should not be "a pretext to promote the idea of an international committee to manage the Amazon.

The American president had congratulated Jair Bolsonaro on Saturday, considering that "he was working very hard" in the fight against the new fires in Amazonia, totally taking the opposite view from the other members of the G7. He expressed the "full support" of the [illegible] to Brazil.

Jair Bolsonaro also announced in the evening [illegible] Twitter that he had had a "productive" telephone conversation with German Chancel

★

*Samedi 26 juin 2021, 23 h,*
*McGuire Air Force Base*

Le général Silveria repose la télécommande sur la table, l'article du *New York Times* reste affiché sur l'écran.

— L'article sera mis en ligne dans une heure, ne me demandez pas comment fait la NSA, mais elle nous offre la primeur. Voilà : deux jours seulement. On ne pouvait guère espérer qu'un gros Boeing et ses deux cents passagers passent inaperçus longtemps.

— La rumeur circule très vite sur le web. Déjà cinq cents références et ça grimpe, note Brian Mitnick. En accord avec Air France, nous avons détruit au sein du système de réservation le fichier original des passagers du vol du 10 mars et l'avons remplacé par une liste fictive. Nous sommes en train d'intervenir sur la majorité des comparateurs de vols internet. Nous effaçons les traces de tous les trajets. Même si aucune information ne circule encore concernant les passagers de l'avion, on trouve des références aux arrestations en cours un peu partout sur le territoire.

— Techniquement, ce ne sont pas des arrestations, ce sont des « réquisitions concernant la sécurité nationale », corrige Silveria.

— Et où sont emmenés tous ces gens, d'ailleurs ? demande Adrian.

— Le FBI et la NSA les amènent ici dans des fourgonnettes aussi noires que discrètes, lâche le général, d'un ton agacé. Ce n'est pas très malin de la part de vos agences, Jamy, Mitnick, si je puis me permettre.

— Si je puis émettre une remarque moi aussi, général, réplique l'homme de la NSA, ce n'est pas très malin non plus d'avoir rassemblé ces individus en un seul lieu, le hall H. Certains passagers en ont reconnu d'autres… Ils savent désormais tous qu'ils étaient montés dans le même avion d'Air France de mars dernier… Ils imaginent le pire, un virus, la présence d'un terroriste parmi eux.

— Le FBI a détaché des psychologues, dit Jamy Pudlowski, en prévision de la confrontation… Il faut les préparer à rencontrer leur… double.

— Bien sûr, soupire Silveria. On ne peut pas fusiller les deux cent quarante-trois personnes du hangar… C'est bien dommage, je suis d'accord, Mitnick, mais c'est ainsi.

L'homme de la NSA grimace et poursuit :

— CNN, CBS et Fox envoient une petite brigade de journalistes avec camionnettes satellite, sandwiches et café chaud. J'ajoute que sur CBS Evening News, Elaine Quijano vient de réunir un rabbin et un pasteur comme invités de fin de journal. Ils ont révélé que la Maison-Blanche avait convoqué des représentants religieux pour débattre de la « nature de l'âme », et qu'il fallait s'attendre à une déclaration majeure.

— C'est le rabbin libéral qui a parlé, à coup sûr, grimace Jamy Pudlowski. Il n'a pas pu se retenir. Il adore les plateaux de télévision. Et ce n'est pas tout. Malgré toutes nos consignes de discrétion absolue, NBC vient d'annoncer non seulement que plusieurs scientifiques de renom manquaient à l'appel, mais que certains se trouvaient rassemblés ici…

— Le journaliste a deux ennemis : la censure et l'information, dit sentencieusement Mitnick. C'est le début…

— Ce n'est pas le début, c'est la fin, dit Silveria. Les confrontations entre les passagers du vol de mars et de celui de juin commenceront dès que possible. Et demain soir dimanche, lundi matin au plus tard, l'armée confie tout ce joli monde au FBI. Un problème avec ça, Jamy ?

— Aucun, mon général. Je ne connais pas de problème qui résiste à une absence de solution.

# III

## *La chanson du néant*

(après le 26 juin 2021)

Aucun auteur n'écrit le livre du lecteur, aucun lecteur ne lit le livre de l'auteur. Le point final, à la limite, peut leur être commun.

*L'Anomalie*,
VICTØR MIESEL

## RENCONTRE DU DEUXIÈME TYPE

*Dimanche 27 juin 2021,*
*rue La Fayette, Paris*

Un pincement à la joue, et Blake se réveille sur un fauteuil à l'acier froid, ligoté, bâillonné, nu. Un travail de professionnel : sans être garrotté, il ne peut pas bouger d'un pouce. Il reconnaît le décor, sobre, fonctionnel : il est chez lui, rue La Fayette. Il reconnaît même ses liens, le ruban toilé ultra-résistant qu'il a acheté en avril dernier. À peine s'il se souvient qu'en pénétrant dans le deux-pièces il a ressenti une vive piqûre dans la nuque, et qu'il s'est aussitôt effondré.

La pièce où il se trouve a été une chambre : elle conserve un lit étroit, et elle s'ouvre sur une salle de bains avec une grande baignoire émaillée. Cela pourrait relever du design si le but n'était avant tout pratique. Il ne peut tourner la tête, mais ce n'est pas nécessaire pour comprendre que toute la pièce est bâchée de plastique transparent. Blake March – appelons-le ainsi – se doute bien de ce que cela présage. Scintillent sur sa droite, pour compléter ce décor qui ne déparerait pas la série *Dexter*, une trentaine d'instruments chirurgicaux, bistouris, lancettes, scalpels, scies électriques, ciseaux, limes : il les reconnaît aussi. Certains n'ont jamais servi, comme cette perceuse crânienne qu'il a malgré tout testée sur des os à moelle. Il n'est pas terrifié, mais c'est sans doute l'effet secondaire très relaxant du midazolam qui lui a été injecté.

Il lui faut quelques longues secondes pour identifier l'homme en combinaison intégrale, derrière sa visière, debout devant lui, qui le regarde se réveiller. Ses yeux s'écarquillent de stupéfaction. Stupéfaction est un mot faible.

Les deux hommes se regardent longuement. Blake June observe son prisonnier. Trois jours qu'il réfléchit, raisonne, sans trouver d'explication. Mais l'absurde n'interdit pas le sens pratique et il a tendu son piège. Il n'y avait pas d'autre voie. La mouche ne prend jamais rendez-vous avec l'araignée.

Blake March soudain se débat, grogne, gémit, marmonne quelque chose sous le bandeau, mais Blake June ne détache pas le bâillon : d'une voix sourde, il parle à son oreille :

— Je ne vais pas faire de discours. Tu ne comprends pas ce qui se passe, et moi non plus. C'est sans importance. Je suis toi, tu es moi. Ça fait beaucoup, on ne peut pas être deux. Tu le comprends bien.

Blake June prend un crayon, un bloc. Et s'installe près de l'ordinateur allumé.

— Tous les numéros de mes comptes en banque ont été changés. Par toi, évidemment, puisque je le fais tous les trois mois. Tu connais la méthode pour retenir ces codes… Hoche la tête pour « oui ».

Blake March obéit. Les pensées se bousculent, et il en vient même à se demander s'il rêve, d'un rêve incroyablement réaliste.

— Je vais me connecter devant toi à mes comptes en banque et te dicter des chiffres et des lettres, tu confirmeras par un hochement de tête. À la première erreur, je t'arracherai un ongle, à la deuxième, je t'écraserai la première phalange. Je ne sais pas qui tu es, mais tu as sûrement les mêmes souvenirs que moi. Tu te rappelles le contrat d'Amiens il y a deux ans ? Hoche la tête pour « oui ».

March hoche la tête. Il se souvient… Un truc typiquement pour les Albanais, mais soit le client n'avait pas les connexions, soit ils lui faisaient trop peur. C'était si atroce qu'il a failli ne pas le prendre. Les genoux percés, les coudes brisés, les doigts coupés, la langue et le sexe tranchés, les tympans troués, et le meilleur pour la fin, l'acide dans les pupilles. Pour toucher l'autre moitié des soixante-dix mille euros, l'homme ne devait pas mourir.

June poursuit.

— Tu ferais exactement la même chose à ma place. D'autant que tu es à ma place.

March l'observe en plissant les yeux. Blake June

a un sourire qui n'est pas cruel. Plutôt embarrassé. Il n'a pas aimé Amiens. Trop, c'est trop.

— S'il n'y a aucune erreur, que je récupère tous les comptes, nous discuterons de l'avenir, de ce qu'il est possible de négocier entre nous. Tu comprends ?

March hoche la tête, et June repense à la phrase d'Al Capone : on obtient plus de choses en étant armé et poli qu'en étant simplement poli.

— Bien, alors commençons. Première banque. *First Caribbean Investment Trust.*

March hoche la tête. Il ferme les yeux, se concentre, et pense à une demi-douzaine de flamants roses volant la nuit au-dessus des Alpes.

— Premier caractère. Lettre ? OK. Minuscule ? Majuscule. Inférieure à L ? Non. Inférieure à T ? D'accord. L M N O P Q R… R ? Parfait.

Blake note R.

— Deuxième caractère. Lettre ? Non. Chiffre. Oui. Un. Deux. Trois. Quatre. Cinq. Six.

Hochement de tête.

— Six. Oui ?

Hochement de tête. Blake note un 6 derrière le R.

Un quart d'heure plus tard, Blake June a récupéré tous ses comptes, et les a de nouveau modifiés, toujours en suivant la même méthode. Une phrase pour chacun des trois comptes, facile à transcrire. Pour la First Caribbean Investment Trust, c'était donc « Regarde six oiseaux de couleur rose ! » Ça ne veut pas dire grand-chose, mais cela s'écrit « R6odcr ! » et il suffit de se souvenir de six flamants roses. La suite pour la Latvijas International Bank : « Ils traversent un ciel noir de Venise à Paris. » ItucndVaP. Etc.

Il a appris également les nouveaux identifiants et mots de passe de son site sur le darknet, et même le code, changé lui aussi, de son portable. Il a lu l'historique des messages, découvert sur son agenda qu'il – enfin « Jo » – a dîné plusieurs fois avec un certain Timothée dont il ignore encore tout. Mais June n'est pas curieux au point de retirer l'adhésif de la bouche de March. Il ne craint pas que ce dernier hurle au secours, puisque tous deux savent que cette pièce est insonorisée, des quatre murs au plancher et au plafond. Mais il ne veut pas laisser le moindre doute s'instiller en lui, il ne veut hésiter en rien.

Lorsque March voit que June se lève, il n'a pas besoin d'explication. Évidemment qu'il ferait la même chose. Il ferme les yeux, il veut seulement que cela aille vite. June passe derrière lui, sans hâte, et lui injecte dans la nuque une dose de propofol, qui lui fait perdre conscience en quelques secondes. Pas de souffrance inutile, Blake ne se déteste pas à ce point. Une minute plus tard, une piqûre de curare arrête le cœur de March. La mort et le sommeil sont des frères jumeaux, disait déjà Homère.

Blake – il n'y a désormais plus d'ambiguïté – coupe le ruban toilé, retient le cadavre avant qu'il ne tombe sur le sol. Il range soigneusement les vêtements – après tout, c'est sa taille –, place le corps dans la baignoire, jambes en l'air, tête en bas, ouvre la douche et lui tranche la gorge, le laisse se vider de son sang. Il passe les doigts sous l'acide pour détruire les empreintes. Puis, avec soin, à la scie à os électrique, il découpe le corps, en s'appliquant à ne pas laisser de membre humain clairement identifiable, comme une main, un pied. Il manque un peu d'expérience. Sur le dos, sur son dos, il note un grain de beauté qu'il n'avait jamais remarqué, à la bordure irrégulière. À surveiller. En découpant le sexe, son sexe, il ne peut malgré tout retenir un frisson de dégoût. En trois heures, il a rempli une centaine de sacs congélation hermétiques. Il ne reste plus que la tête.

Merde. Le sparadrap.

Blake a failli oublier. Un coup de sabot du poney ? Il attendra que Flora lui en reparle. Il décolle le carré adhésif sur le front de March, la plaie y cautérisait déjà. D'un scalpel, il entaille légèrement sa propre peau, jusqu'à ce que la future cicatrice soit plausible, il désinfecte, et il colle le sparadrap sur son front. Puis, il plonge la tête de March dans le bain d'acide qu'il a préparé dans une bassine : la peau se désagrège en dégageant une volute de vapeur nitrique.

Il est dix-neuf heures. Blake finira demain. Il nettoie la salle de bains, ôte les bâches transparentes, à peine éclaboussées, les replie soigneusement. Une précaution superflue : après tout, si l'on venait un jour à découvrir ce sang-là chez lui, c'est le sien. Il empile les sacs dans la baignoire. Le volume est moindre que ce à quoi il s'attendait. Huit valisettes, quatre voyages.

D'un téléphone jetable, il envoie un message à un destinataire secret : « Huit bûches, Total Clignancourt ». Réponse immédiate : « OK. Mercredi, quinze heures. » J moins 2, H moins 2 : Francis l'attendra demain lundi à treize heures, avec le 4 x 4, à la station de la porte de Clignancourt.

Puis, Blake sort, referme la porte à clé. Il sait qu'il va trouver que Quentin et Mathilde ont grandi, un peu. Il y a une vie après la mort, surtout celle des autres.

*

*Lundi 28 juin 2021, 21 h 55,*
*palais de l'Élysée, Paris*

— Tout est prêt, Emmanuel. Cinq minutes. Nous avons les chaînes d'info, un Facebook Live et un direct YouTube. Avec une minute de décalage-diffusion, en cas de problème.

Le président sourit à sa cheffe de la communication :

— Et à Washington ? Pas question que ce type vole la vedette à tout le monde.

— Il sera en retard sur nous, il répète encore son discours.

— Ce type répète ses discours ? Il m'a l'air en roue libre tout le temps. Poutine ? Xi Jinping ?

— Je ne sais pas.

— Monsieur le président ? dit une voix d'homme.

Le chef de l'État se tourne vers le sous-directeur du contre-espionnage, un petit homme chauve qui regarde encore son portable, troublé.

— C'était Mélois ? Quand revient-il des États-Unis ?

— Ce n'était pas lui, monsieur le président, dit le sous-directeur. L'avion ministériel vient de décoller de la base de McGuire. Mais j'ai une information.

— Faites court, Grimal.

— Il y a dix jours, la maintenance d'Airbus a noté une bizarrerie. Lors d'une révision d'un autre Airbus de China Airlines, à Dubai, les mécaniciens ont trouvé une pièce de voilure, qui porte le même numéro de série que celle qui équipe un avion affecté à une ligne intérieure chinoise, la Beijin-Shenzhen. Or c'est absolument impossible. L'avionneur a d'abord soupçonné une copie pirate. Mais sur cette ligne Beijin-Shenzhen, en avril, nos satellites ont repéré une anomalie de trafic : un appareil inconnu a été redirigé vers la base militaire de Huiyang. D'après les services, les Chinois aussi ont eu droit à un avion, comment dire, dupliqué... Et ils l'ont entièrement désossé et recyclé les pièces.

— Et les passagers ? L'équipage ?

— Nous ne savons rien de plus.

— Les Américains ne nous ont pas avertis ?

— Aucun indice qu'ils soient au courant de quoi que ce soit.

Les deux hommes se taisent quand s'approche la directrice de la communication.

— Emmanuel ? Vingt secondes.

Le président s'assied, la maquilleuse corrige un reflet sur son front.

— Dix…

La dircom finit le compte à rebours en silence. Le président fixe la caméra, le prompteur défile.

« Françaises, Français, mes chers compatriotes,

« Je m'adresse à vous à cette heure tardive, tout comme le président américain le fait en ce moment à Washington, la chancelière allemande à Berlin, le président russe à Moscou, et beaucoup de chefs d'État dans le monde entier.

« Un événement exceptionnel s'est produit jeudi. Les rumeurs qui circulent dans la presse et sur les réseaux sociaux sont en partie exactes. Les faits sont ceux-ci : un avion a surgi dans le ciel au large de la côte Est des États-Unis jeudi dernier… »

Le président français parle, parle, avant – fait rare – de laisser la parole au bout de cinq minutes à son conseiller scientifique. Pour ne pas ajouter de l'excentrique à l'incompréhensible, le mathématicien a rogné son aspect savant fou, troqué sa perturbante lavallière pourpre pour une fine écharpe de soie beige, sans se résigner à décrocher du revers de sa veste une araignée d'argent. Il présente les hypothèses, une animation s'incruste pour plus de clarté, enfin il renvoie au site internet de l'Élysée pour des explications détaillées, avec des chats organisés en direct.

Chez Blake, comme partout en France sans doute, le silence est absolu. Flora laisse échapper un C'est dingue. C'est totalement dingue.

Jo reste muet, mais Flora n'attendait pas de commentaire. Le président remercie son conseiller et reprend la parole.

« Mes chers concitoyens, en août 1945, après l'explosion d'Hiroshima, où le monde a basculé dans l'ère nucléaire et la peur de l'anéantissement, l'écrivain Albert Camus écrivait : "Voici qu'une angoisse nouvelle nous est proposée, qui a toutes les chances d'être définitive. On offre sans doute à l'humanité sa dernière chance. Et ce peut être après tout le prétexte d'une édition spéciale. Mais ce devrait être plus sûrement le sujet de quelques réflexions et de beaucoup de silence." Ce beau texte doit être pour nous une source d'inspiration.

« C'est pourquoi, Françaises, Français, comme durant le drame de l'année dernière, ce long confinement contre la pandémie, les jours et les semaines qui s'annoncent doivent devenir un temps pour penser, mais aussi un temps pour trouver la paix. Les scientifiques voudront interpréter, ils voudront comprendre, ils voudront expliquer, et c'est leur tâche, mais c'est en soi et en soi seul que chacun trouvera des réponses.

« Je vous remercie. Vive la République, vive la France. »

— C'est dingue, répète Flora. Tu imagines, Jo, si tu étais dédoublé ?

## UN HOMME REGARDE UNE FEMME

*Lundi 28 juin 2021,*
*hangar B, McGuire Air Force Base*

— Monsieur Vannier ? redit Jamy Pudlowski à l'architecte, qui se tient derrière la vitre sans tain de la salle de commandement. Derrière eux, sur la plateforme, s'alignent des dizaines de blocs, des demi-cubes d'acier et de verre teinté dotés d'une simple porte vitrée. À quelques mètres sous eux, la petite multitude du hangar, l'agitation, le bruit.

— Monsieur Vannier, vous comprenez la situation ?

— Pour autant que c'est possible, oui.

— Vous a-t-on montré la vidéo, avec les images caméras des deux avions ? Le moment de la divergence ? Le court film d'animation qu'a réalisé la NSA, et qui présente les hypothèses ? On vous a expliqué la présence d'un autre « vous » dans ce hangar ? Avec deux cent quarante-deux autres « doubles », pour être précis.

Pour toute réponse, André Vannier pose ses

mains sur la rambarde et considère la foule. Il imaginait « se » repérer aussitôt dans cette multitude, mais c'est en vain qu'il cherche sa propre silhouette. Il craint même de s'être vu sans s'être reconnu.

— Suivez-moi, dit Jamy Pudlowski. Et elle l'entraîne dans l'un des blocs, sobrement équipé d'une table ovale, de quatre sièges, d'une caméra et, au mur, d'un écran. Les transparences des panneaux, les couleurs ocre et bordeaux des murs ôtent tout côté carcéral à ce qui n'est pourtant qu'une vaste cellule. Tandis qu'ils s'installent, elle manipule sa tablette, sans hâte.

— Je lis que votre cabinet d'architectes, Vannier & Edelman, avait candidaté pour le nouveau siège du FBI à Washington. Dommage, le projet a été abandonné, faute de financement.

— Nous avons bien fait une proposition, c'est vrai. Vous savez tout.

— Hélas non. Par exemple, nous ignorions que vous connaissiez le directeur du contre-espionnage français. Avec un tel ami, jamais vous n'auriez remporté le concours du siège… La France est une alliée, mais on n'est jamais trop prudent.

— L'important, c'est de participer, soupire Vannier. Mélois et moi avons fait la même grande école, je me suis dirigé vers l'architecture et lui vers la diplomatie.

Pudlowski déplace son doigt, l'écran offre un plan général de la salle.

— Nous filmons dans l'illégalité, s'excuse l'officier, mais les circonstances sont exceptionnelles.

Vannier regarde la caméra plantée au centre de la pièce, comprend qu'elle enregistre déjà tout. Pudlowski hoche la tête, embarrassée, préfère poursuivre :

— Caméras haute définition, micros directionnels. La NSA en a placé… pas mal. Le personnel d'équipage ou les passagers peuvent se lever, se déplacer, les caméras sont dédiées, elles les suivront automatiquement.

Elle pianote encore un instant et aussitôt l'image de l'autre André, le « June », apparaît. Une manipulation encore, l'écran se divise en deux, Lucie est sur la seconde moitié.

Vannier est saisi. Savoir une chose, ce n'est pas la vivre.

Lucie et « lui » sont assis à une table, ils parlent, désœuvrés. Un dernier geste de Pudlowski, et on les entend, leur dialogue s'affiche en anglais sur l'écran, traduit en simultané. « Café américain ? » demande André June en grimaçant. « *What did the American ?* » disent sottement les sous-titres. « Qu'a fait » pour « café », le système n'est pas encore très au point, se rassure André March…

— Je vous laisse un instant, monsieur Vannier, dit la femme du FBI en se levant et en le laissant seul face à l'écran.

Envoûté, effaré, il regarde cet autre André, ses rides, ses yeux gris comme un saphir laiteux, ses joues flétries où pointe une barbe blanche et ses cheveux épars. Chaque matin, André se rase face à son miroir, mais lui et son image ont fini par s'apprivoiser. Ici, la caméra est incorruptible, la haute définition sans bienveillance, la prise de vue sans courtoisie : c'est un vieil homme qu'il contemple. Un homme usé, sans charme, fatigué. Il cherche dans ce visage le sceau de la jeunesse immuable qu'il croit parfois incarner et il ne le voit pas. L'âge est partout, comme un carcan de boue. Il se trouve bouffi, aussi, empâté. Il devrait faire un régime. Décidément, vieillir, ce n'est pas seulement avoir adoré les Stones et se mettre à leur préférer les Beatles.

Un ange est assis à côté de cet homme-là. La lumière lui rend hommage. C'est la Lucie de début mars encore, une Lucie aux cheveux toujours longs, au regard encore doux, une Lucie encore sienne, qu'il n'a pas déjà fait fuir. Lorsque cet autre André prend la main de Lucie, il ne ressent aucune jalousie, la fascination emporte tout. Il regarde l'André qu'il fut se lever, se diriger vers les machines à café, et, instinctivement, parce qu'il le trouve voûté, lent, il redresse le buste, serre le poing jusqu'à avoir mal.

Dans cette cabine connectée d'où la NSA l'observe – mais il s'en moque bien –, André ne pense à rien qu'à Lucie et à cet autre lui, et surtout pas aux questions pratiques. Pas un instant il ne se préoccupe du cabinet Vannier & Edelman, qui ne peut tout de même pas devenir Vannier, Vannier & Edelman, il ne songe pas non plus à sa fille Jeanne qui a désormais deux pères, sans doute deux de trop, mais cela aura son avantage sans doute, il ne se préoccupe pas de l'appartement parisien qu'il va falloir partager, ou de sa maison drômoise…

Non, à rien de tout cela il ne pense encore. Il s'abîme dans ce désastre que lui offre à voir l'écran. Il aimerait pouvoir les quitter des yeux, mais c'est un tourbillon vertigineux. Dans cette petite pièce, un poids énorme écrase sa poitrine, l'air lui manque. Ce n'est pas un couple, loin de là, c'est un vieil homme attentif et anxieux, qui tremble d'amour devant une jeune femme distante. Cet André-là est encore dans l'émerveillement des premiers moments, il lit encore la réserve de Lucie comme de la prudence, sa tiédeur comme l'expression d'une certaine sagesse. Mais André March comprend qu'il n'a jamais cessé de craindre de l'effaroucher, de faire fuir cette hirondelle adorable qui acceptait de voler au côté d'un aussi vieux corbeau. Merde, l'amour, le vrai, ça ne peut pas être un nœud d'angoisse dans le cœur. Jamais il n'a été serein et bien sûr, cette anxiété contenait leur échec.

L'André du hangar revient, il porte deux cafés dans ses mains, il sourit, et c'est un sourire de miséreux, mais Lucie ne lève pas les yeux de son livre. Devant l'écran, l'autre André reconnaît trop bien ce détachement, cette manière à elle d'être absente. Mais regarde-le, merde, lâche ce fichu Pléiade Gary et effleure plutôt de tes beaux yeux ce grand type un peu antique, offre-lui un peu d'attention tendre. Mais non, rien. Il n'est pas donné à tout le monde d'assister de loin à sa propre ruine, d'avoir pitié de soi sans pour autant s'apitoyer sur soi-même.

Une grimace douloureuse lui vient aux lèvres. Au fond, cet André d'hier, il le plaint. Il sait ce qu'il lui reste à subir, d'humiliation et de frustration. L'âge n'y a jamais été pour rien. Il ne faut tout simplement pas aimer un être qui vous aime si peu. Pourquoi était-ce si compliqué ?

Assis devant cet écran, André March s'éloigne de Lucie, comme une feuille morte se détache d'un arbre, ou plutôt comme un arbre abandonnerait une feuille morte. Dix cruelles minutes d'observation minutieuse valent autant de mois de deuil douloureux. Sur la plateforme, André qui se déteste de l'aimer encore se réjouit déjà de l'aimer moins.

Un mouvement de foule. Plusieurs agents en civil se sont aventurés dans le hangar, et chacun s'empresse autour d'eux, les assaille de questions. L'un d'eux s'approche de Vannier, lui glisse un mot. Ce dernier le regarde sans comprendre, presse la main de Lucie, qui lui sourit. Puis il se résigne à suivre l'homme du Bureau.

De la salle vitrée, un André désabusé observe un André fatigué s'éloigner. Il aperçoit alors, au bout de la table, un homme mince, petit, brun, la quarantaine sans charme, qui annote d'une écriture serrée un petit carnet noir, un homme qui, de temps en temps, à l'échappée, observe Lucie. André March reconnaît aussitôt dans son regard cet égarement particulier, qui n'a d'autre cause que le déséquilibre qu'entraîne l'attraction. Un papillon de plus s'est pris dans la toile que Lucie tisse en toute innocence. André le reconnaît soudain, et reste stupéfait : Victor Miesel. Mais ce type est censé être mort ! Il était donc dans cet avion ?

Qu'a-t-il écrit, déjà ? L'espoir, c'est le palier du bonheur, son accomplissement, c'est l'antichambre du malheur, ou un truc comme ça. Victor Miesel se retrouve donc sur ce palier, à espérer capter l'attention de Lucie. Peut-être même la formule lui est-elle venue en songeant à Lucie ? L'homme se lève, se dirige lui aussi vers le distributeur, qu'ont-ils donc tous à tant aimer cette mixture atroce, il s'éloigne sans que Lucie lève les yeux vers lui. André s'en veut d'en être soulagé. Mais cette colère révèle le fossé qui se creuse.

— Monsieur Vannier ?

André sursaute, se retourne, Jamy Pudlowski est adossée à la porte. Depuis combien de temps l'observe-t-elle ? À son côté se tient un grand type, la cinquantaine voûtée, affligé de ce maintien maladroit de ceux qu'un corps trop grand encombre. L'homme s'approche, lui tend la main, d'un peu loin :

— Jacques Liévin, du consulat. Attaché commercial.

La voix est blanche, le geste hésitant. André sourit, tant l'homme suinte la peur : Liévin pourrait aussi bien faire une croix avec ses doigts ou porter un collier de gousses d'ail. L'architecte comprend qu'il vient tout juste de s'entretenir avec l'André de l'avion, et que ce deuxième André n'est pour lui qu'une monstruosité.

— Quelle histoire, n'est-ce pas, monsieur l'attaché commercial ? plaisante André. À votre avis, suis-je l'original ou la copie ?

— Je… Un avion militaire français se pose dans quelques minutes à McGuire, la France envoie une vingtaine de… d'agents, et M. Mélois, du contre-espionnage, vient en personne. Et ensuite, tous les Français doivent repartir avec lui. Il m'a demandé de vous saluer par avance.

— Vous voulez dire nous saluer, moi et moi ?

— Êtes-vous prêt, monsieur Vannier ? interrompt Pudlowski, que le jeu n'amuse pas. Nous pouvons organiser la rencontre avec votre « double ».

— J'insiste pour que vous nous laissiez seuls. C'est une conversation privée, même si c'est entre moi et moi…

— Le… Votre… L'autre m'a demandé la même chose. Mais vous êtes le premier Français à être… confronté, et le Quai m'a donné l'ordre de rester avec vous deux à tout instant, regrette Liévin. Je dois remettre un rapport…

— Un rapport en rapport avec nos rapports, en quelque sorte ? se moque Vannier.

L'architecte désigne les caméras. La femme du FBI fait un simple geste, et aussitôt, les témoins lumineux verts s'éteignent. Au moins, les voyants sont éteints, songe-t-il. Il surprend l'homme du consulat à fixer furtivement quelqu'un vers la gauche : derrière la paroi vitrée se tient un autre

André, un André désorienté qui, d'un mouvement brusque, ouvre la porte et entre.

Ils demeurent longtemps face à face sans échanger un mot. Les regards s'évitent aussi. C'est si troublant : aucun André n'est l'André du miroir. Plus rien n'est familier, l'inversion des traits rend l'autre étranger, hostile. L'un va parler, mais un geste de l'autre retarde le moment. André March se tourne vers Liévin et Pudlowski, debout, embarrassés. Pudlowski hoche la tête. Liévin quitte la pièce avec un soulagement manifeste. La porte refermée, ils s'observent. L'originalité vestimentaire n'a jamais été le fort d'André : ils portent le même jean, à peine plus usé chez l'un, le même sweat-shirt gris à capuche, familier et rassurant, des longs voyages en avion, les mêmes chaussures de marche noires et robustes. Ah, non, pas tout à fait les mêmes, note André June. Les deux André se taisent encore. Mais ils ne peuvent s'en contenter longtemps. Un proverbe indien dit que ceux qui mendient en silence meurent de faim en silence.

— Nouvelles chaussures ?

— Il y a quinze jours.

Chez tous les deux, la surprise vient aussi de la voix. Un timbre moins grave que chaque André ne le pensait, moins doux aussi. Il s'est toujours entendu « de l'intérieur ». En conférence, en interview, il ralentit son débit, veille à articuler, se place dans les basses. Il découvre sa vraie voix.

— Jeanne ? demande André June après un nouveau temps.

— Elle va bien. Elle n'est pas encore au courant, évidemment.

— Lucie ? Lucie et moi ?

— On s'est quittés.

Puis André March se reprend : on peut toujours se mentir à soi-même, mais à quoi bon mentir à soi ? Il reprend :

— Elle m'a quitté. Trop peu de désir de son côté, et du mien trop de frustrations. Trop d'attentes aussi sans doute, trop d'impatience. Tu le pressentais, non ?

— Un homme averti en vaut deux.

Un instant, un instant seulement, une idée vient à André March, celle de tenter de reconquérir cette Lucie d'hier, cette Lucie de mars qui ne l'a pas encore repoussé. Mais il grimace, et c'est déjà un sourire. Il a su plaire à cette femme alors qu'il était moins jeune, moins beau que tous ceux qui la poursuivaient et n'aura jamais su quels étaient ses atouts. Rivaliser avec lui-même serait une nouveauté. Et puis… un André, c'est trente ans de différence d'âge, deux André, c'est un Ehpad. Elle ne peut que fuir, c'est si évident. À André June, il ferait mieux de souhaiter bonne chance. Il ajoute :

— Je n'ai qu'un conseil : sois doux, attentif, mais en même temps joue un peu l'indifférence. Et n'aie pas trop envie d'elle. Tu l'as déjà compris, mais pas encore accepté. Je m'en souviens.

On a si rarement l'occasion de se coacher.

André June se voudrait léger, mais une boule se noue dans le ventre. Dans une heure il retrouvera

Lucie, comment lui avouer que leur destin est peut-être déjà scellé ? Ou comment lui cacher ?

— Et le cabinet ? dit André June, que le sujet met mal à l'aise.

— Un problème de béton sur la Sūryayā Tower. C'est réglé. Et puis, il y a quelques mois, rappelle-toi, je pensais prendre un mi-temps, voire ma retraite. J'en ai un peu marre, tu sais bien.

André March fait un signe à l'attaché commercial, derrière la vitre, qui faisait mine de fixer le sol métallique mais voit aussitôt le geste et entre.

— Cher monsieur, vous m'avez bien dit que la France peut offrir une seconde identité ?

— Oui. Une nouvelle identité pour lequel ?

— Pour moi, poursuit André March, avant de s'adresser à June : C'est toi qui vas retourner au cabinet. C'est mieux. J'y ai passé ma vie, les trois mois où nous avons été ensemble. Passer mon temps à l'attendre m'aurait rendu fou. Parce que – tu vas vite le comprendre – Lucie travaille beaucoup. Il te faut de l'occupation. Je te mettrai au courant des dernières avancées sur les chantiers. Moi, j'irai dans la Drôme. J'y suis bien. Au fait…

March fronce les sourcils, se tourne vers l'attaché commercial.

— Soyons pratiques : comment le gouvernement répond-il aux questions matérielles ? Il y a environ soixante-dix Français concernés, m'a-t-on dit. Ils ne vont pas partager leur appartement, perdre la moitié de leur épargne. On pourrait sans doute considérer qu'il y a eu une… catastrophe naturelle ? Faire jouer les… assurances ? Le concept de catastrophe virtuelle pourrait entrer dans les textes. Et si je décidais de prendre ma retraite, que se passe-t-il ? Est-ce que je prendrais celle de mon… double ? Au vu de la générosité des systèmes de retraites complémentaires, je doute qu'ils dupliquent les cotisations que j'ai versées ! À moins d'une injonction gouvernementale.

L'homme du consulat semble dépassé. Il regarde son portable, planche de salut.

— Justement, on me signale que M. Mélois arrive dans la minute.

— C'est le genre de problème qu'il va adorer, rit André June.

— Au fait, l'autre baraque, le vieux relais de poste de Montjoux, avec laquelle j'hésitais, elle est toujours à vendre, dit André March. Je vais l'acheter, qu'on fasse ou non passer cette idée de « catastrophe virtuelle ». Nous aurons nos deux maisons, à dix kilomètres l'un de l'autre. Les amis qui venaient en vacances se partageront entre nous deux. On verra qui est le plus sympa.

## LE MONDE DES SOPHIA

*Lundi 28 juin 2021,*
*Clyde Tolson Resort, annexe du FBI, New York*

Un grand blond aux yeux bleus, très mince, un gosse frais émoulu du centre de formation du FBI, se tient, raide comme un mât, devant un homme noir, assis, quarante-cinq ans, sportif, vaincu par la calvitie. L'agent spécial Walker lève à peine les yeux vers l'aspirant Jonathan Wayne.

— Aspirant Wayne. Comment se passe votre stage ? Ne me répondez pas. Votre dossier dit que vous êtes originaire d'Alaska.

— Je suis de Juneau, agent spécial Walker. Une petite ville au bord du Pacif…

— Et vous sortez de Quantico.

— Oui, agent spécial Walker.

— Cessez de m'appeler agent special Walker. Appelez-moi Julius…

— Oui, Julius.

— Non, finalement, continuez à m'appeler agent spécial Walker.

— Bien, agent sp…

— Je lis qu'avec votre père vous chassiez le grizzli. Vous avez l'expérience des animaux sauvages. Êtes-vous déjà allé sur le terrain ?

— Non, agent spécial Walker.

Julius Walker repose le dossier qu'il tenait entre les mains, inquiet. Il se tourne vers l'agent senior Gloria Lopez, debout à son côté, un gobelet de café à la main.

— Gloria, soupire Walker, lui confier cette mission est imprudent.

— Julius, c'est l'occasion de tester ses capacités sur le terrain. Et puis, il aura l'aspirant Anna Steinbeck comme partenaire. Elle a déjà un mois derrière elle, et elle a donné entière satisfaction.

— Deux aspirants ensemble ? Alors que la mission est danger niveau quatre ?

— Nous sommes débordés.

L'agent spécial Julius Walker revient vers le stagiaire, lui tend un dossier noir.

— Aspirant Wayne, votre mission consiste à capturer ce fauve, sans le blesser…

Le grand blond ouvre la chemise et de larges yeux étonnés.

— Mais… c'est une grenouille ?

— C'est un crapaud. Il s'appelle Betty, comme tout le monde. Ramenez-le-nous dans son vivarium.

— Je…

— Vous devriez déjà être parti, aspirant Wayne.

— Une dernière chose, ajoute Gloria Lopez. Si

le crapaud venait à être menacé, votre devoir est de mourir pour lui.

Deux heures plus tard, les agents aspirants Wayne et Steinbeck ont accompli leur mission, Betty est là. Au cours du trajet, le crapaud aura évidemment profité d'un coup de frein où le vivarium s'est entrouvert pour s'échapper, et il sera parvenu à se réfugier à l'endroit le plus inaccessible qui soit, loin sous le siège conducteur. Anna Steinbeck, prise de fou rire, aura dû s'arrêter sur la bande d'arrêt d'urgence et Wayne se plier en quatre pour récupérer la bestiole, sans la broyer entre ses doigts, au prix d'un invraisemblable nombre de *F words*.

Les spécialistes en science cognitive ont aménagé dans une pièce un espace doux, feutré et coloré, où les enfants dupliqués se rencontrent « autour du jeu ».

Sophia March et Sophia June jouent, allongées sur le sol. À leur âge, ont estimé les cogniticiens, elles n'ont pas peur de la nouveauté, l'Autre n'est pas encore l'ennemi. Entre elles, Betty n'est plus un batracien, mais un objet transitionnel qui coasse très à-propos. Par ailleurs, la tour Eiffel du vivarium est désormais dotée d'un excellent micro. Les deux psys se font invisibles dans ce goûter : assises à la table, elles grignotent des muffins aux pépites de chocolat ou boivent du jus d'orange, feignent de ne prêter aucune attention aux petites filles tellement jumelles. Celles-ci confrontent tout, souvenirs, goûts, savoirs, Tu te souviens de l'anniversaire de Norma ? C'est quoi, le parfum de ta glace préférée ? Tu sais ce que c'est qu'un *anaxyrus debilis* ?

Aucune ne parvient d'abord à prendre l'autre en défaut. Mais très vite, Sophia March comprend qu'elle seule est au fait des derniers mois. Elle a trouvé le point faible et triomphe. Ah, tu ne te rappelles pas ce qu'a dit Liam à mon anniversaire ! Ni de ce que maman m'a offert ?

Elle exulte et Sophia June est anéantie. Lorsque soudain, celle-ci trouve une riposte et lance, d'une voix basse mais pleine de défi :

— À toi aussi, papa t'a fait jurer de ne pas dire quelque chose à personne, et surtout pas à maman ?

Sophia June murmure quelques mots encore à l'oreille de March.

Les deux pédopsychiatres attendaient cet instant, elles se figent, s'interdisent d'observer les fillettes. Sur leurs tablettes, la phrase à peine audible s'est aussitôt transcodée et s'affiche en sous-titres. Si les mots sont ceux d'une enfant, leur interprétation est sans ambiguïté.

Sophia March secoue la tête, elle se lève, elle crie.

— Tu n'as pas le droit d'en parler !

— Si, je peux.

— Ce n'est pas vrai, ce n'est pas vrai !

— Qu'est-ce qui n'est pas vrai, Sophia ? dit l'une des psys d'un ton doux et naturel, apaisant, et bien sûr, entendant leur prénom, les deux petites filles se tournent vers elle en même temps.

Sophia March renverse les tasses, furieuse, et hurle sur l'autre Sophia :

— Tais-toi ! tais-toi ! Papa a dit de ne rien dire. C'est un secret.

L'autre se referme, terrorisée, baisse les yeux. Le jeu est fini. Betty ne coasse pas.

— Viens, allons nous promener, dit l'une des psys, en prenant la main de Sophia June. Nous allons voir si ta mère veut nous accompagner.

*

Le secret, c'est Paris. Sophia n'a pas aimé.

D'abord elle s'inquiétait pour Betty, restée seule à la maison, avec quelques pauvres asticots glissés dans son terrarium pour tenir dix jours. Et puis, lorsque Liam a voulu prendre les bateaux-mouches sur la Seine, son père a préféré la garder avec lui à l'hôtel, puisqu'elle allait sûrement « avoir mal au cœur ». Et quand sa mère a emmené Liam monter au premier étage de la tour Eiffel, il lui a interdit de les accompagner, parce qu'elle était « fatiguée », et que de toute façon, « cette tour est moins haute que n'importe lequel de nos gratte-ciel ». Chaque fois, il l'a conduite dans la salle de bains, lui a demandé d'entrer dans l'eau chaude. Et Sophia n'aime pas être nue dans la baignoire avec son père qui se met nu lui aussi. Il la savonne, longtemps, partout, Je suis propre papa, ça suffit, C'est bien ma chérie, il faut que tu me savonnes toi aussi, n'en parle pas à maman, c'est notre secret. Mais le regard de Sophia tente de fuir le corps de son père, ses mains d'oublier ce qu'elles doivent apprendre à faire. Ses yeux s'accrochent partout où ils peuvent, sur les portemanteaux chromés, sur la bouteille de savon de Marseille, sur les robinets dorés.

Et plus tard, en mai, lorsque son père est revenu d'Irak, la salle de bains de la maison, Sophia March ne l'a pas aimée non plus. À Howard Beach aussi, elle connaît chaque craquèlement dans la peinture, chaque scintillement du néon du plafonnier, chaque irrégularité dans les carreaux bleu ciel. Elle déteste les odeurs, celle du savon, du shampoing, toutes les odeurs. Mais c'est un secret.

## SLIMBOYS

*Lundi 28 juin 2021,*
*Stratford Road, Kensington, Royaume-Uni*

— Prenez un maki, monsieur Kaduna, dit l'homme du MI6 en tendant le plateau de sushis à Slimboy March. C'est le meilleur traiteur japonais de Kensington. Ils dépassent de loin ceux d'Ishimi sur Victoria Island.

Mais le musicien ne décolère pas. À Lagos, s'il a accepté d'embarquer dans le jet privé, s'il a pris sa douze-cordes Taylor et sa Gibson Hummingbird, c'est qu'on lui a fait miroiter la perspective d'un duo avec une légende vivante de la pop music. Mais une fois posé sur le sol anglais, et durant tout le trajet jusqu'à ce pavillon victorien non loin de Holland Park, ce grand Noir à l'accent d'Oxford lui a servi un discours long et obscur. Il était désormais question d'un « moment rare », d'un « phénomène insensé », mais plus du tout d'Elton John. Tout n'est pas perdu : il y a au milieu du salon un fabuleux queue Steinway rouge.

— Vous m'avez fait venir jusqu'à Londres pour ne même pas rencontrer Elton ? J'ai répété pendant tout le vol.

C'est vrai : les cinq heures d'avion, Slimboy les a passées à travailler *Your Song*, ce tube que tout chanteur se doit de reprendre une fois dans sa carrière, de Billy Paul à Lady Gaga. La partition est pour clavier, mais Slimboy a choisi la version guitare de Rod Stewart. À la Gibson, il a commencé par la jouer avec condescendance, dédain, et fredonné ces paroles tellement simples : « *And you can tell everybody this is your song…* » Puis, très vite, il a oublié que cette romance de Blanc était vieille de cinquante ans, usée jusqu'à la corde, il s'est trouvé prisonnier des phrases, ému comme un gosse, il s'est souvenu que Bernie Taupin n'avait que dix-huit ans quand il en a écrit les paroles, il a compris que chaque mot était écrit pour lui, Slimboy, pour parler de ses amours qu'il n'avait ni le droit de vivre, ni le droit de chanter, et alors que le Falcon amorçait sa descente vers Heathrow, Slimboy la jouait avec des yeux mouillés et il n'y pouvait rien.

— Nous sommes dans un building sécurisé, mais ne vous inquiétez pas. Sir Elton John va venir, d'ici peu, soupire l'agent des services. La preuve est là : croyez-moi, il n'y a jamais de piano dans les appartements de l'Intelligence Service.

— Alors, c'était vraiment son jet privé ?

— Absolument : d'ailleurs, les fauteuils étaient en cuir rose. Mais avez-v… Avez-vous compris ce que je viens de vous expliquer ? Êtes-vous prêt à la confrontation, monsieur Kaduna ?

— Une bonne fois pour toutes, je ne suis pas monsieur Kaduna, s'agace Slimboy. Et vous, votre vrai nom, c'est John Gray ?

— Vous pouvez m'appeler John, dit l'homme, qui fait un geste vers l'officier qui garde la porte.

Lorsque apparaît l'autre Slimboy, le premier recule, le second se fige. Les deux hommes s'examinent, se scrutent, longuement. Freud parle de l'inquiétante étrangeté, du double narcissique et du miroir interne. Rien de tout cela ne colle tout à fait. L'étrangeté ne les inquiète pas, leur double ne les séduit pas, trop maigre, trop grand, trop jeune, même, ils découvrent l'un comme l'autre qu'ils ne sont pas leur genre. Slimboy June entre enfin dans la pièce, marche vers la fenêtre d'où l'on aperçoit les vieux chênes d'Edwardes Square, saisit un maki et le porte à sa bouche, sans quitter son double des yeux.

Slimboy March s'assied, prend lui aussi un maki, et peu à peu, les petites bouchées de riz disparaissent. L'agent du MI6 ne s'attendait pas à ça. Le Britannique pensait qu'ils douteraient, voudraient se questionner, chercher la faille chez l'autre, s'assurer qu'il n'y avait aucune mystification, mais non. L'extraordinaire ne les désarçonne pas, l'invraisemblable ne soulève aucune angoisse. En revanche, il donne faim.

Il n'y a bientôt plus de sushis. Slimboy June, sans un mot, désigne une cicatrice claire sur son poignet. Son regard est une question.

— Tom, répond simplement l'autre, qui remonte

sa manche et rend visible la même ligne luisante. Il répète :

— Tom. Tu sais.

Oui, Slimboy June sait, et il est le seul : après le meurtre de Tom, il n'a plus voulu vivre, s'est tranché les veines. Sa mère l'a sauvé. D'une précision géographique, il scelle leur pacte :

— C'était à Ibadan.

Les deux hommes se sourient tristement. C'est un sourire complice, affectueux, un sourire fraternel. Enfin ne pas devoir mentir, ne rien devoir cacher, n'avoir honte de rien. Le monde n'a pas changé, mais l'un comme l'autre se sentent plus forts. Slimboy March se lève, va chercher les deux guitares, tend la douze-cordes à June, qui dit :

— La chanson *Yaba Girls*… Je l'ai écoutée. Elle est magnifique. Et… J'ai vraiment joué avec Drake ? Enfin, tu…

— Avec Drake, avec Eminem, avec Beyoncé. En mai, j'ai fait l'Afrorepublik Festival à Londres. Et dans deux semaines, j'ai le premier rôle dans un Nollywood romantique, *Wedding in Lagos*. J'ai aussi signé un nouveau contrat avec Sony Music, j'ai Coca-Cola comme sponsor, et j'ai fondé son nouveau label, RealSlim Entertainment. Voilà.

Slimboy June sourit. Il repense à cette blague qui dit que le jour où les Américains débarqueront sur Mars, ils y trouveront deux types de Lagos en train de signer un contrat.

— Et regarde, poursuit Slimboy March.

Il descend le zip de son sweat-shirt, et apparaissent sur sa poitrine les mots « *100 % human and valid*». C'est un T-shirt Rex Young, le signe discret de ralliement pour la communauté LGBT et les rares hétéros qui osent la soutenir.

Les deux hommes rient franchement. Tout ça grâce à *Yaba Girls*... Slimboy June n'est pas jaloux de cette réussite, il ne s'étonne même pas de ne pas l'être. Il est heureux, c'est comme un héritage qui tomberait du ciel. Le type du MI6 ne s'attendait pas à ça.

— J'ai écrit une chanson, moi aussi. Dans ce hangar où l'on nous retenait. *Beautiful Men in Uniforms*. C'est le titre.

— *Beautiful Men* ? Ne me dis pas que tu es gay, toi aussi ?

Le premier plaque la mélodie, chante en majeur, l'autre trouve aussitôt la seconde voix, improvise sur les accords. Les deux chanteurs se répondent, enrichissent sans jamais surenchérir sur l'autre. Ensemble, ils inventent une chute musicale, et March dit soudain, les yeux brillants :

— Attends ! Il suffit de dire que nous sommes jumeaux. Ce sera si simple. Après tout, nous sommes yorubas.

Yorubas, bien sûr. C'est évident. Les Atchan craignent les jumeaux. Les Mandingues plus encore. Ils ont la double vue, ils lisent les pensées. Pour les Ndembu, les Bantous, les Lele, les jumeaux ressortissent au monde animal. Les Folonas, à leur naissance, les abandonnent une journée et une nuit durant, loin du village, pour qu'ils ne menacent pas les chefs et les sorciers. Les Luba tuent l'un des deux, car ce sont les enfants du malheur. Dans toute l'Afrique, on dit que seuls les fétiches les font naître, c'est un signe du ciel, et toujours le mauvais œil. Mais chez les Yorubas, depuis un siècle, on ne tue plus les enfants du dieu du tonnerre, ces bébés qui inspiraient la terreur. Avec les années, la malédiction s'est muée en vénération, en culte. C'est que dans l'ethnie yoruba, fait unique, une naissance sur vingt donne des jumeaux, au point que le village d'Igbo-Ora s'est proclamé capitale mondiale des jumeaux et que les prénoms Taiwo – « Premier » – et Kehinde – « Second » – sont communs. Alors oui, que Slimboy ait un frère jumeau, un frère abandonné et retrouvé, pourquoi pas ? Voilà qui n'étonnera personne.

— Il faudra un faux état civil, suggère June.

— Ce n'est qu'une question d'argent, acquiesce March.

L'agent du MI6 prend des notes comme si on lui passait commande de pizzas :

— Une nouvelle identité pour lequel ?

— Pour moi, évidemment, répond Slimboy June.

— On s'arrangera. On vous inventera une histoire, on vous fabriquera une identité numérique. C'est le genre de choses que nous savons faire, insiste John Gray.

— Nous pourrions faire des concerts, écrire des chansons. Des jumeaux… on va faire un tabac, sourit l'un des deux. Slimboys, c'est bien.

L'autre va répondre, mais une longue limousine rose bonbon s'arrête devant le pavillon. Un petit homme en sort, costume de soie poussin et doulos vert bouteille, d'énormes lunettes à strass sur le bout du nez.

★

The Guardian, *Lagos edition,*
*vendredi 2 juillet 2021*

DE SLIMBOY À SLIMMEN

Slimboy a un frère jumeau ! C'est en janvier dernier, dans une lettre posthume que lui a laissée sa mère, que le célèbre compositeur du tube mondial *Yaba Girls* a découvert son existence. Trop pauvre pour élever les deux enfants, elle l'avait abandonné à sa naissance à un orphelinat, et n'avait pu, par la suite, le retrouver. Slimboy, qui a trois sœurs cadettes, est alors parti à la recherche de ce frère disparu, en confiant l'enquête à un détective de Lagos, Adawele Shehu, spécialiste de la recherche de personnes disparues. « Cela n'a pas été facile, nous déclare celui-ci. Il m'a fallu près de quatre mois pour identifier ce frère inconnu. Il faut avouer que la subite notoriété de mon client, dont tous connaissent désormais le visage au Nigeria, a facilité mon travail. Il me suffisait de retrouver quelqu'un qui lui ressemble beaucoup. »

Femi Ahmed Kaduna a donc un frère, Sam, lui aussi brillant musicien, qui animait déjà les soirées lagotiennes lorsqu'il ne travaillait pas comme livreur. Car ce frère disparu vivait non loin de Lagos, à Ojodu. Les retrouvailles des deux frères, émouvantes, ont eu lieu dans la plus stricte intimité. Depuis, les deux jumeaux – on pourrait vraiment les confondre ! (voir notre photo) – ont pris la décision d'une tournée de concerts commune, sous le nom de SlimMen.

Nous souhaitons deux fois bonne chance à ce groupe.

## *SAME PLAYER DIES AGAIN*

*Lundi 28 juin 2021,*
*Mount Sinai Hospital, New York*

La pharmacologie aimerait tellement être une science exacte : toutes les huit minutes, la pompe émet un bip sourd et injecte un bolus de morphine de deux milligrammes en intraveineuse. Cette concentration plasmatique est minimale et efficace, David Markle ne souffre pas. Il dort, d'épuisement, dans sa chambre de soins palliatifs. Son organisme est à bout. S'il devait se réveiller, ce serait pour un dernier souffle.

Jody est rentrée se reposer. Demain, Grace et Benjamin vont à l'école. Mais Paul Markle est là, il obéit à une convocation : « une situation exceptionnelle » étaient les termes du FBI. Lorsqu'il est arrivé au Mount Sinai Hospital, une officière du Bureau l'a accueilli, lui a expliqué. Il a secoué la tête, froncé les sourcils, tout en lui refusait d'appréhender la « situation ». On l'a conduit à l'étage, qui est devenu une zone de l'hôpital placée sous surveillance militaire, dont à l'exception d'une infirmière liée au secret, on a évacué le personnel. Paul attend, il parcourt le dossier que lui a transmis l'équipe médicale du protocole 42. Les nouveaux scanners, les IRM qu'a subis un autre David Markle.

Paul attend, mais en voyant l'homme qui pousse la porte de la chambre, suivi de deux agents, le mot *fuck* ne sort même pas de ses lèvres, ses jambes le lâchent et il doit s'asseoir.

David regarde son frère Paul, puis l'autre David qui meurt dans ce lit. Le bip de la pompe ne rompt pas le silence entre eux.

— Nous avons averti votre femme, glisse l'homme du FBI à David. Des agents sont allés la chercher. Nous la préparons à cette…

— Laissez-la dormir, dit David. C'est bien comme ça.

Cette voix. L'entendre à nouveau bouleverse Paul. Il se lève, marche vers son petit frère, le prend dans ses bras. C'est son odeur, aussi, celle d'avant la maladie, et son corps dense, massif, puissant. Il le serre contre lui, recule, le regarde encore. Et dit une sottise :

— C'est toi. C'est vraiment toi.

— Vraiment moi, répond le pilote. Viens, sortons.

Les psychologues hésitent à les suivre, un geste de David leur intime l'ordre de les laisser seuls. Les deux frères quittent la chambre de David mourant, s'installent dans un de ces canapés d'hôpital en skaï gris qui ont plus de tragédies que de miracles à raconter. David ferme les yeux, la tête lui tourne :

— Qu'est-ce que… Paul, qu'est-ce qui m'est arrivé ? On m'a dit un cancer du pancréas, qui a été diagnostiqué en… mai.

Chez Paul, le médecin reprend ses esprits, il serre le bras de son frère :

— David… Samedi dernier, tes examens, tu te souviens ? Dans le hangar. On me les a transmis tout à l'heure.

David comprend. Mourir est plus intolérable encore si l'on sait quand. Il lui faut marcher, il se lève, s'approche de la porte entrouverte, regarde dans le lit ce corps, tellement amaigri, tellement faible, détourne les yeux, revient s'asseoir sur le canapé couleur de pierre tombale. Il murmure, comme s'il avait peur d'être entendu :

— Tu penses que là aussi, j'en ai pour si peu de temps ?

— C'est comme si on commençait la chimio et la radiothérapie le 12 ou 13 mars, au lieu du 30 mai, dit Paul rassurant, en consultant les dossiers. Et quatre mois de traitement au lieu d'un, c'est énorme, vu l'agressivité de ce cancer.

Paul, de nouveau, explique à son petit frère : la tumeur mal placée, les métastases au foie, l'infiltration jusqu'à l'intestin grêle, il ne peut pas plus opérer qu'il n'a pu le faire avec David March voici deux mois. David June pose les mêmes questions, argumente, Paul lui donne les mêmes réponses, avec les mêmes mots. De temps à autre, un « comme je te l'ai déjà dit » lui échappe. Il ne peut se résigner à admettre qu'à ce David-là, non, il n'a encore rien dit.

— Combien ? demande à nouveau David. Au moins trois mois, forcément. Plus ?

— On va essayer un autre traitement. Tu as été ton propre cobaye, au moins on sait mieux ce qui ne marche pas.

Paul sourit, tristement. La foi dans la médecine et les protocoles est plus forte que lui, c'est pour cela qu'il a choisi ce métier de fou, qu'il y excelle. En fait, il lui arrive de croire que c'est ce métier qui l'a choisi : il ne perd jamais espoir, il sait rassurer les patients parce qu'il se ment très bien à lui aussi. Mais une fois de plus, il respire mal. Un homme meurt à côté, un homme qui est David. Il voudrait pouvoir à la fois rire et pleurer. Il est perdu.

— Et Jody ? demande à nouveau David.

— Elle est épuisée. Tu n'imagines pas ce qu'elle a vécu.

La formule est maladroite au vu de ce qui attend David, mais tant pis. Le téléphone de Paul vibre. Il y jette un coup d'œil, répond à l'appel en baissant la voix :

— Jody ?

★

C'est un minuscule jardin japonais. Une haute haie de bambous noirs l'isole des ormes et des bouleaux d'un petit parc à l'anglaise, un ruisseau coule d'une modeste cascade, sillonne entre les pierres claires jusqu'à un étang paisible où nagent des carpes, un chemin de gravillons conduit à un court pont de bois, et l'on accède à une île qui n'a de place que pour deux bancs de pierre. Ceux qui ont conçu ce jardin ont voulu qu'il soit serein, qu'il respire la vie, mais cette béatitude calculée le désigne comme le lieu des dernières promenades. Il est planté au milieu d'un centre de soins palliatifs luxueux, privilège de ceux qui ont une bonne assurance et qui voudraient croire qu'une mort zen ne sera pas tout à fait la mort.

Lorsque Jody apparaît entre les bambous, accompagnée d'un agent du Bureau et de Paul, David la voit se figer, frappée par une foudre sans éclair ni tonnerre. Tout son corps se tend, résiste pour ne pas reculer. Son visage a maigri, s'est asséché, durci, ses yeux sont cernés, rougis, la fatigue s'inscrit sur chacun de ses traits. Enfin, soutenue par Paul, elle s'approche à pas très lents. Elle marche vers un spectre. Elle traverse le pont, s'assied sur l'autre banc, le fixe longuement, puis baisse les yeux. Paul a un geste apaisant vers son frère, s'éloigne.

Ils restent assis en silence face à face, de longues minutes. David finit par dire :

— Crois-moi, j'aurais préféré un square, avec des gosses qui hurlent. Tout sauf ce truc à la con. Les psys ont dû penser que c'était adapté. Franchement, je…

— Tais-toi.

Jody a parlé à voix basse. David obéit, il écoute la rumeur douce de la cascade, le pépiement d'un moineau domestique, et devant ses yeux, l'eau verte s'agite soudain du remous vif d'une carpe. Ce jardin, ce n'était peut-être pas une idée si à la con que ça.

Soudain, Jody dit, et sa voix tremble :

— Je n'ai pas voulu que les enfants viennent te voir à l'hôpital, à partir du moment où tu as été intubé, inconscient sous morphine. On va leur raconter que tu as été en convalescence.

Pour parler de lui, tellement vivant, et de l'autre, qui va mourir, elle dit « tu », indistinctement. C'est sa manière de nier une réalité, d'en accepter une nouvelle. Les psys, dans les jours à venir, constateront cette attitude chez tous.

David hoche la tête. Il voudrait la serrer contre lui, mais il sent qu'elle n'est pas prête, il lit de la peur, et de l'aversion. Jody n'entend ni la cascade, ni l'oiseau. Ses yeux fixent les gravillons blancs, elle ne parvient pas à le regarder.

— Je suis désolée, dit-elle. Je voudrais t'embrasser, je n'y parviens pas.

Une fois la stupeur passée, une fois posées les questions qui viennent chaque fois à tous les esprits, la première chose qu'elle a demandée à Paul, c'est Et le cancer ? Et quand Paul a fini par avouer, quand elle a compris que ce David d'avant, ce David surgissant de nulle part allait peut-être à nouveau mourir, elle a senti le sang la quitter. Elle s'en veut de penser Pourquoi es-tu revenu, David, pourquoi ? Est-ce que tout cela n'était qu'une répétition générale, un mois de douleur pour se préparer à plus d'horreurs encore, plus de pleurs et de rage impuissante ? Elle voudrait croire que le Ciel lui offre une seconde chance, mais non, ce sera une seconde douleur, et tout ce qu'elle ressent est de la colère et de la répulsion.

Elle répète, et sa voix est froide :

— Pour les enfants, tu auras été en convalescence, oui. C'est plus simple.

Elle n'ajoute pas Je ne veux pas que les enfants enterrent leur père deux fois.

— Je vais essayer de guérir, Jody. Pour Grace, pour Benjamin, pour toi.

— Oui.

— Et pour moi, aussi. Tout de même.

Elle lève les yeux. Il voudrait la faire sourire, elle n'a la force de rien. Elle plonge dans ce regard pour le retrouver, pour chasser le désespoir qui ne la quitte plus. Il lui tend la main, elle l'accepte, il la presse, elle retrouve sa chaleur, sa manière qu'il a, du pouce, de la caresser.

— C'est vraiment toi, demande-t-elle enfin.

Ce n'est pas une question. Elle n'en a jamais douté. David ne répond pas, il la contemple avec une tendresse avide, comme si déjà, il voulait tout retenir d'elle, comme si les jours, déjà, étaient comptés.

Ils ne voient pas Paul, à l'entrée du jardin, à qui l'infirmière vient de glisser un mot, Paul dont les yeux se sont voilés de tristesse. Ils n'entendent pas non plus l'ordre que passe l'officier du FBI.

Le temps s'écoule, et il désarme la souffrance.

Une carpe saute hors de l'eau, retombe, et le bruit les fait sursauter.

## WOODS *VS* WASSERMAN

*Lundi 28 juin 2021,*
*Carroll Street, Brooklyn*

Comment un corps peut-il contenir autant de larmes ? Les deux Joanna pleurent et la même pensée leur est venue en même temps. Autant de larmes.

Ils sont cinq dans le grand atelier d'Aby Wasserman, au milieu des croquis et des gouaches, les psys du FBI maladroitement juchés sur des tabourets hauts, les deux Joanna dans un fauteuil et un vieux canapé, avec un Aby hébété qui ne trouve pas de mots. Sans réfléchir, le dessinateur s'est assis à côté de « sa » Joanna, et désormais il lit la détresse dans le regard de l'autre. Cette femme aussi, c'est celle qu'il a serrée dans ses bras voici trois mois à la descente du Paris-New York. Il devrait l'embrasser, la consoler. Mais non. Il est changé en pierre.

Longtemps, ils restent immobiles, mutiques.

— Il faut que je sorte, dit soudain une Joanna,

et ensemble les deux femmes se lèvent, ouvrent la porte-fenêtre, se précipitent sur le grand balcon qui donne sur la rue, et Aby les suit.

Les voici sous le soleil, les yeux rougis, à reprendre leur souffle. Joanna a toujours cru aux bienfaits du dehors, elle n'a jamais douté que le vent, le ciel, les nuages apportaient des réponses comme les cigognes des bébés. Enfant, lorsque le monde lui résistait, elle sortait chercher la paix dans le parc au coin de West et de Providence. Elle courait à perdre haleine sur le chemin bitumé jusqu'à ce que ses poumons explosent, qu'elle doive s'allonger, le dos dans l'herbe rase, les bras en croix, le cœur battant. L'univers entrait en elle à chaque inspiration et peu à peu, elle en reprenait possession. Mais les érables miroitants de Carroll Street n'ont aucune solution simple à leur offrir. Une Joanna se mouche, respire lentement, cherche le calme. L'autre s'essuie les yeux.

— Je ne veux pas te voler ta vie, dit l'une en reniflant.

— Moi non plus.

— Je ne veux pas perdre la mienne non plus.

Une Joanna se tourne vers le jeune homme :

— Aby ? Dis quelque chose.

Il sursaute. Son regard ne cessait d'errer d'une Joanna à l'autre. Seul un ventre discrètement arrondi permet de les distinguer.

— Je suis désolé. Je suis dépassé. Je… Je suis incapable de savoir quoi dire.

Il baisse les yeux, considère le tatouage sur son poignet : deux palmiers sur une dune. Hommage à son grand-père, à son histoire : enfant, il avait vu le mot OASIS sur l'avant-bras du vieillard, demandé la raison du mot tatoué, et la réponse avait été Tu vois, Aby, mon grand, l'oasis, cela signifie l'eau au cœur du désert, c'est un lieu de paix et de partage, alors je l'ai fait tatouer quand j'avais vingt ans, parce qu'il symbolise l'espoir d'une nouvelle vie ici après la guerre, c'est un porte-bonheur, tu comprends, Aby, *ein Glücksbringer*. Le petit Aby avait répété le mot : *Glücksbringer*, et cela fascine encore le dessinateur que l'allemand n'ait qu'un seul mot, *Glück*, pour bonheur et pour chance : le malheur, c'est peut-être seulement un méchant manque de pot. Le jour des onze ans d'Aby, son grand-père lui avait appris que non, le mot tatoué n'était pas l'OASIS qu'il avait cru lire, à l'envers, que c'était 51540, son numéro de déporté à Auschwitz. Au lendemain de la mort du vieil homme, Aby a fait dessiner sur sa peau, au même endroit, cette oasis dont lui seul connaît le secret et où il trouvait de la force. Mais les deux femmes le regardent, et ce tatouage qu'il fixe n'est plus un refuge.

— On s'est mariés, alors ? Et on vit ici ? demande Joanna June. Comment était notre mariage ?

Ni ce « on » ni ce « notre » ne sont prémédités. Mais ils installent dans la langue même une forme d'équilibre entre Joanna Woods et cette Joanna Wasserman qui porte l'enfant d'Aby. Elle n'est pas l'intruse perverse, elle est la malheureuse oubliée.

Une brise d'été fait vibrer l'argent des feuilles, le

bruit des voitures se fait moins présent. « Les vents viennent bien de quelque part quand ils soufflent. » Pourquoi il lui vient ce poème, Joanna l'ignore.

— Je ne sais pas ce qu'on va faire. Juridiquement…, hasarde la première.

Il n'y a pas de jurisprudence, va répondre l'autre, et aussitôt elle pense Putain, c'est vraiment tout moi, de réfléchir aussitôt aux questions légales. Il lui revient aussi le procès Martin Guerre, en France, au seizième siècle. Un usurpateur, Arnaud du Tilh, revient dans le village natal de Guerre, se fait passer pour lui, vit avec sa femme et convainc tous ceux qui veulent bien l'être qu'il est celui qu'il prétend être. Mais par un coup de théâtre, Martin Guerre revient, et l'imposteur finit sur la potence. À quoi bon en parler, songe Joanna, puisqu'elle devine qu'au même instant la même référence vient à l'autre. Elle murmure :

— Ça n'a rien à voir.

Le silence s'installe, un coup discret sur la vitre les fait tous les trois se tourner vers les agents du FBI, qui, timides ou intimidés, n'osent pas se rendre sur le balcon.

— Faites-vous un café, lance Aby, pour s'en débarrasser.

— Et Ellen ? demande Joanna June. La maladie ?

— Ça va, elle est en traitement aujourd'hui. Et… j'ai pris un poste chez Denton & Lovell. Je suis en charge de Valdeo, pour le procès de l'heptachloran.

— Non ? Avec cette ordure de Prior ? Tu… J'ai fait ça ?

— Ce n'est pas une ordure, c'est un cliché parce qu'il est milliardaire.

Joanna June le sait. C'est l'absurde évidence. Bien sûr, elle aurait fait la même chose, pour payer le traitement, mais aussi parce que tout de même, c'est Denton & Lovell… Sans réfléchir, elle tend sa main à Aby, qui la prend, sans réfléchir non plus. Devant le geste, l'autre Joanna ne trouve plus d'air à respirer, la douleur broie sa poitrine. Sa sœur sera toujours sa sœur, mais elle n'a qu'un seul Aby. Il est des amours qui s'additionnent, d'autres qui ne se diviseront jamais.

— C'est affreux, dit Aby, en prenant aussi sa main. Je ne vous aime pas toutes les deux. J'aime une seule femme, qui s'appelle Joanna.

Il ne peut continuer. Les larmes qui faisaient briller ses yeux se mettent à couler, sans retenue. Autant de larmes.

## UN ENFANT, DEUX MAMANS

*Mardi 29 juin 2021,*
*rue Murillo, Paris*

Deux jours plus tôt, le PsyOp du FBI a communiqué aux services des pays alliés son protocole en cinq points : préparation, information, rencontre, suivi et protection. Mais le cérémonial ne règle rien : dans cet hôtel particulier parisien discret qu'a conservé le SDECE d'un changement de nom à un autre, dans cette pièce aux voilages tirés qui donne sur le parc Monceau, les Lucie Bogaert sont confrontées depuis un quart d'heure, et l'agressivité a été instantanée.

La guerre totale. Lucie June, dès son retour en France, a compris qu'elle n'y échapperait pas. Lucie March est tout autant déterminée. Son fils, leur fils, l'appartement, les films en cours de montage, et jusqu'aux vêtements, autant de luttes vitales et de batailles futiles.

Les psychologues s'y préparaient : dix ans que Lucie et son fils vivent ensemble dans un huis clos d'amour et de tendresse, et la jeune femme n'a jamais envisagé de garde partagée avec le père de l'enfant, ce type trop jeune qui a fui sa paternité, qui n'a jamais voulu élever son fils, qui ne consent à s'intéresser à lui que depuis si peu d'années. Et il faudrait maintenant que Lucie négocie avec cette autre, que sans mordre elle accepte l'insupportable d'une séparation ? Aucune des deux n'est prête à s'immoler sur l'autel de ce sacro-saint « équilibre » de l'enfant dont se gargarisent les pédopsychiatres qui n'y connaissent rien. Dans l'amour maternel, l'égoïsme le plus noir combat avec rage la plus étincelante générosité.

— Louis n'est pas prêt, répète Lucie March.

— C'est mon fils, répond Lucie June. Autant que le tien.

Lucie March fixe le plancher, avec obstination. Répond sans relever la tête :

— Il faut penser à son équilibre. C'est non.

C'est non ? Comment, « non » ? De quel droit lui refuserait-on de voir son fils ? Ne comprend-elle pas qu'elle aussi est sa mère ? Qu'elle n'est pas moins légitime ? Lucie June est pleine de colère, et elle ne peut se raisonner. Évidemment, c'est la même colère qui fait blêmir les joues de l'autre, la même colère qui fait trembler sa voix.

— Je ne resterai pas à l'hôtel une nuit de plus, crie Lucie June. J'ai un appartement. Imaginez-vous un instant ce que je vis ?

Lucie June inspire profondément, et reprend :

— Tu ne peux pas habiter chez moi.

L'une des psys retient un soupir. C'est un

conseiller conjugal qu'il aurait fallu, un spécialiste des divorces. Elle veut intervenir, mais Lucie June ajoute, à contrecœur :

— Pas tout le temps.

— La situation est… inédite, madame Bogaert, tente le jeune homme du ministère de l'Intérieur, cet énarque tout frais, promotion Hannah Arendt, propulsé au sein de la cellule de crise, et qui regrette si amèrement son poste à l'Agriculture. Il balbutie :

— Nous allons vers une solution…

— Je ne suis pas plus « en trop » que madame, qui vit chez moi, avec mon propre fils. Savez-vous que depuis cinq jours, on ne m'a pas laissée parler à Louis ?

Mais Louis n'est pas seul à l'origine de toute cette fureur. Elle hait aussi chez l'autre ce tremblement du menton lorsque la rage l'envahit, cette infime torsion des commissures des lèvres, cette manière butée de contenir la déflagration sous le masque du détachement, cette façon de remonter ses lunettes d'un froncement de nez. Autant de signes lisibles sur les deux visages. Il y a aussi eu le saisissement immédiat devant cette joliesse qui est pourtant la sienne, devant ce corps tellement fin, tellement frêle, trop délicat pour ne pas faire naître chez les hommes une avidité de protection, un appétit de possession, et Lucie June, qui observe Lucie March avec colère, pense à Raphaël.

Lucie l'a rencontré il y a un an, sur un tournage. Un cameraman. Malgré sa silhouette courtaude, son nez de boxeur, Raphaël a du charme. Elle a compris qu'elle lui plaisait. De temps à autre, elle l'appelle : s'il est libre, elle vient, entre, l'embrasse à peine. Elle se déshabille, s'allonge sur le lit, et elle veut qu'il la prenne, par-derrière, toujours, en lui tirant les cheveux, en lui tenant les hanches ; elle jouit, puis elle le chasse hors d'elle, le branle avec vigueur, l'abandonne dès son plaisir, prend une courte douche, repart aussitôt. Elle ne cherche rien de plus. Ce n'est pas son jardin secret, c'est un terrain vague. Avant Raphaël, il y en a eu d'autres. C'est tellement plus simple de ne pas aimer.

Quelques jours avant de partir à New York avec André, elle lui a rendu visite.

Comme d'habitude, ce jour-là, elle a ôté son manteau, retiré sa montre, et aussi la bague d'or blanc et de saphir que lui a offerte André, lâché J'ai une demi-heure, pas plus, et il a senti tant d'urgence en elle que, troublé, il n'a pu la satisfaire aussi vite qu'elle l'aurait voulu. Il s'est agenouillé entre ses cuisses, il aurait aimé la lécher, tendrement, mais comme chaque fois elle l'a repoussé, Non, arrête, pas comme ça, et elle l'a ramené à cette position canine où il ne voit que ses cheveux, son dos, son cul. Quelques minutes plus tard, elle se douchait déjà, et Raphaël lui a dit Tu sais Lucie, ça me plairait qu'on se voie autrement que dans les blancs de ton agenda, qu'on aille au restaurant, au théâtre. Lucie l'a regardé en silence, elle s'est séchée, a enfilé sa culotte, ses chaussettes. Il a ajouté Ou bien on pourrait se prendre quelques jours, à Bruges, à Venise, où tu veux, rien que pour nous deux. Elle a fini de s'habiller et soudain, froidement, elle a dit Rien que pour nous deux ? Nous deux ? Mais quoi, tu crois que tu m'aimes parce que tu bandes dans moi et que moi je t'aime parce que je gueule Baise-moi, prends-moi fort, c'est ça ? mais on n'est pas ensemble, Raphaël, ce n'est pas ça aimer, ce n'est rien, ça, rien du tout. C'est de la chimie, c'est de l'arnaque. Tu ne comprends pas que c'est de l'arnaque !

Le jeune homme est resté interdit, avant de s'emporter, de lui lancer un Barre-toi, barre-toi. Lucie a haussé les épaules, elle a repris sa montre, remis sa bague à l'annulaire, et elle est sortie. Il a refermé la porte sur elle, marché à la fenêtre pour la regarder s'éloigner dans la rue, monter sur son scooter, disparaître. Il est resté là, brisé d'humiliation et de chagrin par cette femme qu'il possède sans que jamais elle n'ait été à lui. Il ne se doutait pas que dans une semaine, ou un mois, elle le rappellerait, comme si rien, absolument rien n'était arrivé. Il lui ouvrirait, lui dirait J'ai cru que tu ne reviendrais pas. Elle le regarderait, étonnée. Et se déshabillerait.

Lucie June croyait qu'elle n'aurait jamais honte d'une telle mascarade. Qu'importe ce que pense Raphaël, ce qu'avaient pensé tous les autres avant lui, mais soudain, devant cette autre femme au regard de reptile, cette femme qui sait tout, jusqu'aux scènes sordides de domination qui la traversent et la font jouir, Lucie June est glacée de dégoût. La voilà à nu, laide, pornographique. Ce n'est plus un terrain vague, c'est une décharge à ciel ouvert.

Elle frissonne, se demande si Lucie March, elle aussi, à cet instant, a pensé à Raphaël, si elle continue toujours à le voir. Et quelle importance ? Lucie March reprend :

— Je ne suis pas certaine non plus que Louis soit prêt à rencontrer, comment dire, ses deux mères…

— C'est un garçon très intelligent, très mûr, intervient la psy. Toutes ses réactions prouvent qu'il saurait affronter la situation. Et c'est aussi à lui de décider.

Car désormais, Louis sait. Les services ont exigé qu'il vienne avec Lucie March, et depuis plus d'une heure, il parle avec la pédopsy dans la pièce adjacente. Il a compris : il a non pas deux mamans, mais deux fois sa maman. Lorsqu'il lui a semblé qu'il était temps, la psy a allumé l'écran qui retransmet la rencontre entre les deux femmes, sans le son. L'enfant a seulement fait, en écarquillant les yeux :

— C'est trop bizarre.

La thérapeute a ri, et acquiescé. Oui, c'est trop bizarre. Elle lui répète encore que c'est un secret, qu'il faudra bien le garder, qu'il y a du danger. Mais ce n'est pas la préoccupation de Louis :

— On va me demander de choisir une maman entre les deux ? Parce que quand les parents se séparent, on demande aux enfants avec qui ils veulent vivre, leur père ou leur mère. Enfin, là, bien sûr, ce n'est pas pareil.

Louis a raison, ce n'est pas pareil, note la psy, et pourtant, pour le bien du garçon, il va falloir sceller un pacte, mieux, une alliance, trouver un accord qui n'en sacrifie aucune.

Louis ne saurait le formuler, ni même l'admettre, mais sa maman préférée était celle d'il y a trois mois, celle qui appelait André chaque soir, parlait longuement au téléphone, et le confiait à sa grand-mère quelques soirs par semaine. Pour Louis, si essentiel dans la vie de sa mère, l'irruption de ce grand escogriffe aux cheveux blancs plutôt facétieux avait été un soulagement. La routine avait été brisée, et Louis avait aimé la sérénité et les rires, le regard parfois songeur de sa mère. Une mère moins omniprésente avait des avantages, et lorsqu'elle a quitté André, Louis a repris sa place centrale, et il est retourné sans plaisir à leurs habitudes de vieux couple.

Il connaît André depuis trois ans, et dans son échelle de temps, c'est une éternité. Chaque été, l'architecte a pris l'habitude de les inviter dans sa maison du Sud. C'est là qu'André, un soir, a sorti du grenier un vieux coffret, et lui a appris à jouer à Donjons & Dragons, à inventer des mondes, des châteaux, à endosser un personnage, à lutter contre des orques et des monstres. Il lui a offert un coffret, des jeux de dés multifaces, lui a montré comment calculer les probabilités de chaque coup, choisir la meilleure arme, la meilleure tactique. En quelques parties, Louis est devenu un elfe sorcier de troisième grade, et sa mère une naine archer. André lui a appris des énigmes, aussi.

— J'ai une devinette, dit Louis.

— Je t'écoute, sourit la psychologue.

— Les pauvres en ont, les riches en ont besoin, et si on en mange, on meurt.

La psychologue donne sa langue au chat.

— C'est rien.

— C'est rien ?

— Rien. Les pauvres, ils ont rien, les riches ont besoin de rien, et si on mange rien, on meurt.

— Elle est très bien. Il faut que je la retienne.

— Pour savoir avec quelle maman je reste, je pourrais jeter les dés, suggère soudain Louis.

La psy commence par sourire. Mallarmé n'a pas tort, disons qu'ici un coup de dés jamais n'abolira le bazar. Et puis, elle a tellement aimé *L'Homme-Dé* de Luke Rhinehart, ce livre culte des années 1970 où un psychiatre englué dans l'ennui et l'insatisfaction se met à jouer aux dés chaque décision de son existence. Elle admire surtout l'intelligence de la stratégie qu'adopte Louis pour éviter l'immense tension, cette ironie spontanée qui prouve sa maturité, quand soudain, l'évidence la sidère : Louis a raison. C'est ainsi qu'il faut faire : tout en restant maître de sa vie, Louis n'aura pas à porter le poids d'une décision.

— Mais oui, c'est la meilleure des idées, Louis, acquiesce la psychologue.

Elle veut que ce soit l'enfant qui élabore la règle :

— Comment imagines-tu faire ?

— En début de semaine, je jouerai sept fois, une fois pour chaque jour de la semaine. Si ça tombe sur pair pour le lundi, c'est l'une, et impair c'est l'autre, etc.

— Pourquoi pas ?

Un calcul rapide lui dit que le risque de chacune d'être privée de son fils pendant une semaine est d'un sur cent, d'un sur mille pour dix jours d'affilée. Aucune Lucie ne sera sacrifiée et ne voudra s'opposer à la sanction d'un jeté de dés. Elles pourront s'organiser.

— On va les voir, alors ? propose la psy.

Louis acquiesce, et tous deux entrent dans la pièce où les attendent les deux Lucie. Arrivé sur le pas de la porte, il les regarde, l'une, puis l'autre, redit en souriant C'est trop bizarre, et, sans privilégier l'une ou l'autre, il s'installe sur un siège face à elles, expose calmement son idée.

Les jeunes femmes tentent de contenir la lave qui bouillonne en elles, elles sourient à Louis, chacune tente de capturer le sourire de son fils. Si Louis était un chien, si l'une ou l'autre avait un os, elle le cacherait dans son poing pour l'attirer. Mais aussi, l'une comme l'autre, elles l'observent, l'écoutent, et au fond d'elles-mêmes, admirent ce fils décidément merveilleux.

Lorsqu'il a fini, un silence s'installe, jusqu'au trouble, que brise Louis :

— J'y ai pensé à cause de Donjons & Dragons.

Et il sourit, fièrement, comme si cela expliquait tout. Alors, au même moment, les femmes hochent la tête, résignées. Parfois, la pire solution est la meilleure.

— J'ai une devinette, dit Louis. Nous sommes

nés de la même mère, la même année, le même mois, le même jour et à la même heure. Pourtant nous ne sommes ni jumeaux, ni jumelles. Pourquoi ?

Les deux Lucie secouent la tête, perplexes.

— Nous sommes des triplés, rit Louis.

## PORTRAIT DE VICTOR MIESEL EN REVENANT

*Mardi 29 juin 2021,*
*falaise d'Yport, Normandie*

C'est là. Les genêts ploient sous le vent d'ouest, des albatros planent dans le ciel gris de la Manche. La brume qui monte de la mer délaie les contours des maisons blanches d'Yport, tout en bas. Victor est allongé dans l'herbe haute, et regarde les nuages. Une mouette se pose près de lui et Victor voudrait qu'elle s'approche encore, jusqu'à le toucher de ses ailes pour lui apporter un peu de cette vie primordiale, à lui qui n'est plus que doute. Il se redresse, marche vers la falaise, s'assied au bord du précipice et effleure du doigt la craie blanche, que la pluie a cent fois lavée.

Oui, c'est là, précisément là que fin avril ont été dispersées les cendres d'un autre Victor Miesel. Le héros de son premier roman, *Les montagnes viendront nous trouver*, avait choisi d'y venir mourir d'un acte volontaire, et Clémence Balmer y a repensé et choisi ce lieu. C'est là qu'elle avait lu des paroles de Qohelet, fils de David.

Fumée de fumées, dit Qohelet
Havel hevelim
Havel dit Qohelet tout est fumée.
Tous les torrents vont à la mer
et la mer n'est pas pleine.
Les torrents vont à la mer
où ils ne cessent d'aller
Ce qui a été, cela sera,
ce qui s'est fait, cela se refera :
Il n'y a rien de neuf sous le soleil.

Puis, elle avait prononcé un discours, sobre et sincère, sur l'importance de ces rituels, de ces artifices que les vivants s'inventent pour supporter l'inacceptable. Il s'était mis à pleuvoir et elle avait aimé cette pluie honnête qui venait masquer des larmes auxquelles elle ne s'attendait pas. « La mort n'est jamais une chose digne, Victor, elle est toujours solitaire. Mais on peut espérer de ce moment ultime des adieux qu'il serve au moins à ceux qui restent. Si les stoïciens disent vrai, si rien n'existe entre les hommes, ni amour, ni tendresse, ni amitié, mais qu'au contraire le corps est tout, s'il est vrai que toute sensation prend naissance et racine en soi, alors Victor, ce dernier mot n'est pas inutile. »

Ces phrases, Clémence pourrait les redire à ce spectre qu'elle regarde marcher dangereusement sur la ligne de crête. Elle lui crie, sans couvrir le vent, de ne pas s'approcher autant du bord. Victor se retourne, lui fait un geste de la main et revient vers elle, souriant :

— Quelle joie, lorsqu'un ami meurt, de constater qu'une fois de plus, ce n'est pas nous !

Clémence est troublée : son Victor est bien de retour. Très tôt le matin, un Airbus affrété par l'armée l'a déposé, lui et les autres Français du vol 006, sur la base militaire d'Évreux-Fauville. Des heures durant, on leur a expliqué. Il est le premier à avoir été libéré : aucune confrontation n'est prévue avec un second Victor Miesel. C'est deux fois moins de travail pour deux fois moins de psychologues, mais celle que lui ont affectée les « services » ne le quitte pas d'une semelle. La situation n'étant répertoriée dans aucun manuel, Joséphine Mikaleff ne peut qu'improviser.

— Vous avez eu raison de commencer par venir vous recueillir ici, dit-elle.

— Je ne me suis pas recueilli, madame. Je ne suis pas en deuil de moi. J'ai pensé un moment que me rendre sur cette falaise contribuerait à m'aider à comprendre, mais en fait, pas du tout. J'ai seulement l'impression d'avoir été retenu quatre jours, d'être parti de chez moi en hiver et d'y rentrer en été. Et allons déjeuner en ville. J'ai besoin d'une andouillette. Et d'un verre de haut-médoc. Plusieurs, même.

Ils montent dans la Peugeot noire, et roulent lentement vers Étretat. Un homme du SDLP, le Service de la protection rapprochée des personnalités, conduit. La jeune psy s'est assise côté passager, Victor et Clémence sur la banquette arrière. La voiture est silencieuse, on n'entend que le pianotage incessant de la psy sur son clavier. Victor s'absorbe dans le paysage d'herbe et de craie, l'éditrice ne peut détacher son regard de l'écrivain. Elle s'était résignée à ne plus jamais le revoir, et elle ne sait quoi penser du trouble dans lequel la plonge sa réapparition. Après qu'elle a relu tous ses livres, elle est plus proche de lui que jamais. Son absence avait creusé en elle un vide.

Au restaurant, Victor choisit une table ronde, insiste pour qu'ils y déjeunent tous, y compris le policier, même si ce n'est pas réglementaire. L'écrivain commande son andouillette, une bouteille de Château La Paillette 2016, sourit à Clémence.

— Tu te rends compte, j'ai dîné avec toi la semaine dernière, et on était début mars. Tu es contente de me voir, toi ?

L'éditrice le considère, songeuse, mais son regard se perd loin derrière lui. La marche dans la pluie et la boue, cette urne dans les mains. Le tourbillon blanc des cendres, le bruit du vent, les mots de l'Ecclésiaste : « Ce qui a été, cela sera, ce qui s'est fait, cela se refera : Il n'y a rien de neuf sous le soleil. » Victor la chasse de son rêve.

— Clémence ? Tu es heureuse de me revoir ?

— Oui, Victor, très heureuse. Je suis désolée. J'ai vécu deux mois atroces et bizarres à la fois. Et maintenant ceci. C'est une histoire…

Clémence cherche ses mots. Une blague juive

dit que Dieu relit fréquemment la Torah pour tenter de comprendre ce qui se passe dans ce monde qu'il a créé. Elle reprend :

— Pourquoi m'as-tu fait avertir, moi et uniquement moi ?

— J'ai confiance en toi plus qu'en quiconque, je te sais discrète. As-tu prévenu qui que ce soit ? Non. Tu vois ?

— Ça retarde le moment, c'est tout, dit Clémence. Tout le monde saura qu'il s'agit de ton avion.

— Pas forcément, intervient Mikaleff. La liste des passagers sera gardée secrète à jamais, les services le garantissent.

— Je pourrais disparaître, reprend Victor, me refaire une vie sous une autre identité. Le gouvernement nous a proposé cette option.

— D'abord, tu n'en as pas envie, et ce serait impossible pour toi.

Elle allume la tablette, se connecte sur le site de la maison d'édition, clique sur « Nouveautés », *L'Anomalie*, puis l'onglet « La presse ».

— Plus de cent articles, émissions, et ta bobine partout. En une de *Lire* ce mois-ci. Déjà six traductions en cours, et lorsqu'ils vont apprendre que tu es… Tu imagines la ruée… Alors, disparaître… À moins d'une opération de chirurgie esthétique…

Le matin à la base d'Évreux, Victor a lu *L'Anomalie*. Il y reconnaît sa manière, mais ne s'y retrouve pas. Il ne goûte pas cet art de la formule et n'a pas de fascination pour l'aphorisme. L'enthousiasme que ce livre a soulevé lui échappe.

— C'est du Jankélévitch sous LSD, sourit Victor. Un autre moi. Je n'en avais pas écrit une ligne avant mon départ pour New York.

— Moi, je t'y retrouve, et j'ai aimé, dit Clémence. Sinon, je ne l'aurais pas publié. Tu vas devoir l'assumer, tu as vendu plus de deux cent mille exemplaires…

— J'aurais dû essayer le LSD plus tôt…

Elle referme la tablette, se sert un verre de haut-médoc, d'un geste décidé.

— Il va falloir annoncer ta « résurrection ». Livio va être heureux.

— Quoi ? Salerno ?

— C'est le principal animateur de ton club d'amis posthumes.

— Ce n'est pas ce que j'appellerais un ami… Nous avions des amis communs.

— Vous vous seriez beaucoup vus avant ton… ta… En tout cas, il a fait un magnifique discours au crématorium, avec son accent italien, en citant des extraits de tes livres.

— Livio a toujours aimé les enterrements. L'éloge funèbre, c'est *son* moment d'élection, il peut déployer et sa modestie et sa grandeur d'âme.

— Je te concède qu'il avait l'air dans son élément. En tout cas, Ilena, elle, va…

— Ilena ? Elle m'a quitté il y a six mois. Enfin, neuf…

— Vous vous étiez réconciliés… Dans les derniers mois, justement. Elle affirme même que vous aviez renoué.

— Ça m'étonnerait beaucoup.

Le matin où Ilena l'avait quitté, à l'automne dernier, au Wepler, en sirotant son sempiternel « double déca crème très allongé sans trop de crème s'il vous plaît », elle avait tenu à lui apprendre qu'elle avait un amant depuis toujours, qui « m'abaisse bien, lui ». Victor avait été si surpris qu'il lui avait fait répéter la phrase, et elle s'était exécutée, furieuse, en détachant mieux les syllabes : « qui me baize bien, lui ». Il avait haussé les épaules, pouffé de rire, avait lâché : « N'importe quoi, Ilena, n'importe quoi ! » Elle s'était levée, avait ajouté : « Tu me fais pitié » en faisant bien résonner le « pitié » pour l'édification du maigre public. Puis, elle était partie sans se retourner, non sans s'être assuré de son regard altier que nul dans la salle ne pouvait désormais douter du caractère abject de ce pauvre type. Il l'avait regardée s'éloigner, à grand pas résolus, et, devant l'absurde de la situation, l'hilarité l'avait peu à peu gagné.

Alors, oui, ça l'étonnerait beaucoup qu'ils se soient réconciliés.

— J'ai bien fait de mourir, soupire Miesel. Bref, tu as raison, tout le monde va être ravi de me revoir.

— Moi je le suis, dit Clémence en riant. Lorsque les gens du ministère de l'Intérieur sont passés à la maison d'édition, qu'ils m'ont expliqué la situation, et qu'ils m'ont emmenée jusqu'ici, j'étais terrorisée. J'ai cru que j'allais retrouver un… un extraterrestre. Un type, les yeux vides, avec une voix glacée, comme dans ce film, là, *Body Snatchers*.

— Désolé, Clémence, c'est bien moi. Et d'ailleurs, deux questions. D'ordre matériel. J'aurais besoin d'un portable qui fonctionne. La carte SIM du mien est désactivée. J'ai l'impression d'être coupé du monde. J'ai très envie d'appeler ma « veuve »... D'entendre sa joie.

— Vous aurez tout cela, monsieur Miesel, intervient l'officier du SDLP. Il faudra être prudent dans les appels.

— Je veux aussi rentrer chez moi.

— Une chambre est réservée pour vous à Levallois, monsieur Miesel. Dans les locaux du contre-espionnage, à la DGSI. Raisons de sécurité. Demain, on vous trouvera un hôtel à Paris.

— Et puis..., commence Clémence.

Mais elle ne sait par où commencer. L'appartement vidé par la famille éloignée qui s'est aussitôt partagé les meubles, sa mise en vente, « pas au meilleur prix à cause du suicidé, n'est-ce pas ? », la Société des amis, tellement dynamique... Victor ne s'indigne pas, ne commente pas. Elle poursuit.

— Pour ta bibliothèque, il y a eu une soirée chez toi, où tout le monde s'est servi. Il en reste beaucoup dans des cartons, tes Jarry, Dostoïevski... Plus personne ne lit aujourd'hui. Tes cousins ont pris tes Pléiade : c'est décoratif, et ça part bien sur eBay.

— Le gouvernement fait le nécessaire pour que vous récupériez vos biens, monsieur Miesel, précise l'homme des services.

Une question hante Clémence. La psy la pose avant elle :

— Victor, nous en avons déjà parlé dans l'avion, mais... Qu'est-ce qui a pu conduire « l'autre » Victor à se donner la mort ?

L'écrivain a l'air amusé.

— Personne ne se donne la mort, on ne vous a pas appris ça ? Il n'y a que des suppliciés qui s'échappent en tuant leur bourreau.

— Ça ne peut pas être à cause... d'Ilena Leskova ? insiste Joséphine Mikaleff. *L'Anomalie* a pour anagramme *Amo Ilena L.* « J'aime Ilena L. »

Miesel éclate de rire.

— Non ? C'est vrai ? Qui a trouvé un truc pareil ?

— Ilena l'a sous-entendu dans une interview.

— Heureusement que le latin existe pour caser *amo*. Une bonne langue est une langue morte, comme dirait le général Sheridan. Blague à part, les raisons de ce geste m'échappent totalement. Je ne suis pas suicidaire. Notez, je me tuerais volontiers, d'autant que plus tard, ce sera déjà trop tard.

— Ah ! s'exclame Clémence. L'éditrice ouvre sa tablette, s'y déplace avec fébrilité et montre à Victor, triomphante, une phrase de *L'Anomalie*.

— Tu viens de citer du Victør Miesel.

Elle prononce Victeur, fait rouler le r et s'amuse à traîner sur le ø.

— Je suis sous haut-médoc, Clémence, c'est la seule explication.

L'éditrice sourit au mauvais jeu de mots. Elle ouvre son sac, tend une enveloppe à Victor.

— Tiens. Tu avais tout cela sur toi, lorsque tu as sauté.

Victor la déchire. Il y a là son portable, ses clés, et une briquette Lego, rouge. Il fouille dans sa propre poche, en extrait sa sœur jumelle, qu'il pose à côté de la première. Il les examine, intrigué, ajuste l'une sur l'autre. La mémoire s'emboîte parfaitement sur le souvenir.

★

*Mercredi 30 juin 2021,*
*salon du Lutetia, Paris*

Clémence Balmer a convoqué la presse sous l'intitulé : LA DOUBLE VIE DE VICTØR MIESEL, et placé en exergue un extrait de *L'Anomalie* : « Je crains de mettre trop d'espoir dans l'incompétence de mon futur biographe. »

Il y a foule. Victor reste en retrait, dans la petite pièce attenante, avec l'équipe des Éditions de l'Oranger. Le dispositif l'effraie : une haute estrade, une table, deux sièges pour Clémence et lui, et face à eux une centaine de chaises, toutes occupées. Au fond de la salle une douzaine de caméras l'attendent.

— La presse internationale est là, dit Clémence. Ton livre sort la semaine prochaine à peu près partout… Traductions dans l'urgence… C'est parfois approximatif.

— Tout de même, je ne suis pas George Clooney.

— Tu es bien plus. Tu es entre Romain Gary et Jésus-Christ. Suicide et résurrection.

Victor hausse les épaules. Clémence époussette sa veste grise, affectueusement. Victor observe la salle de presse en entrouvrant la porte.

— Ma chère Ilena n'est pas là ? Ma veuve doit être restée chez elle à abaisser.

— Pardon ? dit Clémence en fronçant les sourcils.

— Non, rien, je me comprends.

L'éditrice regarde sa montre. Il est dix-huit heures.

— Il faut y aller. Avec les contrôles de sécurité à l'entrée, on a pris du retard. Beaucoup veulent ouvrir leur 20 heures avec toi.

— Ça existe encore, cette grand-messe ? BFM et internet n'ont pas tout tué ?

— Dix millions de personnes les regardent. On y va. Avec ton demi-Lexomil, je te sens très détendu. Trop même. Ne fais pas le pitre, je t'en supplie.

— Juré craché, dit Victor.

Il sort des coulisses, monte sur l'estrade sous les crépitements des flashes, s'installe sur son siège, étouffe un bâillement. Il est vraiment détendu.

— Bonjour à tous, dit Clémence Balmer, le micro à la main. Je vais être brève, car j'imagine que vous avez beaucoup de questions…

Victor ne reconnaît aucun des cent journalistes présents. On ne risque pas de parler littérature, les journaux ont envoyé les reporters, pas les critiques. Si l'un d'eux a lu *L'Anomalie*, ce sera par obligation professionnelle. Lorsque Clémence a fini sa présentation, toutes les mains se lèvent.

Avec calme, elle domine le chaos et donne la parole au grand type au premier rang.

— Monsieur Miesel, Jean Rigal, *Le Monde*. Il ne s'est écoulé pour vous qu'une semaine depuis votre départ de Paris en mars. Sur ces quatre mois, beaucoup de choses se sont produites, et pour vous en particulier, l'écriture d'un livre, et ce qu'il faut bien appeler votre mort. Comment vivez-vous cette incroyable situation ?

— Je m'adapte comme je peux. J'ai lu « mon » livre, et aussi mes nécrologies dans différents journaux. Ça donne envie de mourir, juste pour voir ça.

— Considérez-vous que *L'Anomalie* soit un livre de vous ?

— Définissez : « vous ».

Victor soupçonne que Clémence, intérieurement, lève les yeux au ciel, et il se reprend.

— Pardonnez-moi cette pirouette. Je peux certes me retrouver parfois dans certaines de ses formulations. Ce n'est pas pour autant un livre que, moi qui vous parle, j'ai écrit. Je touche les droits d'auteur, c'est l'essentiel.

« On avait dit : pas le pitre… », dit le soupir de Clémence qui regrette cet anxiolytique qu'elle lui a conseillé.

— À votre avis, votre livre contient-il la clé de ce qui est arrivé dans cet avion ?

— Des milliers de personnes la cherchent. S'il y en a une, ils la trouveront avant moi. D'autant que comme vous le savez, quand on a un marteau, tout finit par ressembler à un clou.

— Pensez-vous que nous soyons tous dans une simulation ?

— Je n'en sais rien. Pour paraphraser Woody Allen, je dirais que si c'est le cas, j'espère que le programmeur a une excuse. Parce que le monde qu'ils ont créé est tout de même une sacrée horreur. Quoique, d'après ce que j'ai compris, ce serait justement nous qui le créons tout seuls, justement.

— Monsieur Miesel, comme vous le savez sans doute, quasiment tous les passagers du vol refusent de révéler leur identité. Pourquoi avez-vous accepté de vivre au grand jour ?

— Je ne crois pas être menacé par quoi que ce soit. Je bénéficie de toute manière d'une protection policière. Et aussi d'un soutien psychologique. On a pensé à tout.

— Pensez-vous avoir ressenti le moment exact que certains appellent la « divergence », ou même parfois, maintenant, l'« anomalie » ?

— Bien sûr, comme tout le monde dans l'avion. Les turbulences ont cessé et le soleil est revenu dans la cabine. Cette dernière phrase est aussi la définition du Prozac.

La salle rit, Victor aussi, il flotte un peu, Clémence désespère de son show.

— Savez-vous les raisons du suicide de votre « double » ?

— Il voulait sans doute mourir. C'est la principale raison d'un suicide.

— Quels sont vos rapports exacts avec Ilena Leskova ?

— Actuellement, inexistants. Disons qu'au mieux ils sont anthumes.

Victor est désormais radieux, c'est une publicité vivante pour le bromazépam.

— Anne Vasseur, *Times Literary Supplement*. Travaillez-vous sur un nouveau livre, monsieur Miesel ?

Victor regarde le dernier rang, d'où venait cette voix féminine, délicatement rauque. Son visage s'illumine. C'est la jeune femme des Assises d'Arles, qui s'intéressait à l'humour chez Gontcharov.

— Oui. J'ai un livre en cours d'écriture.

Clémence le regarde avec stupéfaction.

— C'est un thème classique, poursuit Miesel : une femme réapparaît dans la vie d'un homme alors qu'il la croyait à jamais disparue. Cela s'appellera *Ascot, ou le Retour de la crème anglaise*.

— C'est un titre stupéfiant, sourit la jeune femme.

— Une dernière question, demande Clémence Balmer, qui devine que désormais, son auteur a tout autre chose en tête qu'assurer la bonne tenue de cette conférence de presse.

— Andrea Hilfinger, *Frankfurter Allgemeine Zeitung*. Comment définiriez-vous ce qui s'est passé hier soir aux États-Unis ?

— Le définir ? Je pense que les États-Unis d'Amérique n'est plus qu'un nom. Il y a toujours eu deux Amériques, et désormais elles ne se comprennent plus. Comme je me reconnais plutôt dans l'une d'elles, moi non plus, je ne comprends pas l'autre.

## LE NIGHT SHOW

*Mardi 29 juin 2021,*
*Ed Sullivan Theater, New York*

La cheffe maquilleuse du *Late Show with Stephen Colbert* contemple son œuvre avec ravissement.

— Vous êtes super, Adriana. J'en ai profité pour vous recoiffer un peu différemment.

— Stephen termine son introduction, vient l'interrompre l'assistante-plateau. Suivez-moi. Quand je vous toucherai l'épaule, vous entrez sur le plateau, d'accord ?

L'assistante n'attend pas la réponse et quitte les loges : les jeunes femmes remontent le couloir vers les lumières de la scène et patientent derrière le rideau noir, le temps que le groupe Stay Human achève son morceau.

Derrière son bureau, face au public, Stephen Colbert consulte ses fiches, et quand la caméra revient sur lui, l'animateur vedette de CBS fronce les sourcils.

— Ce soir, j'ai le privilège d'accueillir une toute

jeune actrice, dont la célébrité est toute relative (*cris de déception*). Ne soyez pas aussi grossiers, ne me faites pas honte (*rires*). Alors, mesdames et messieurs, je vous demande de souhaiter la bienvenue à… Adriana Becker.

Stephen Colbert fait un geste, le panneau « Applause » s'allume et il est aussitôt obéi.

Une jeune femme s'avance, fine, presque une adolescente, en jean et baskets, pull angora bleu sombre, ses cheveux tombent sur ses épaules en boucles brunes. L'animateur va vers elle, l'embrasse sur la joue, pour la rassurer.

— Bonjour, Adriana Becker. Je suis tellement heureux de vous recevoir.

— Bonjour Stephen, je suis heureuse moi aussi d'être ici.

— Et impressionnée, j'espère. Première fois à la télévision ?

— Oui.

— Il y a une première fois pour tout. Je me souviens de mon premier amour, de notre premier dîner au restaurant, c'était très romantique, d'ailleurs, j'ai gardé la facture (*rires*). Adriana, vous avez vingt ans, vous êtes comédienne. On vous a vue en mai dernier dans *Roméo et Juliette*. Et vous étiez ?

— Juliette.

— Bien sûr, vous étiez Juliette. Et où avez-vous joué *Roméo et Juliette* ?

— Au Sandra Feinstein-Gamm Theater.

Elle souffle le nom du théâtre dans un murmure. Il y a quelques gloussements cruels dans la salle. La toute jeune femme rougit. Stephen Colbert lève les sourcils, et elle ajoute :

— C'est… à Warwick, Rhode Island. C'est un petit théâtre…

— Adriana, il n'y a pas de quoi rougir. Vous savez, Matt Damon a débuté comme figurant : il était pizzaiolo, il tendait une Margherita à un client, et il n'avait qu'une réplique : « Cinq dollars, s'il vous plaît. » Maintenant, il raconte partout que c'était une Regina à sept dollars, mais c'est un sacré vantard (*rires*). Pardon Adriana. Et dans quelle pièce allez-vous jouer prochainement ?

— *Désirs sous les ormes*. C'est une pièce en trois actes d'Eugene O'Neill. Je joue le rôle de la jeune fille.

— La jeune fille ?… Mais il va y avoir un problème, Adriana. S'il n'y a qu'une jeune fille dans cette pièce. Vous ne pensez pas ?

Adriana Becker rit. Le public aussi, sans encore comprendre. Stephen Colbert sourit, et lance vers les coulisses :

— Et maintenant, public, je veux un tonnerre d'applaudissements pour Adriana Becker ! Oui, Adriana Becker !

De derrière le rideau jaillit une seconde Adriana, vêtue à l'identique, à l'exception du pull, de couleur rouge cette fois. La salle tout entière se lève, ébahie, crie, tape dans ses mains tandis que Stephen Colbert marche vers elle, l'embrasse et la guide vers le canapé où se trouve sa jumelle. En régie, la réalisatrice tire sur sa cigarette électronique au mépris du règlement intérieur comme de la législation. C'est de la foutue bonne télévision, et sur ce coup, la chaîne grille ABC et NBC. Derrière elle, ils sont une dizaine du service réseaux sociaux de CBS à twitter, poster sur Instagram, à créer des Facebook Live. Le nombre de *likes* et de partages grimpe en flèche.

Elles sont là, côte à côte, une mèche rouge sur le front de l'une, une bleue sur celui de l'autre, subtile touche de la maquilleuse, touche discrète mais soudain flagrante. Les acclamations durent, puis Colbert retourne derrière son bureau.

— Bonjour Adriana.

— Bonjour Stephen, répond la nouvelle venue.

— Vous n'êtes pas jumelles ?

— Non, pas du tout, font les deux jeunes femmes en même temps, avec le même sourire, la même énergie.

— Hey ! Eh bien, je crois que le public a compris (*rires*). Depuis quelques heures, on ne parle plus que de vous. Il va falloir que je vous distingue en disant Adriana June, Adriana March. June et March, c'est le nom de code du FBI, c'est cela ?

— Oui.

— June est en rouge, et March est en bleu, c'est ainsi que je vous reconnais… Ne me dites pas non, la production a investi une somme folle dans ces deux pulls et la teinture de vos deux mèches.

— D'accord.

Même réaction simultanée des jeunes femmes, même enchantement dans le public. La jeune

Adriana, ou plutôt les jeunes Adriana crèvent l'écran.

— Adriana June, vous n'avez pas joué Juliette, c'est cela ?

— Non.

— Non, vous n'avez pas joué, parce que *Roméo et Juliette*, c'était en mai. Lorsque vous vous êtes posée voici maintenant cinq jours sur la base militaire de McGuire, où vous avez été détenue avec deux cent quarante-deux autres personnes, vous étiez persuadée d'être en mars, c'est cela ?

— Oui, Stephen. Je ne peux pas vous dire le jour exact, cela nous a été interdit par le FBI. Pour la sécurité de tous.

— Je comprends. Je voudrais savoir, et je pense que le public aussi voudrait comprendre, comment avez-vous appris… que vous étiez « en double » ?

Il regarde les deux jeunes femmes avec une attention extrême :

— Adriana March, dimanche dernier, le matin très tôt, le FBI est venu vous chercher, chez vos parents, c'est cela… à… – Colbert consulte ses fiches sans hâte – à Edison, dans le New Jersey. Vos parents ont dû être terrorisés… Et vous aussi…

— Oui, les agents du FBI nous ont dit que c'était une question de sécurité nationale. Ils ont malgré tout essayé d'être rassurants.

— C'est vrai que deux agents du FBI qui se pointent chez vous à l'aube, c'est toujours rassurant (*rires*). Et ensuite ?

— Ensuite, on m'a conduite jusqu'à la base en hélicoptère. Et on…

— Première fois en hélicoptère ?

— Oui.

— Ça fait du bruit. Une machine à laver en phase essorage. Les pales, le vent, tout ça. Je déteste les hélicoptères.

Stephen Colbert joue de l'impatience croissante de son public, mais il sait où et quand s'arrêter :

— Et une fois posée sur la base militaire ?

— On m'a conduite dans un grand bâtiment administratif, gardé par des soldats, on m'a fait entrer dans une simple salle avec une table, quelques chaises, je me suis assise, avec une psychologue à côté de moi, et une officière du FBI.

— Que vous ont-ils dit ?

— Que je ne devais pas avoir peur, que j'allais vivre un moment exceptionnel.

— Et c'est alors…, dit Stephen Colbert.

— Qu'ils m'ont fait entrer, dit Adriana June. J'étais aussi accompagnée d'un psychologue.

— Ça a dû être un choc pour vous. Et pour les psychologues aussi… (*Rires.*)

— J'ai mis quelques secondes à comprendre que j'étais face à… moi, reprend la jeune fille au pull azuréen. La tête me tournait, je me suis demandé qui j'étais, si j'existais vraiment.

— Et vous, Adriana June, racontez-nous comment cela s'est passé.

— Notre vol s'était posé trois jours plus tôt…

— En mars selon vous…

— Oui. Il y avait eu des turbulences, l'avion

était endommagé. J'avais été retenue sans contact avec le monde extérieur, sans portable ni rien…

— Vous ne pouviez même pas jouer à Candy Crush ? (*Rires.*) Et donc, le troisième jour au matin, lundi dernier…

— On est venu me chercher, ils m'ont dit la même chose, le moment exceptionnel, etc., et que j'allais rencontrer quelqu'un qu'il était impossible que je rencontre…

— Et vous avez cru qu'il s'agissait de qui ?

— Je sais que c'est absurde, mais j'ai cru que j'allais revoir ma grand-mère. Elle venait de mourir en janvier… (*« Oh ! » d'émotion dans la salle.*)

— Oh, je suis désolé, Adriana. Mes condoléances.

— Et je suis entrée dans la pièce…

Adriana June regarde Adriana March, qui sourit. Le public applaudit à nouveau. Colbert ne veut pas perdre le rythme, il enchaîne aussitôt.

— Mon Dieu… Moi, à votre place, j'aurais eu une crise cardiaque. Et même, j'aurais eu deux crises cardiaques (*rires*). Vous n'avez pas été terrorisée ? Adriana March ?

— Si, bien sûr. Au début, nous n'osions pas nous parler, nous ne faisions que répondre aux psychologues et à la femme du FBI. Ils nous ont projeté une vidéo… d'explication. Où on voyait dans la cabine l'instant où… le moment de…

— De divergence, ou d'anomalie, complète Stephen Colbert en regardant ses fiches.

— Oui. Et après, on nous a proposé de nous poser l'une à l'autre les questions que nous voulions. Le FBI voulait prouver à chacune d'entre nous que l'autre n'était pas... je ne sais pas, une espèce de clone. Que nous avions les mêmes souvenirs, la même vie.

— La même vie jusqu'à ce mois de mars, et ce vol Paris-New York, précise Stephen Colbert. Par exemple, Adriana March, vous avez demandé quelque chose à Adriana que vous seule saviez, c'est ça ?

— Oui. Une chose qui s'est passée le soir du Nouvel An, mais que je suis seule à connaître, dit Adriana March avec timidité.

— Enfin, que nous sommes deux à connaître, renchérit Adriana June (*rires*).

Trois, en fait : elles deux et leur petit frère, dans la chambre de qui Adriana n'aurait jamais dû entrer sans frapper ni lui laisser une chance de refermer l'ordinateur.

— Vous avez une chance inouïe, vous savez, sourit Stephen Colbert, moi j'ai tellement bu le soir de la Saint-Sylvestre que mes souvenirs redémarrent le 4 janvier vers midi (*rires*). Alors maintenant, vous êtes convaincues que vous êtes... toutes les deux Adriana ?

— Totalement convaincues, disent-elles en même temps, provoquant la jubilation d'un public fasciné.

— Vous savez, parfois, je me dis qu'on a frôlé la catastrophe, ç'aurait pu arriver avec Air Force One. Vous imaginez ? Deux présidents ? (*Cris et applaudissements.*) À eux deux, ils auraient fait s'effondrer Twitter le jour même. J'imagine qu'on vous a livré quelques hypothèses scientifiques, celles que l'on a vues partout depuis dans la presse…

Les deux jeunes femmes acquiescent, l'animateur poursuit.

— Il y a une interprétation qui vous semble plus plausible que l'autre ?

Elles secouent la tête.

— En tout cas, pour moi, vous n'êtes pas des simulations. Il y en a aussi qui pensent que vous seriez deux cent quarante-trois extraterrestres. Que vous allez envahir la Terre (*rires*). Et maintenant qu'allez-vous faire ? Adriana June, vous êtes retournée chez vos parents, forcément, vous vivez là-bas…

— On m'a installée dans l'ancienne chambre de mon petit frère, il est étudiant à Duke. Je l'ai vu hier soir, lorsque le FBI nous a ramenées à la maison.

— C'est Oscar, c'est cela ? Comment a-t-il réagi ? Adriana March ?

— Il a répété « c'est dingue » au moins dix fois. Et suggéré qu'on se coiffe différemment.

Le public rit, elles aussi, et Stephen Colbert les quitte des yeux pour s'adresser à la caméra.

— Oscar est dans la salle. Nous avons aussi proposé à vos parents de se joindre à nous, mais ils ont refusé. Comment cela se passe-t-il avec eux ?

Les deux jeunes femmes se regardent, et c'est June qui répond la première.

— Ma mère a peur. Elle n'a pas osé m'embrasser, ce matin.

— Elle a peur de nous deux, ajoute Adriana March. Elle ne nous distingue pas. Elle croit qu'il y en a une…

— Une « fausse », complète Adriana June.

— Et votre père ?

Les deux jeunes femmes se taisent. La production regrette d'avoir laissé Stephen Colbert dans le flou : la veille, quand les deux Adriana sont revenues à Edison, un agent du FBI et une psychologue les avaient précédées. Ils avaient longuement expliqué l'inconcevable à ses parents. La mère ne cessait de répéter Mais comment est-ce Dieu possible ? Et lorsque enfin elles avaient fait leur entrée, le père, qui était prostré dans le canapé, s'était dressé, avec effroi, et sans un mot il avait remonté l'escalier à reculons et s'était enfermé dans sa chambre. Il avait fallu parlementer longtemps à travers la porte pour qu'il consente à sortir. Depuis, son comportement alarmait le FBI au point que le Bureau avait exigé qu'un agent restât en permanence sur les lieux.

Colbert comprend qu'il faut éviter le sujet. Avant que s'installe le malaise, il se tourne vers l'Adriana en pull écarlate.

— N'importe qui aurait du mal à s'adapter à une situation aussi unique. Unique n'est vraiment pas le mot (*rires*). Vos parents vous aiment, et ils vont être heureux d'avoir désormais deux aussi merveilleuses filles.

Le public applaudit à ce conte de fées, longuement, au point que c'est Colbert qui doit interrompre l'ovation.

— Et entre vous deux, cela se passe comment ?

— Bien, dit Adriana June. Adriana March hoche la tête.

Ce n'est pas un pieux mensonge. Les deux jeunes femmes ne sont pas rivales. Leur vie est devant elles, l'avenir est à conquérir, elles n'ont encore rien à devoir partager.

— Vous avez un petit ami, Adriana June ? Je ne suis pas l'inquisition espagnole, personne ne vous en voudra de garder cela pour vous.

— Non, je veux bien répondre. Je suis célibataire.

— Eh bien, Adriana, l'avouer ici et en direct n'était pas une bonne idée (*rires*).

Colbert se tourne vers l'Adriana azur.

— Et vous, Adriana March ? Depuis mars, avez-vous rencontré quelqu'un ?

— Oui, il y a trois mois.

— Merci de partager cela avec nous, Adriana, reprend Colbert. Et il s'appelle ?

— Nolan.

Le public bruisse joyeusement. En régie, la production exulte : l'amour, c'est toujours un bon produit d'appel.

— Je crois savoir, poursuit Stephen Colbert, que Nolan était l'un de vos partenaires dans *Roméo et Juliette*. Ce n'était pas Roméo, tout de même ?

— Non, c'était Mercutio.

— Ah, Mercutio ! le meilleur ami de Roméo. Se pourrait-il que Nolan-Mercutio soit ici avec nous dans la salle ?

Le pinceau d'un projecteur explore lentement

les rangs du public, descend vers le premier rang et s'arrête sur un grand et mince garçon noir, qui sourit largement et se lève, sous les acclamations.

— Mesdames et messieurs, veuillez accueillir Nolan Simmons.

Colbert lui tend la main et l'aide à monter sur scène. Les applaudissements ne tarissent pas, comme c'était prévisible. Les Adriana sourient, saluent, Adriana March minaude un peu, Adriana June regarde Nolan avec un sourire étonné qui soulève les rires. Elle a rencontré Nolan en coulisses, mais elle joue la surprise, c'est sa manière de ramener l'attention à elle. Ni l'une ni l'autre n'ont été difficiles à convaincre de jouer cette scène, et Nolan guère plus. *The Late Show with Stephen Colbert* est un sacré divertissement, et elles n'ont pas choisi ce métier pour refuser la lumière et se draper dans une pudeur effarouchée. Tous jouent le jeu, va pour le spectacle.

— Vous pouvez embrasser votre amie, Nolan. Ne vous trompez pas (*rires*).

Le jeune homme embrasse tendrement Adriana March sur la joue, avant de serrer la main, brièvement, d'Adriana June. Stephen Colbert secoue la tête.

— Ne vous en faites pas, mon garçon, dit Colbert, personne n'a jamais été préparé à une telle situation. Dites-moi la vérité, Nolan, si vous les aviez croisées dans les loges, vous auriez su qui est qui ? Et si je vous avouais que depuis le début, nous avons demandé à chacune d'entre elles de jouer le rôle de l'autre ? Si nous avions tenté de vous duper ?

Du public monte un bourdonnement de stupéfaction. Nolan, pris d'un véritable doute, perd toute contenance, recule instinctivement d'un pas d'Adriana March. Ça ne joue plus. La salle s'inquiète soudain, un malaise s'installe, Colbert regrette aussitôt sa ruse.

— Ne vous inquiétez pas, Nolan. C'est bien *votre* Adriana (*cris de soulagement dans le public*). C'était une très mauvaise blague, je n'ai pas pu résister. Pardonnez-moi…

Nolan reprend la main d'Adriana. Stephen Colbert grimace. Il s'en veut de s'être montré cruel, tout cela parce qu'il a laissé l'improvisation prendre le pouvoir. Il relit ses fiches, revient à sa conduite balisée et reprend :

— Eh bien… Comment allez-vous vous diviser les rôles, maintenant ?

Tandis que *The Late Show with Stephen Colbert* retrouve son humeur bon enfant, en régie, l'inquiétude s'installe. Quelques écrans montrent l'extérieur de l'Ed Sullivan Theater. Dès les alertes des réseaux sociaux, des dizaines de chrétiens fanatiques ont convergé vers la salle et depuis dix bonnes minutes, ils en font le siège.

— Je ne me doutais pas qu'on avait autant de fous de Dieu à New York, dit la productrice avec un sourire jaune.

La sécurité du show a été doublée pour l'occasion, un trop mince cordon de policiers tente de les maintenir à distance, mais face aux caméras de surveillance, les manifestants hurlent, crachent leur haine et leur terreur, agitent des panneaux : « *Vade retro* », « Filles de l'enfer », « Satan vous a faites », « Blasphème »...

— Blasphème ? Mais quel blasphème ? demande la productrice.

— J'ai lu qu'ils considèrent que les doubles sont damnés, risque une assistante. Entre autres à cause du dixième commandement.

— C'est lequel, celui-là ?

— Vous savez bien... « Tu ne convoiteras point la femme de ton prochain ; tu ne désireras point la maison de ton prochain, etc. » Forcément, ça leur est impossible de le respecter, puisqu'ils possèdent les mêmes choses. D'un autre côté, on pourrait argumenter qu'ils ne sont pas « leur prochain »...

— Moui. Je doute que ces dingues fassent dans l'exégèse théologique.

Soudain, alors que des renforts policiers arrivent et consolident la ligne de défense, un cocktail Molotov vole dans une parabole de flammes et se fracasse sur l'entrée du théâtre. Les agents du théâtre éteignent vivement l'incendie, les policiers repoussent les manifestants, sortent les matraques, on procède à des arrestations, mais rien n'y fait, la petite foule surexcitée grossit encore, renverse les palissades, elle tente de se frayer un chemin vers les marches du théâtre.

L'émission touche à sa fin, et Colbert, averti des incidents, se tourne vers le public.

— Chers amis, nous allons devoir rester un peu plus longtemps que prévu dans ce théâtre. Dehors se tient une manifestation très agressive, et il y a des heurts avec la police. Nous vous ferions courir un risque en vous laissant sortir maintenant. D'ailleurs, c'est ma dernière question, pour toutes les deux : le FBI vous a déjà prévenues du danger du fanatisme religieux. Il y a eu des déclarations de la part de responsables de congrégations où vous êtes qualifiées, l'une comme l'autre, d'ailleurs, de créatures sataniques, d'« abominations ». Vous-mêmes avez reçu des menaces de mort, n'est-ce pas ?

— Oui, des centaines, sur mon compte Facebook, enfin, notre compte…

— Je suis tellement désolé pour vous. Eh bien, que voudriez-vous dire à ces gens qui parfois ont simplement peur, parce qu'ils ne comprennent pas ?

Stephen Colbert laisse le silence s'installer. C'est le moment d'intensité de l'émission dont tout le monde se souviendra. Stephen et les filles l'ont longuement préparé en régie, avec les spécialistes qu'a délégués la cellule de crise. C'est un discours patiemment répété, qui doit donner l'illusion d'une improvisation et c'est Adriana June qui doit le porter – les psychologues ont tranché – puisque c'est elle qui, pour la majorité, sera perçue comme l'intruse :

— Évidemment, je ne sais pas comment cet avion a pu se poser une seconde fois, dit Adriana June avec douceur. Personne ne le sait, *Oui, surtout parler lentement, poser sa voix, montrer qu'on trouve difficilement ses mots, faire sentir l'émotion.* Ce que je voudrais dire à tous ces gens qui ont peur, c'est que moi aussi, j'ai peur. Il faut que chacun essaie d'imaginer ce que nous vivons. Je n'ai pas été choisie, ni surtout « élue ». Pas plus moi qu'aucune de ces deux cent quarante-trois personnes à bord. Ce qui m'arrive, ce qui nous arrive, aurait pu arriver à n'importe qui dans cette salle. Je suis n'importe qui… *Si c'est possible, le répéter, non, c'est trop.* Je n'ai rien de spécial, *marquer un temps*, je suis une jeune fille de dix-neuf ans qui vit à Edison, qui veut devenir institutrice, *Ne pas dire professeur de français, beaucoup de gens n'aiment pas les Français, ne même pas dire professeur, non, institutrice, c'est plus simple et tout le monde aime les institutrices*, une jeune femme qui fait du théâtre en amateur, *insister sur « en amateur »*, qui revenait d'Europe début mars, *là aussi, oui, plutôt Europe que France*, qui se retrouve en juin, et qui ne comprend rien de ce qui lui arrive, mais qui va devoir se débrouiller avec ça. *Une pause encore, bafouiller, ne pas trouver tout de suite ses mots.* Et cette autre jeune fille… qui est devant moi et qui est autant moi que je suis moi… elle va devoir se débrouiller avec, elle aussi. Cette Adriana-là a vécu trois mois de plus que moi, mais nous avons les mêmes souvenirs, nous avons la même croyance en Dieu, *J'ai failli oublier Dieu, merde, c'était l'essentiel, ils avaient bien insisté, bien rappeler qu'on est croyant, j'ai failli oublier, c'est dingue*, nous avons les mêmes amis, les mêmes parents, nous les aimons autant l'une que l'autre, et même, nous devons partager mes vêtements, puisque ce sont aussi les siens.

— Et en plus, la coupe Adriana March, nous avons chaque fois envie de porter la même chose au même moment. *Ça, c'est une idée de Colbert, pas mal d'ailleurs, attendre les rires, voilà, et redémarrer.*

— C'est vrai, dit Adriana June. Alors, à partir de maintenant, nos deux vies vont diverger, bien sûr. Elles ont commencé à le faire. *Se tourner vers Nolan, se mettre à l'écoute de l'émotion dans la salle.* Par exemple, je ne sais pas ce que nous aurions fait si j'avais connu Nolan avant de partir pour l'Europe, si j'étais amoureuse de lui. *Ne pas insister, juste laisser le public s'identifier, mesurer l'ampleur de la confusion.* C'est une des nombreuses choses qui tournent dans ma tête.

— Je crois, reprend Adriana March, *Changer un tout petit peu de voix, souligner l'existence possible d'une différence entre elles*, je crois que tout ce que je voudrais, c'est que les gens n'aient peur ni de moi, ni de l'autre Adriana, ni de nous. Qu'ils soient bienveillants. *Là, marquer une très longue pause. Et conclure.* Nous sommes perdues, nous avons besoin de l'amour de tous ceux qui nous sont proches. *Baisser les yeux, prendre la main d'Adriana June, attendre les applaudissements. Si l'on sent que l'on peut pleurer, surtout, pleurer.*

Une larme coule sur la joue d'Adriana June, elle n'a pas eu besoin de se forcer, l'émotion envahit tout, elle pourrait se mettre à sangloter. Adriana March s'approche d'elle, la prend par les épaules tandis que Stephen Colbert lui sourit.

— Merci beaucoup, à toutes deux. Je sais que beaucoup vous comprennent. J'ai une dernière demande : votre frère m'a dit que vous avez chanté en famille, le soir de Noël, la célèbre bossa-nova, *The Girl from Ipanema*.

— Dans la version d'Amy Winehouse, oui, dit Adriana June.

— Alors… toutes les deux, avant que vous nous quittiez… Vous voulez bien ?

Le public crie, les jeunes filles sourient.

— J'ajoute que vous n'avez pas répété, précise Colbert en mentant sans vergogne, puisqu'elles y ont passé une demi-heure.

Le batteur de Stay Human démarre en douceur au charleston et à la caisse claire la bossa-nova de Jobim et Moraes, la lumière se tamise sur le plateau, deux conduites douces tombent sur elles, une rouge sur l'une, une bleue sur l'autre, annulant leurs différences. Le jeu des couleurs est une idée de la production. Vinícius de Moraes a dit un jour de sa chanson qu'elle ne parle de rien d'autre que du temps qui passe, de cette beauté triste qui appartient à tous et à personne, du sac et ressac mélancolique de la vague. Et la plage d'Ipanema s'installe sur le plateau de *The Late Show with Stephen Colbert* lorsqu'une Adriana commence, suivie dès le deuxième vers par sa jumelle : « *Tall and tan and young and lovely…* »

Les deux Adriana chantent dans un duo parfait la sirène gracieuse d'Ipanema qui marche vers la mer dans le sable fin. L'une commence une phrase et l'autre la finit, elles jouent à être ensemble et pourtant dissemblables, leur harmonie frôle la magie et donne le tournis. Et chaque frisson de ce vertige contient sa dose homéopathique de terreur.

— C'est de la fichue bonne télé, dit en régie la femme de la production. De la fichue bonne télé.

## LA VOIX DANS JACOB EVANS

*Mardi 29 juin 2021, 23 h,*
*Ed Sullivan Theater, New York*

Jamais la main de Dieu ne faiblit. Et les gestes de Jacob Evans sont guidés par Lui. Jacob est né dans la foi du Christ à Scottsville, Virginie, et il sait de son père John que ceux qui ne naissent pas dans la souffrance ne sont pas des créatures de Dieu car il n'est de création que de Dieu et la voix qui parle sans cesse dans son crâne répète les mots qu'il a entendus dans son enfance lorsqu'il travaillait à la ferme.

Lorsque l'Abomination a été révélée dans les médias et sur les réseaux sociaux, Dieu a guidé Jacob Evans. Le premier jour, lui et ses frères de l'Armée du septième jour se sont réunis dans l'église baptiste et ils ont écouté le révérend Roberts parler des créatures et de Satan, de cette légion sans foi de tous ceux qui ont offensé Dieu car dans l'Apocalypse de Jean il est dit qu'il y eut des éclairs et un grand tremblement et qu'une grosse grêle dont les grêlons pesaient un talent tomba du ciel sur les hommes, et grâce à Dieu qui sait et qui guide, le révérend Roberts et avec lui Jacob et tous les fidèles ont reconnu l'orage et l'avion pris dans la tempête sacrée que le Seigneur a mise sur son chemin. Et dans cet avion se trouvaient tous les hommes qui blasphémèrent Dieu à cause du fléau de la grêle car ce fléau était très grand.

Et l'extase du Seigneur a parcouru le corps de Jacob Evans et Sa fureur a coulé dans ses bras et Il a voulu que Jacob accomplisse Sa gloire dans le monde des hommes.

Il y a les explications que les journaux donnent et répètent, il y a les discussions entre experts et savants, mais *Je détruirai la sagesse des sages, J'anéantirai l'intelligence des intelligents*, car oui, Jacob se souvient d'Isaïe, et c'est orgueil et mépris du Tout-Puissant que de chercher en soi-même son propre salut. Tel est aussi le message que Paul envoie aux Corinthiens qui veulent s'affranchir du message de Dieu et cherchent de la sagesse dans la vanité de l'homme où ne doivent pourtant régner que l'humilité et la crainte de Dieu et la foi dans notre Seigneur Jésus-Christ. *Il est ressuscité, il est vraiment ressuscité.* Dans le message que Dieu envoie avec son Abomination, il n'y a de salut que dans la gloire du Seigneur et dans la destruction du Mal. Les yeux de Jacob étaient fermés, oh oui, mais le Très-Haut les a ouverts grand sur la nuit.

Et au cœur de cet incendie sans fin qui de tout temps a dévoré l'Amérique, dans cette guerre que l'obscur mène à l'intelligence, où la raison recule pas à pas devant l'ignorance et l'irrationnel, Jacob Evans revêt la cuirasse d'ombre de son espérance primitive et absolue. La religion est un poisson carnivore des abysses. Elle émet une infime lumière, et pour attirer sa proie, il lui faut beaucoup de nuit.

Evans et d'autres membres de l'Armée du septième jour ont roulé sept heures dans un cortège de voitures qui portaient la croix du Christ sauveur, et ils ont crié la Colère de Dieu devant la base militaire, mais les soldats les ont repoussés. Alors, aidé par Dieu et Instagram et Facebook, Jacob apprend que l'une de ces Monstruosités va s'exhiber ce soir à la face du monde, il regarde avec dégoût et fureur cette fille brune, et Jacob sait qu'elle incarne le Grand Mensonge et la perfidie du Déchu.

Jacob et avec lui beaucoup d'autres confluent vers le théâtre de CBS, ils descendent à la station 50th Street, au milieu des néons et des lumières polychromes de Broadway. Ils marchent dans Babylone la grande, dans la Grande Prostituée faite ville, mais la police bloque l'accès à l'avenue par le sud, et des barrières de métal protègent l'accès à la salle. La foule exaltée grandit, gonflée à chaque minute par les appels au ralliement sur les réseaux.

À minuit, une première bouteille enflammée vole et se fracasse contre l'auvent lumineux, le feu provoque aussitôt un court-circuit et éteint des milliers d'ampoules et l'enseigne étincelante du

*Late Show with Stephen Colbert*, mais Jacob s'avance dans les flammes, *Ne crains pas l'Enfer et Jésus se réjouit dans son cœur*. La police charge, interpelle certains émeutiers. Et Jacob implore le Seigneur de le laisser approcher des Impures, de lui laisser accomplir Sa volonté, et dans la chaleur de l'incendie il prie le Seigneur et sait qu'il goûtera bientôt le miel du Paradis parmi les élus.

Du haut de Sa montagne le Seigneur regarde son agneau Jacob Evans et Il le guide vers la 53e Rue. Jacob marche dans Sa lumière, car *Dieu seul sait le chemin*. Là, alors que ses frères en Dieu crient sur Broadway, Jacob voit sortir d'un garage souterrain, à quelques mètres de lui, une limousine noire. Elle va tourner sur la gauche et fuir la manifestation des fidèles, mais la rue est encombrée et la voiture reste coincée à hauteur d'un Deli Special Broadway. Les vitres arrière remontent aussi vite que possible, mais dans la lumière crue de la nuit new-yorkaise, Jacob aperçoit sur la banquette arrière les deux jeunes femmes, aux visages tellement semblables. *Impénétrable est la sagesse de Dieu*. Les Impures gloussent et elles rient de toutes leurs dents trop bien rangées dans leur bouche infecte et leur visage séraphique arbore le masque parjure de l'Ange de l'Ombre. *Et le Seigneur guidera mon glaive vengeur*.

Que périssent les Créatures et *il y aura un ciel qui enveloppera les hommes*, et Jacob sort un Grendel P30 de sa poche, *et la lumière scintillera si légère et si chaude, Soutiens ma main Seigneur* et il tire à travers la vitre qui explose *Au nom de Jésus-Christ je vais vous chasser* et autour de lui, on hurle de frayeur, il tire encore et le coup de feu emporte un visage, *L'archange Gabriel descendra sur moi*, Jacob tire toujours et vide le chargeur sur une autre Adriana ensanglantée et il tombe à genoux, *Jésus-Christ est né* puis sur le bitume sale, il est au sol, le Christ sauveur aux bras écartés, *Dis un mot Seigneur et mon âme sera sauvée* et tandis qu'on se jette sur lui, qu'on lui passe les menottes dans le dos, dans les hurlements des sirènes et les lumières crues des gyrophares et des flashes, *Le Seigneur est mon berger, Il donne et reprend*, un Jacob Evans souriant aux yeux clos voit sortir de la bouche du dragon et de la bouche de la Bête et de la bouche du faux prophète trois esprits impurs semblables à des grenouilles.

## EFFACEMENTS

*Mercredi 30 juin 2021,*
*Clyde Tolson Resort, New York*

00 h 43 : dans l'immeuble du FBI, tous les écrans affichent désormais les chaînes d'information en continu, et l'équipe du protocole 42 les regarde diffuser en boucle le double assassinat. 01 h 00 : CBS diffuse une émission spéciale : un Stephen Colbert catastrophé anime un plateau avec des journalistes spécialistes du fait religieux. L'appel à l'apaisement qu'ont élaboré Pudlowski et ses experts n'aura servi à rien : sur Hope Channel, les prêches dénoncent la vénération des faux prophètes, et sur Fox, des télévangélistes condamnent le crime comme il se doit, mais éructent et parlent de fin du monde. Au matin, les sondeurs de Gallup et d'autres écumeront les rues : 44 % des Américains estiment que c'est un « signe de la fin des temps », 34 % parmi eux pensant que cette fin est « proche », 25 % même « très proche ». On en trouve 1 % pour penser qu'elle a

déjà eu lieu. Et dans la journée, partout dans le monde, les lieux de culte connaîtront une affluence inconnue. Quand sept milliards d'êtres humains découvrent qu'ils n'existent peut-être pas vraiment, la chose ne va pas de soi.

Une Jamy furibonde arpente à grands pas la salle de conférences du Clyde Tolson Resort où s'est déportée désormais toute l'équipe du protocole 42. Elle répète :

— Il faut garantir l'anonymat de tous les passagers. Comme les témoins des procès maffieux. Ces gens doivent pouvoir s'évanouir, changer d'identité.

Elle l'avait bien dit, pourtant, que Dieu serait un problème… Puisque rien ne doit contester Son omnipotence, ce Boeing surgi de nulle part s'inscrit dans Son dessein. L'ironie est que dans l'hypothèse d'une simulation, une chose n'est plus guère contestable : l'homme est bien la création d'une intelligence supérieure. Mais qui est prêt à adorer le développeur d'un monumental jeu de rôle ?

— Depuis l'annonce du président, intervient Mitnick, les entrées des hôpitaux font état d'une vague de suicides. Beaucoup de gens déjà fragiles sont passés à l'acte. Les thèses complotistes ont la cote : toute l'affaire est un montage, cette histoire de simulation vise à rendre dérisoire toute lutte contre quoi que ce soit, du capitalisme au réchauffement climatique. Les partisans de la Terre plate y voient une confirmation de leur conviction. Et j'en passe.

— Toujours se méfier des gens qui nous demandent de nous méfier, résume Pudlowski.

— Les extraterrestres font aussi un formidable come-back, continue Mitnick, mais là, bon, comment l'éviter... Il y a cette fille, aussi. Tomi Jin, une influenceuse... Elle vient de poster ça.

Mitnick projette sur un écran le selfie d'une fine femme brune, asio-américaine. Il a déjà 1512 *likes*. Son front s'orne d'une boucle de cheveux écarlate, sous les mots « 1, 2, 1 000 Adrianas ». À deux heures du matin, il est partagé 12 816 fois. Il le sera sept millions de fois à huit heures. Et au matin, partout, de Paris à Rio, de Hong Kong à New York, ils sont des milliers à marcher dans les rues avec la mèche teinte en rouge d'Adriana June. Le message est flou, mais la liberté de pensée sur internet est d'autant plus totale qu'on s'est bien assuré que les gens ont cessé de penser.

Quelques heures encore et l'empathie, l'émotion et le dérisoire étant des affaires qui marchent, les vendeurs de T-shirt offrent des « *Stimulate me, don't simulate me* », des « *I'm a program, reset me* », « *I am 1, U are 2, we are free* ». Les humoristes des émissions matinales s'essaient à des sketches sur la duplication.

— Vous savez ce qu'est une simulation, Hillary ? demande le journaliste à l'imitatrice.

— Peter, répond la voix de Hillary Clinton, toutes les femmes en Amérique savent ce que c'est que la simulation.

★

Jusque-là, une petite centaine de savants spéculaient dans un hangar. Soudain, ce sont dix millions de chercheurs sur la planète qui doivent débattre de leurs théories, en proposer une alternative. La « photocopieuse » et le « trou de ver » trouvent d'emblée peu d'adeptes. Tant pis si la théorie la plus simple est aussi la plus cinglée.

Pourtant, la simulation, les astrophysiciens ne l'aiment guère. Les agences spatiales encore moins. Explorer l'espace coûte déjà cher, mais s'il n'y a pas d'espace, c'est soudain hors de prix. Les théoriciens des particules n'apprécient pas non plus. Et toutes leurs belles particules, les quarks, les gluons, la matière noire ? Tout serait virtuel ? Et leurs gros accélérateurs dont ils sont si fiers, une vaste blague en 3D ? Et le temps ? Si le temps lui-même est un artifice, comme il l'est dans un jeu vidéo où tout est calibré et ralenti pour qu'un humain puisse avoir une chance de jouer, comment mesurer le temps réel à partir de notre temps virtuel ? Enfin, ce sont les biologistes qui s'indignent. Et l'évolution, et la disparition des espèces, la perte de la diversité biologique ? Mais tous le savent : l'univers, virtuel ou pas, est tout entier régi par des lois, de mieux en mieux connues. Pas un de ces scientifiques qui ne se livre depuis des années à quelque simulation, avec un supercalculateur, dont la puissance en dix ans a été multipliée par cent. Il imagine sans peine le pouvoir de machines des milliards de milliards de fois plus puissantes.

Mieux vaut ne pas mesurer la productivité le mercredi matin. De fait, les seuls à travailler vraiment sont les hommes et les femmes du protocole 42.

Car ce mercredi matin débute l'opération « Hermès ». Meredith a trouvé le nom de code, qui dit le voyage et le secret pour tous les passagers du vol 006, le moment est venu de l'évanouissement. Le crime de Jacob Evans aura au moins achevé de convaincre les passagers qu'ils sont des cibles, et aux États-Unis au moins, tous consentent. La NSA a fait disparaître toute trace numérique du vol, les agents français et américains récupéré les feuilles de vol. Le public sait qu'il s'agissait d'un Paris-New York d'Air France, en mars, mais il y en a eu plus de deux cents.

★

*Mercredi 30 juin 2021,*
*Studio 4, France 2, esplanade Henri-de-France, Paris*

La vérité est que le monde entre en quelques heures dans une vacuité de sens. Puisque la religion fournit une réponse doctrinale et fausse, la philosophie se propose d'en donner une abstraite et erronée. Partout dans le monde, les talk-shows se multiplient. Et surtout en France, ce pays à la concentration en philosophes médiatiques légendaire. L'un d'eux s'appelle Philomède. Admettons. Le voilà sur le plateau d'une chaîne nationale, avec un autre invité, Victor Miesel.

— Je ne veux pas me prononcer, dit Philomède, sur cette idée d'une simulation. Mais d'après moi, cela ne changerait rien. Je suis matérialiste : il n'y a pas de différence entre penser et croire penser, et donc entre croire exister et exister.

— Tout de même, Philomède, dit l'animatrice, ce n'est pas tout à fait pareil si nous existons vraiment ou si nous sommes virtuels.

— Pardonnez-moi, mais si, c'est pareil : je pense, et même si je ne suis qu'un programme pensant, je suis. Je ressens l'amour et la douleur de la même façon, je mourrai tout aussi bien, merci. Et mes actes ont les mêmes conséquences que mon monde soit virtuel ou réel.

— Philomède, à côté de vous, un écrivain, Victor Miesel, dont le livre *L'Anomalie* est devenu un livre « culte », et l'est évidemment plus encore aujourd'hui. Victor, vous avez été à bord de cet avion, on sait que votre « double » s'est donné la mort, vous venez de faire une conférence de presse cet après-midi, et nous vous remercions d'être là, avec nous. Qu'imaginez-vous du destin de ces passagers dédoublés ?

— Nous sommes plus de deux cents à regarder les chemins empruntés par nos « doubles » entre mars et juin, à regretter peut-être de n'avoir pas préféré bifurquer. Certains peuvent avoir envie de faire autrement, ou mieux, ou autre chose. Mais moi, je ne me suis pas retrouvé face à moi-même. Quoique…

L'écrivain sort les deux briques rouges de sa poche.

— Depuis la mort de mon père, il y a plus de trente ans, je gardais toujours dans ma poche une briquette. Ce n'était ni un fétiche, ni un porte-bonheur. Juste quelques grammes de souvenir, presque une habitude. On m'a rendu celle que conservait le Victor qui s'est suicidé, et elles sont désormais deux. J'ai oublié laquelle est laquelle, et je les ai unies. Je ne saurais dire ce qu'elles symbolisent, mais j'ai l'impression d'avoir plus de choix, d'être plus libre que jamais. Malgré tout, je n'aime pas trop ce mot de « destin ». Ce n'est qu'une cible qu'on dessine après coup à l'endroit où s'est fichée la flèche.

Dans le public, Anne Vasseur, la journaliste du *Times Literary Supplement*, s'amuse. Elle préfère cette autre blague qui dit que pour qu'une flèche atteigne la cible, il faut qu'elle ait tout raté avant. Lorsqu'elle a appris la mort de Victor, en avril, elle a été choquée, peinée, et l'intensité de ce sentiment l'avait étonnée. Bien sûr, elle l'avait remarqué, à Arles, elle avait trouvé son intervention intelligente et sensible, au dîner, elle avait été touchée par ces efforts de gosse pour l'aborder. Elle était alors prise dans d'autres liens, elle n'avait pas voulu jouer. Puis, elle avait détesté ce moment de faiblesse, de facilité, d'orgueil, elle avait détesté lui plaire, justement parce qu'il lui plaisait. Alors, elle avait quitté Arles plus tôt que prévu, honteuse d'un désir égoïste et inconséquent, refusant d'être une femme qui trahit, qui jouit, qui fait souffrir, et finit par ne plus savoir où elle habite. Elle avait fui. Elle aurait un instant préféré avoir des remords plutôt que des regrets, mais elle n'avait jamais voulu trouver de prétexte pour retrouver ce traducteur de Gontcharov. Elle avait lu cette « résurrection » prodigieuse comme un signe, un signe incompréhensible, mais un signe malgré tout. Et elle, la littéraire, avait obtenu de la rédaction en chef du *Times* de remplacer à cette conférence l'envoyé spécial. Maintenant, elle regardait un homme, qui pouvait être, un long moment, justement, un destin.

— Et dites-moi, Philomède, reprend la journaliste, dans cette situation, comment réagiriez-vous ?

— D'abord, je n'aurais pas longtemps une sensation d'irréalité. Si je doutais d'exister, il me suffirait de me pincer. Ensuite, cet autre est un miroir sans complaisance, d'accord, mais c'est surtout le seul être à tout savoir de moi, de mes secrets. Ainsi exposé, je pourrais décider de changer, ou de me fuir. Enfin, être deux dans une seule vie, c'est être un de trop. Je me dirais sûrement : quelle vanité, l'appartement, l'emploi, toutes ces choses matérielles… Je me concentrerais sur mon noyau intime, sur ce que je dois préserver à toute force. J'ai une fille, j'aime une femme, et lorsque je dis « ma femme », « ma fille », je sais ce que je mets dans ces « ma »… Si je devais les partager, j'apprendrais peut-être à relativiser ce désir de possession. La vérité, c'est que j'ignore comment je réagirais.

— Comment expliquez-vous la déclaration du pape François ?

— Pardonnez-moi, je ne sais absolument pas ce qu'a dit le pape.

— Je le cite : « Dieu offre à l'humanité un signe de Sa toute-puissance et la chance d'abdiquer devant elle, de se conformer à Ses lois. »

— Il a dit ça ?

— Ce matin.

— Ça vous a un petit côté « Repentez-vous, pauvres pécheurs ». Qu'il me pardonne, mais de lui, je m'attendais à un peu mieux. Cela dit, c'est le logiciel de tous les religieux : « Voici nos croyances, trouvons les faits qui les prouvent. » Comme le Pangloss de Voltaire, ils croient que les nez ont été faits pour porter des lunettes, et que c'est pourquoi nous avons des lunettes. Dans cette affaire, je n'ai ni entendu Dieu, ni ne L'ai vu apparaître dans les nuages. Franchement, s'Il avait eu quelque chose à nous dire, c'était le moment ou jamais. Au point où nous en sommes. Non, la seule vraie démarche philosophique et scientifique reste celle-ci : « Voici les faits, voyons quelles sont les conclusions possibles. »

— Et pour le reste d'entre nous, Victor Miesel, à votre avis, si vous deviez prédire ce qui va maintenant se passer ?

— Rien.

— Pardon ?

— Rien. Rien ne va changer. On se réveillera le matin, on ira travailler parce qu'il faut toujours payer son loyer, on mangera, on boira, on fera l'amour comme avant. On continuera à agir comme si nous étions réels. Nous sommes aveugles à tout ce qui pourrait prouver que nous nous trompons. C'est humain. Nous ne sommes pas rationnels.

— Ce que dit Victor Miesel, c'est un peu, Philomède, ce que, dans votre article ce matin dans *Le Figaro*, vous appeliez notre besoin de réduire la « dissonance cognitive » ?

— Oui. Nous sommes prêts à tordre la réalité si l'enjeu est de ne pas perdre tout à fait. Nous voulons une réponse à la moindre de nos anxiétés, et un moyen de penser le monde sans remettre en cause nos valeurs, nos émotions, nos actions. Regardez le changement climatique. Nous n'écoutons jamais les scientifiques. Nous émettons sans frein du carbone virtuel à partir d'énergies fossiles, virtuelles ou non, nous réchauffons notre atmosphère, virtuelle ou non, et notre espèce, toujours virtuelle ou non, va s'éteindre. Rien ne bouge. Les riches comptent bien s'en sauver, seuls, en dépit du bon sens, et les autres en sont réduits à espérer.

— Vous êtes d'accord avec Philomède, Victor Miesel ?

— Évidemment. Vous vous souvenez de Pandore et sa boîte ?

— Oui, s'étonne la modératrice. Mais quel est le rapport ?

— Il y en a un : souvenez-vous, Prométhée a volé le feu du ciel et Zeus, pour se venger de lui et des hommes blasphémateurs, offre à son frère Épiméthée la main de Pandore. Dans les bagages de la femme, Zeus glisse un cadeau, une boîte mystérieuse, un vase en fait, qu'il lui a interdit d'ouvrir.

Mais trop curieuse, elle désobéit. Tous les maux de l'humanité qu'il y a enfermés s'échappent alors : la vieillesse, la maladie, la guerre, la famine, la folie, la misère… Un seul mal est trop lent pour s'échapper, ou peut-être obéit-il à la volonté de Zeus. Vous souvenez-vous du nom de ce mal ?

— Non. Éclairez-nous, Victor Miesel.

— Ce mal, c'est *Elpis*, l'Espérance. C'est le pire de tous les maux. C'est l'espérance qui nous interdit d'agir, c'est l'espérance qui prolonge le malheur des hommes, puisque, n'est-ce pas, contre toute évidence, « tout va s'arranger ». Ne peut pas être ce qui ne doit pas être… La vraie question que nous devrions chaque fois nous poser est celle-ci : « En quoi est-ce qu'accepter un point de vue donné m'arrange ? »

— Je vois, dit l'animatrice. Et aujourd'hui, Philomède, vous trouvez que c'est ce qui se passe, que chacun d'entre nous trouve un moyen de s'arranger avec le réel qui nous est offert, c'est cela ?

— Oui. Absolument. Puis-je vous rappeler cette phrase de Nietzsche ? « Les vérités sont des illusions dont on a oublié qu'elles le sont. » Là, toute la planète est confrontée à une vérité nouvelle, qui remet en cause toutes nos illusions. On nous envoie un signe, indubitablement. Hélas, penser prend du temps. La chose ironique, c'est que le fait d'être virtuel donne peut-être plus de devoirs encore vis-à-vis de notre prochain, de notre planète. Et collectivement, surtout.

— Pourquoi donc ?

— Parce que – cela a déjà été dit par un mathématicien – ce test ne nous est pas destiné en tant qu'individus. Cette simulation pense l'océan, elle se moque du mouvement de chaque molécule d'eau. C'est de l'espèce humaine tout entière que la simulation attend une réaction. Il n'y aura pas de sauveur suprême. Il faut nous sauver nous-mêmes.

## TROIS LETTRES, DEUX MAILS, UNE CHANSON, ZÉRO ABSOLU

*Samedi 10 juillet 2021,*
*Carroll Street, Brooklyn*

L'adresse sur l'enveloppe mentionne « Aby et Joanna Wasserman », et Joanna reconnaît sa propre écriture, serrée, déliée. Lorsque Aby l'ouvre, ils y découvrent une feuille pliée en quatre et deux autres lettres cachetées :

*Aby, Joanna,*

*Vous trouverez dans cette enveloppe une lettre pour toi, Joanna, et je sais que tu la liras à Aby, puisque c'est ce que je ferais, moi. Et une pour toi et toi seul, Aby.*

*Comme toi, Aby, comme toi, Joanna, comme tant d'autres embarqués sur cet avion, j'ai cherché des réponses, des indices seulement, dans* L'Anomalie, *ce livre étrange qu'a écrit l'écrivain français à bord. Je n'ai rien trouvé, sinon ceci : « On doit tuer le passé pour le rendre encore possible. »*

*Nous aussi, nous avons voulu que le passé ressuscite, et nous avons rejoint la nature bienveillante, gagné ce chalet du Vermont. Aby m'y avait conduite, t'y avait conduite, Joanna, pendant ces longs jours de neige et de glace où nous avions décidé d'avoir un enfant. Ce que nous y avons vécu toi et moi, Aby, était si fort que nous avons voulu que ce souvenir nous soutienne et nous dicte à tous les trois une voie à suivre.*

*Mais sur cet étroit sentier pierreux entre les épinettes et les sapins, ce chemin si symbolique où nous ne pouvions marcher de front, mon pauvre Aby, tu allais de l'une à l'autre, sans joie, comme un épagneul entre deux maîtres, avec ce sourire triste qui demandait sans cesse pardon à l'une d'avoir été près de l'autre, puis de devoir la rejoindre sans trop tarder. Jamais tu n'étais là, simplement là, ni avec moi, ni avec elle, non, tu n'étais que déchirement. Tu auras dessiné, sans cesse, c'était ta façon d'esquiver des questions sans réponses, et je repars avec ces aquarelles qui te rappelleront toujours à moi.*

*Car je suis partie, oui, je vous ai laissés seuls dans ce chalet de tristesse, avant que nous nous détruisions. Joanna, toi qui portes l'enfant d'Aby, tu te doutais que je serais la première à céder, à m'effondrer. La première à fuir. Je savais que tu le savais, bien sûr.*

*J'ai fui.*

*Je suis retournée à New York, j'ai contacté Jamy Pudlowski au siège de Manhattan. En une journée, le FBI m'a fabriqué une nouvelle identité et six ans de vie numérique, sous le nom de Joanna Ashbury, pour plus de prudence. Ashbury, comme une petite ville d'Angleterre, au nord de Londres, qui n'a pour elle que son église romane. Et puis, Woods,* bois, *Ashbury,* cendre enterrée*: ils ne manqueraient pas d'humour s'ils l'avaient fait exprès.*

*Cette Joanna Ashbury travaillera désormais à la direction du service juridique du FBI, et grâce à la NSA, un diplôme de Stanford existe désormais à son nom. Le Bureau a aussi proposé de prendre en charge le traitement médical d'Ellen. C'est une proposition généreuse, et je n'ai pas refusé. Ne lâche pas pour autant ton poste à Denton & Lovell, mais je n'ai pas besoin de te donner ce conseil, Joanna, je connais déjà ta décision.*

*Bien sûr, nous nous reverrons. Nous nous croiserons un jour, en visitant Ellen.*

*Je vous souhaite tout le bonheur possible.*

*Joanna Ashbury*

*Joanna,*

*Quelle bizarrerie que de t'appeler ainsi.*

*Tu t'appelles désormais Wasserman, et moi, Ashbury.* Wasser *l'eau,* Ash *la cendre, quelle ironie dans tout cela. Joanna Ashbury, ça sonne comme John Ashbery, et son long poème « Autoportrait dans un miroir convexe », que je m'étais promis de lire, rappelle-toi. Ashbery parle d'un tableau du cinquecento, une œuvre de Parmigianino, j'ai aimé ce poème, et j'ai voulu connaître l'histoire du tableau.*

*Un jour, le peintre – il est tout jeune, il a vingt et un ans – se voit dans un de ces miroirs de coiffeur convexes, et il veut faire son autoportrait. Il fait fabriquer au tour une coupe de sphère de bois, de la taille du miroir, afin de le reproduire exactement dans sa forme. En bas, au premier plan, il peint sa main, très grande, si belle qu'elle paraît vraie, et au centre, à peine déformée, sa figure d'ange, gracieux, c'est presque un enfant. Le monde tournoie autour de ce visage, tout s'y déforme, plafond, lumière, perspective : c'est un chaos de courbes.*

*Ce tableau n'était pas une image de nous deux, de toi, miroir de mon miroir, et pourtant ce devait bien être l'allégorie de quelque chose, parce que je suis restée à le regarder, et d'un coup, je me suis mise à pleurer – je pleure tellement, ces derniers temps. Alors, j'ai compris que cette main trop grande, c'était une main qui me saisissait, qui me menaçait, qui me dérobait tout ce qui me revient.*

*Dans ce chalet du Vermont, j'ai fait un rêve. Tu mourais soudain, et je reprenais mon existence d'avant, j'étais si heureuse de te voir morte. Je consolais Aby, c'était si simple de le reconquérir, de faire qu'il t'oublie. Je me suis réveillée, c'était l'aube, je n'ai pas pu me rendormir, et je suis allée sur la terrasse, une tasse de café à la main. Tu t'y trouvais déjà, toi non plus n'arrivais plus à dormir. Comme moi, tu avais pris un café, comme moi, tu étais pieds nus, les cheveux ramenés en arrière par une barrette d'argent comme la mienne, tu tenais ta tasse à deux mains, avec l'exacte même position des doigts. Face à nous, la brume s'accrochait à la montagne, le soleil hésitait encore à percer, et nous avons échangé un regard froid. J'ai compris que toi aussi, en rêve, tu venais de m'assassiner. C'est à cet instant que j'ai décidé de partir. Non par peur, mais parce que la jalousie et la souffrance me rendaient hideuse, et que cette laideur, je la voyais partout sur toi, sans fard.*

*Je ne sais pas où je vais. Mais je sais que loin de toi, loin de vous, il me reste une chance de retrouver la personne que je suis, que je veux être.*

*Joanna*

Aby s'éloigne sur le balcon, ouvre cette lettre qui n'est destinée qu'à lui, et chaque mot qu'il découvre écrase un peu plus sa poitrine.

*Aby,*

*Je n'aime que toi et je pars.*

*Il y a un an, nous ne nous connaissions pas. Toi qui ne crois en rien, tu as parlé d'un miracle, et j'ai souri, joyeuse, moi qui ne parle que de rencontres.*

*Je sais que l'autre Joanna te fera lire ma lettre. J'ajouterai peu de chose.*

*Le jour de mon arrivée de la base militaire, tu m'as proposé de nous rendre tous les deux dans le parc face à ton atelier, sur ce banc où nous avons tellement parlé. Là, tu m'as entourée de tes bras, ma tête s'est coulée contre ton épaule, et tu as posé ta main sur mon ventre. J'ai su tout de suite que le geste t'avait échappé, que c'était un rituel tendre installé entre vous : ta main protégeait ton enfant, votre enfant. Mais il n'y avait rien à protéger dans mon ventre, rien, Aby, il n'y avait que mon désir pour toi, et toi, embarrassé, tu as ôté ta paume, parlé de je ne sais quoi, et tout dans ton regard disait que tu espérais que je n'aie rien deviné. Puis, nous sommes rentrés, et j'étais vide de toute force autant que mon ventre était vide de vie.*

*Rappelle-toi aussi, quand nous étions dans ton chalet du Vermont, cette nuit chaude et moite où je t'ai entraîné dans la forêt et où j'ai tellement désiré que tu me fasses l'amour sous les arbres, toi qui n'osais plus un geste avec moi ou l'autre, toi qui ne laissais plus naître le moindre désir. J'aurais voulu que tu me prennes, oui, sentir la puissance de ton désir cogner en moi. Et si j'ai soudain couru loin de toi, ce n'est pas parce que tu te refusais à moi, non, c'est parce que le dégoût de moi est monté. Ce que je voulais par-dessus tout, Aby, c'était tomber enceinte de toi, moi aussi, que le sort consente à m'offrir de quoi rivaliser.*

*Vois la femme que la douleur fait de moi. Je dois partir. Ne t'inquiète pas, mon Aby : toi qui as lu et relu* Guerre et Paix, *tu sais, comme le général Koutouzov, que les deux guerriers les plus puissants sont la patience et le temps.*

*Un autre homme viendra, une autre rencontre, un autre miracle. Je n'en doute pas. J'aimerai de nouveau. Aimer évite au moins de chercher sans cesse un sens à sa vie.*

*Je regarde ce portrait tout de douceur que tu as fait de moi, dans le soleil couchant, ma tête penchée contre la poutre, les yeux fermés.*

*Je t'aime, je t'aimerai toujours, et tu le sauras, puisque je serai, d'une si étrange façon, à côté de toi.*

*Joanna*

★

*La veille, Clyde Tolson Resort, New York*

— Ça va, Joanna ? demande Jamy Pudlowski à travers la porte des toilettes *all-gender* du FBI.

Non, Joanna June ne va pas. Trop de whisky, trop de douleur. La tête et le cœur lui tournent, elle voudrait sombrer, et elle va simplement se tacher.

Il y a quelques heures, Joanna a écrit ces lettres, en pensant qu'elle ne parviendrait pas à les poster. Elle les a glissées dans son sac, mais elles sont désormais comme un revolver qu'on a commis l'erreur d'acheter. On le cache dans le chevet du lit, mais sa présence encombre peu à peu tout l'espace, devient une obsession, et, parce qu'il réclame maintenant qu'on s'en serve, il finit par faire de nous un meurtrier ou un suicidé. Joanna June n'a pu se résoudre à brûler ces trois lettres, et elles ont exigé d'être glissées dans la boîte.

Pour quitter celui qu'on aime, il faut déconstruire le monde. Joanna June a dû réécrire leur histoire, prendre appui sur des doutes qu'elle avait enterrés, épuiser son attirance pour Aby comme on parvient, en répétant un mot des dizaines de fois, à en assécher le sens. Elle a appris à désaimer les boucles trop blondes de ses cheveux, son air fayot de bon élève, sa gaucherie de garçon trop maigre, ses vêtements un peu snobs, ce désir de rire de n'importe quoi, et jusqu'à sa manière de pouffer comme un gosse. Elle se remémore la gêne qu'elle a éprouvée devant son exaltation, comme s'il y avait urgence à se marier, à s'enfermer dans un contrat, comme si tout pouvait demain disparaître, comme s'il manquait de confiance en elle, en lui ou en eux. En une nuit de douleur, elle s'est contrainte à revivre chaque moment avec lui, à trouver en elle de la froideur pour contempler ce tableau dégoûtant de tendresse, et peu à peu, elle en a décousu l'émotion, jusqu'à ce que monte l'écœurement. L'avocate est devenue procureure ; sans pitié, elle met toute son intelligence au service du crime, et sur cet Aby aux mille perfections, sur cette simple branche où l'amour de Joanna a cristallisé une infinité de diamants de sel, mobiles et éblouissants, la jeune femme fait couler une pluie d'indifférence, et voici qu'agonisent les cristaux et que réapparaît le rameau effeuillé, sans charme, si banal et si terne que c'en est à pleurer.

Alors, au moment de poster ces trois lettres, et durant une heure encore, Joanna n'a plus aimé Aby. Puis, tout son amour est revenu comme une vague, et elle a ouvert la bouteille de Talisker.

⋆

De : andre.vannier@vannier&edelman.com
À : andre.j.vannier@gmail.com
Le : 1er juillet 2021, 09:43
Objet : Rupture

Cher André (comment t'appeler autrement ?),
Je t'écris de la Drôme, je vais y rester un temps et tu peux rester à Paris chez moi, chez toi, le temps qu'il faudra. Tu trouveras ci-joint la totalité des mails échangés avec Lucie depuis notre rentrée de New York. À leur lecture, tu comprendras. J'ai beaucoup écrit, elle a peu répondu. Tu liras des « Je ne veux pas te poursuivre, insister en vain » mensongers, puisque j'ai écrit encore et encore, pour rien. Et ce dernier mail, interminable – merde, sois court –, ce mail qui se clôt par cette formule prétentieuse : « faire, avec toi, le plus long des chemins possibles ». J'aurai été tour à tour grandiloquent, insistant, larmoyant, plaintif, et quand elle m'avait déjà sorti de sa vie, j'ai encore voulu lui faire faire marche arrière.
Je ne suis pas ton ennemi, ni ton rival, même pas un allié. Mais j'ai mon passé dans ma boîte aux lettres, et si tu ne veux pas que ce soit ton futur, agis.
À bientôt.

*André*

De : andre.j.vannier@gmail.com
À : lucie.j.bogaert@gmail.com
Le : 1er juillet 2021, 17:08
Objet : Toi et moi et moi et toi

Lucie,
Je t'écris de mon nouveau courriel à ton nouveau mail, puisque les anciens sont occupés par d'autres, et j'ai ajouté, comme toi, le *j* de juin. Pourquoi est-ce à nous de nous adapter ? J'imagine que ces quatre mois que ni toi ni moi n'avons vécus donnent à cet André et cette Lucie cet avantage.
Nous savons désormais l'un comme l'autre ce qui « nous » est arrivé. « Tu » m'as quitté, lasse de mon empressement, de mon impatience. J'ai lu ces mails que « nous » avons échangés, les mots d'une autre Lucie qui disent son éloignement d'un autre André, j'ai lu des phrases où je me suis reconnu, dans toute ma fragilité et ma stupidité aussi.
Je vais être bref. Être avec moi n'a jamais été pour toi un choix de raison. Pourtant, tu es venue à moi. Être avec toi était un miracle, et pourtant aussi, je suis parvenu à te perdre.
On a rarement l'occasion de sauver un amour avant même qu'il soit menacé. Je veux avoir une seconde chance avant d'avoir gâché la première.
Je t'aime. Je te serre contre moi, mais pas trop fort.

*André*

★

## GHOST'S SONG

Music & Lyrics :
Femi Taiwo Kaduna & Sam Kehinde Chukwueze


*Here I dance with a holy ghost*
*On the sandy Calabar beach*
*Because now love is so out of reach*
*Oh we did not see them comin'*
*I loved your skin that was our sin*
*That's how they burned you in a tyre*
*And threw our rainbows in their fire*

*I have remembrance of every kiss*
*So many things of you I miss*
*O fallen hearts from the abyss*

*And I sing a gone away ghost*
*On the sunny Calabar beach*
*Even love now is out of reach*
*Hear the barking dogs around us*
*The blowing wind over the dust*
*Of my sweet love gone in the dark*
*Come on, let us swim with a last shark*

*I have remembrance of every kiss*
*So many things of you I miss*
*O fallen hearts from the abyss*

*As I walk with you lover Tom*
*On the crying Calabar beach*

*See, even hate is out of reach*
*I want a mist of forgiveness*
*But I shall beg for nothing less*
*To cover the blood and tears*
*I just want some love if you please*

*I have remembrance of every kiss*
*But everything of you I miss*
*O fallen hearts from the abyss*

*To cover the blood and tears*
*I just want some love*
*if you please*
*if you please.*

Voilà que je danse avec un saint fantôme
Sur la plage sablonneuse de Calabar
Car maintenant l'amour est si hors d'atteinte
Oh, nous ne les avons pas entendus venir
J'aimais ta peau, c'était notre péché
C'est ainsi qu'ils t'ont brûlé dans un pneu
Et jeté nos arcs-en-ciel dans leur feu

J'ai le souvenir de chaque baiser
Tant de choses de toi me manquent
Ô cœurs tombés du haut des abysses

Et je chante un fantôme qui s'en est allé
Sur la plage ensoleillée de Calabar
Même l'amour est désormais hors d'atteinte
Entends les chiens aboyer autour de nous
Le vent qui souffle sur la poussière

De mon doux amour parti dans les tenèbres
Viens, nageons avec un dernier requin

J'ai le souvenir de chaque baiser
Tant de choses de toi me manquent
Ô cœurs tombés du haut des abysses

Comme je marche avec toi Tom mon amour
Sur la plage de Calabar qui pleure
Vois, même la haine est hors d'atteinte
Je veux une brume de pardon
Mais je ne supplierai pour rien de moins
Pour couvrir le sang et les larmes
Je ne veux que de l'amour s'il vous plaît.

J'ai le souvenir de chaque baiser
Mais tout de toi me manque
Ô cœurs tombés du haut des abysses

Pour couvrir le sang et les larmes
Je ne veux que de l'amour
s'il vous plaît
s'il vous plaît.

*

*Jeudi 1er juillet 2021,*
*Clyde Tolson Resort, New York*

— Voulez-vous entendre à nouveau les enregistrements, madame Kleffman ?

Avril June secoue la tête. Jamy Pudlowski la regarde qui tangue sur son siège, absente. Le jeu, la bouche, le savon, le monde tournoie et chaque mot résonne sans former de sens. La femme du FBI lui tend un verre d'eau, qu'Avril doit reposer, tant ses mains tremblent. Cette histoire d'avion, et maintenant, ça.

— La pédopsychiatre a laissé votre fille parler, elle ne l'a orientée en aucune manière. La confiance s'est installée et Sophia a expliqué chaque dessin, parlé du secret. Vous comprenez ?

Avril est tétanisée. Clark, sa propre fille, le bain, tout en elle se refuse à convoquer la moindre image. *April tender, April shady*, Avril tendre, avril ombrageux, disait le poème qui n'était pas de Clark. L'officière laisse de longues pauses dans ses explications. Mais chaque fois, elle reprend, avec douceur.

— Madame Kleffman, je m'appelle Jamy. Puis-je vous appeler Avril ?

— Oui, c'est moi, dit Avril d'une voix sans timbre.

Jamy tend à nouveau le verre à Avril.

— Buvez, Avril.

Avril obéit, de manière mécanique. *April soft, so sleepy warm*, Avril douce, si chaude de sommeil…

— Oui, merci, madame.

— Avril…, dit Jamy. Vous m'entendez ? Votre fille n'est pas détruite. Elle a pu en parler. C'est important, la parole, c'est très important. Les cogniticiens lui ont très longuement parlé, ont évoqué sa peur de l'eau, de l'obscurité, son rapport à son corps. Ils sont rassurants sur les conséquences à court terme du traumatisme qu'a subi Sophia. Mais bien sûr, on ne peut rien affirmer sur son développement futur, madame Kleffman. Nous espérons que tout ira bien.

— … que tout ira bien.

— Voici ce qui va se passer : votre mari va passer en jugement, et au vu du témoignage de Sophia, des Sophia, sans trop m'avancer, il sera condamné. Car, depuis Paris, et pendant ces trois mois… qui vous manquent… votre fille, enfin… l'autre Sophia a de nouveau subi à votre domicile des attouchements. Vous me comprenez ? Dans l'État de New York, dont nous dépendons, la peine encourue pour ce crime est de dix ans à vingt-cinq ans.

— Vingt-cinq ans. Oui.

— Ce pourra être moins, s'il accepte les traitements, le suivi, l'éloignement. Il va falloir expliquer à vos enfants et surtout à Liam, qui sera en colère, contre vous, contre sa sœur, et même contre lui…

— Est-ce que… Liam… ?

— Non. Rassurez-vous. Les entretiens ne laissent aucun doute.

Avril passe ses doigts sur ses lèvres, ses yeux fixent le vide, elle glisse sa main dans ses cheveux. Jamy l'observe avec appréhension, poursuit :

— Vous pourrez changer de nom, d'État. Votre double va faire de même. Elle a déjà accepté notre proposition. J'ai négocié avec l'armée : vous garderez la pension de votre mari, comme s'il était mort au combat

— Mort au combat, répète Avril, sans force.

Elle pense à des poulains, comme ceux qu'elle dessinait pour sa mère. Des poulains. Ils sont couleur de sang. Ils flottent dans un ciel bleu d'acier. Il fait froid, tellement froid. Plus rien ne bouge. Le zéro absolu. *April caught in the icy storm*, Avril saisie dans l'orage glacé.

— Vous bénéficierez d'une aide médicale et psychologique pour vos enfants et vous-même.

Avril n'a pas le temps d'un geste, ses yeux s'agrandissent d'horreur, la nausée monte, c'est une vague noire, bilieuse, incoercible, elle voudrait vomir, mais n'y parvient même pas.

## LE DERNIER MOT

*21 octobre 2021, 13 h 42*

Trois fois le pilote du Super Hornet a fait répéter l'ordre. Mais il n'est que l'ultime maillon d'une chaîne, et à quoi sert la main si elle refuse d'obéir au cerveau ?

La décision vient d'être arrêtée dans « le Tank », la salle la plus sacrée du Pentagone. C'est une chambre forte sans fenêtre, officiellement « Room 2E924 », qui ressemble à une banale salle de conférences d'entreprise, avec sa table en chêne doré, ses fauteuils pivotants en cuir et son décor intemporel. Sur un tableau au mur, le président Abraham Lincoln tient une réunion stratégique de la guerre de Sécession. Autour de lui, le général de corps d'armée Ulysses Grant, le général de division William Tecumseh Sherman et le contre-amiral David Dixon Porter. Tous ces gradés sur toile ont été témoins de la décision la plus secrète jamais prise par les chefs d'état-major des différentes armes, une décision longuement débattue sur laquelle le président a tenu à avoir le dernier mot.

Le missile se détache de l'aile du chasseur, qui remonte vers le nord-ouest. Aussitôt, l'AIM 120 déclenche sa fusée et en quelques instants atteint sa vitesse de croisière, laissant derrière lui une traînée grise et rectiligne. Le soleil se reflète sur sa paroi d'acier, il est la mort scintillante. À mach 4, la cible n'est qu'à quinze secondes.

À Paris, face au Luxembourg, Victor et Anne prennent un dernier café en terrasse, avant d'aller dîner. C'est fin octobre, mais l'été se prolonge encore, il est indien, comme on dit. Anne lève les yeux vers Victor, lui sourit. Jamais l'écrivain ne s'est senti aussi vivant, il lui arrive de penser que la mort d'un autre Victor a rendu son existence aussi vaporeuse que précieuse. Sur la table, il a posé les deux briques de Lego, comme deux sucres rouge vif. Il les assemble, les déboîte, machinalement.

Fumée de fumées, dit Qohelet
Havel hevelim
Havel dit Qohelet tout est fumée.

Victor vient de poser le dernier mot au court livre qui raconte l'avion, l'anomalie, la divergence. Comme titre il a pensé à *Si par une nuit d'hiver deux cent quarante-trois voyageurs* – et Anne a secoué la tête –, puis il a voulu en faire l'incipit – et Anne a soupiré. Ce sera finalement un titre bref, un seul mot. Hélas, *L'Anomalie* était déjà pris. Il ne tente pas d'expliquer. Il témoigne, avec simplicité. Il n'a retenu que onze personnages, et devine qu'hélas, onze, c'est déjà beaucoup trop. Son éditrice l'a supplié, Victor, pitié, c'est trop compliqué, tu vas perdre tes lecteurs, simplifie, élague, va à l'essentiel. Mais Victor n'en fait qu'à sa tête. Il a attaqué le roman avec un pastiche à la Mickey Spillane, à propos de ce personnage dont nul ne sait grand-chose. Non, non, pas assez littéraire pour un premier chapitre, lui a reproché Clémence, quand cesseras-tu de jouer ? Mais Victor est plus joueur que jamais.

À six mille kilomètres de là, au Mount Sinai Hospital, Jody Markle n'a plus de larmes, elle ferme les yeux. Elle perd David pour la deuxième fois. Depuis quatre jours, il est en sédation profonde, puisque même le nanomédicament français ne suffit plus à soulager la douleur. Paul se tient debout à côté de son frère, amaigri, hâve, silencieux. Dehors, un bruit de verre le distrait, il entrebâille le store, se penche, regarde dans la cour : sur le parking, deux hommes s'insultent autour d'un phare brisé tandis que dans la chambre, sur le scope, la sinusoïdale de l'électrocardiogramme s'aplatit pour rester étale, et que le faible bip devient une note continue.

À Lagos, le concert des SlimMen s'achève quand tombe la nuit tropicale. À la fin du concert, pour la dernière chanson, un invité surprise monte sur scène, un petit homme blond à costume rose à paillettes et grandes lunettes lumineuses dorées, sous les vivats et les applaudissements. Et plus de trois mille jeunes Nigérians reprennent avec eux le refrain, dont tous connaissent le sens caché :

*I want a mist of forgiveness*
*But I shall beg for nothing less*
*To cover the blood and tears*
*I just want some love if you please*

Joanna March a grossi, et l'enfant pourrait arriver plus tôt que prévu. C'est une fille, elle s'appellera Chana, du nom d'une princesse japonaise oubliée, et « année » en hébreu. Elle a quelques loisirs, car le procès Valdeo n'aura pas lieu. Un arrangement a été trouvé avec les plaignants, et l'heptachloran retiré du marché. Elle ne se sera jamais rendue à la réunion du Dolder, où il fut question de quête de l'immortalité, puis, au dîner, des endroits sur la planète où fuir les effets du réchauffement et les vagues migratoires. Prior a acheté cent hectares en Nouvelle-Zélande.

Aby aurait voulu continuer à correspondre avec Joanna June, dans un cocktail boueux de trouble et de culpabilité, mais elle a refusé de maintenir un lien. Plus tard, peut-être. Elle a rencontré quelqu'un au Bureau, un expert du trafic d'œuvres d'art. Lui croit que c'est sérieux, elle en doute, mais veut y croire.

Dans l'inlandsis de l'Ouest-Antarctique, c'est le début du printemps et le glacier Thwaites, ce gros glaçon épais de deux kilomètres et grand comme la Floride, pourrait bien se détacher dans trois mois, et les eaux monter de plus d'un mètre, mais

Sophia, Liam et leur mère ont quitté la maison inondable de Howard Beach. Les June se sont installés à Akron, près de Cleveland, les March à Louisville. L'armée et le FBI ont tenu leurs promesses, et de leur côté, elles ont accepté de ne jamais tenter de se recontacter. Elles pourraient avoir un point commun, Clark, mais les termes de sa condamnation excluent tout contact ultérieur avec sa famille. Et peu à peu, chez les deux Liam, la colère est retombée.

Blake a tort de s'inquiéter. Au FBI, plus personne ne le recherche. À partir des deux images floues prises à la douane de Kennedy d'un homme qui pourrait être le passager du siège 30E, la NSA a identifié par reconnaissance faciale 1 049 278 visages sur les réseaux. Sur ce million, 1 553 sont ceux d'individus ayant été pris la semaine suivante par une caméra d'un des aéroports de la côte Est, mais cela ne prouve rien ; 4 482 autres visages ne correspondent à aucun profil, et apparaissent seulement sur des photos, parfois en arrière-plan. Certes, l'homme est dupliqué, mais il cherche clairement à passer inaperçu. Et puis, de quoi est-il coupable, sinon d'avoir fracturé une porte de hangar et volé une voiture ?

André March pose une céramique bleue sur le buffet de la cuisine dans sa toute nouvelle maison de Montjoux. Début août, lors d'un concert au temple du village, il a rencontré une contrebassiste, qui habite le bourg voisin : il était prêt. Une longue femme très brune, aux yeux bleus et profonds, qui le fait rire et ne cesse d'arrêter de fumer. Elle porte parfois une ample salopette dont les béances ravissent les mains d'André, et il découvre les joies du vélo électrique. Ce matin, après l'amour, elle s'est rendormie dans la chambre, et pendant qu'il dresse la table du petit déjeuner, Lucie March l'appelle, juste pour le plaisir de sa conversation. Elle travaille, « beaucoup beaucoup trop », dit-elle, mais elle s'apaise, supporte le rythme qui s'est installé entre elle et Lucie June, pour la garde de Louis. Qui va bien. « Étonnamment bien. »

Le garçon n'est pas mécontent que son « autre » mère, Lucie June, soit enceinte. Le centre de gravité de la vie de cette Lucie a tant bougé en quelques mois que l'inimaginable est devenu possible. Tu es certaine ? a demandé André June, aussi heureux qu'inquiet. Oui, certaine, elle l'est. C'est un nouveau point d'équilibre, et une manière de revanche sur ce destin. Elle n'a plus jamais rappelé Raphaël, et aucun autre amant de fortune ne l'a remplacé.

Adrian et Meredith sont à Venice, Italy, Europe. Ils sont bloqués dans leur hôtel par l'*acqua alta*, mais ce confinement momentané n'est pas si tragique. Leur chambre ensoleillée donne sur le Fondamenta del Passamonte, le room service est irréprochable – le directeur de l'hôtel a cru reconnaître en Adrian un acteur américain, mais lequel ? – et la chemise moins blanche et moins immaculée, souvenir de la Maison-Blanche, est étalée en vrac sur le sol, recouverte par une robe noire. Ils parlent à voix basse sous une pyramide de draps, invisibles, et l'on entend le rire clair de Meredith.

En septembre, le département de la Défense a mis fin au protocole 42, pour se concentrer sur l'opération Hermès. Les spéculations du groupe de travail auront duré tout l'été, sans que nul imagine un moyen d'infirmer une théorie ou d'en confirmer une autre. Les Américains n'auront jamais appris non plus l'existence de cet autre avion, en Chine. On est sans nouvelles de ses occupants.

Jamy Pudlowski boit un dry martini dans l'un des bars de Quantico, après une dernière séance de formation. Elle a validé l'avant-veille le dernier plan de protection des passagers du 006, et a obtenu sa mutation sur la côte Ouest, à San Francisco, où elle prend, dès la semaine prochaine, le poste de directrice du bureau régional et des sept offices satellites. Si on lui demandait ce qu'elle pense à l'instant, elle commanderait seulement un autre dry martini.

La caméra latérale sous l'aile gauche du Super Hornet suit la trajectoire de l'AIM 120, et dans la salle de commandement, au sous-sol de la Maison-Blanche, le président des États-Unis d'Amérique observe l'écran géant, les sourcils froncés, en serrant les poings. Oui c'était une décision difficile et je l'ai prise seul, car c'est mon rôle de prendre des décisions seul. Lorsqu'il a appris qu'un troisième vol Air France 006 avait surgi dans le ciel atlantique, avec aux commandes le même commandant Markle, assisté du même

Favereaux, avec à son bord les mêmes passagers, le président a ordonné la destruction de l'appareil. On ne peut tout de même pas laisser se reposer ce même avion, encore et encore.

Prenons un dernier café, dit Victor, tu veux bien ? Il attire Anne à lui, caresse ses doigts frais, l'embrasse délicatement sur les lèvres qu'elle entrouvre, et son haleine sent le tabac et le menthol. C'est alors que cela se produit. C'est d'abord un souffle, un tourbillon éphémère de feuilles mortes sur le sol. Il y a dans l'air une note, très faible, un *fa* de contrebasse. L'air vibre, et le ciel devient plus clair, mais si peu. Une dame bien mise qui tire un cabas s'arrête devant une librairie, un homme en gabardine promène un gros chien noir, une jeune fille à vélo passe devant eux, s'arrête, regarde son smartphone et sourit. C'est un moment paisible, serein.

Le missile n'est plus qu'à une seconde de l'avion de ligne Air France 006 et le temps s'étire, s'étire avant l'explosion.

Il est difficile de décrire ce qui se passe, aucun mot n'existe tout à fait dans la langue pour définir cette vibration lente du monde, cette pulsation infinitésimale qui, partout sur la Terre, et dans le même instant, affecte aussi bien le chat qui dormait près de la cheminée dans ce chalet de l'Arkansas que l'oie cendrée qui traverse le ciel au-dessus de Bordeaux, et les chutes du Zambèze et les neiges immaculées de l'Annapurna, le pont du Rialto sur le Grand Canal de Venise comme l'artère encombrée du

grand bidonville de Dharavi et l'éponge sale posée au bord d'un évier à Montjoux et le vieux pneu crevé dans la cour d'un garage à Mumbai
et la tasse à café rouge de mar e I y da la m n
de ctor Mi el et l d ant n ir su
la gue d'An Va so ire de me ce ut
p à pe s'e e
vr a f e
ê t r e
u l c é
r a t i
o « n s
e t
s a
b l
e
f
i
n

## REMERCIEMENTS

Ali Amir-Moezzi, Daniel Levin Becker, Paul Benkimoun, Eduardo Berti, Élise Bétremieux, Hadrien Bichet, Nick Bostrom, Hélène Bourguignon, Olivier Broche, Sarah Chiche, Christophe Clerc, Claire Doubliez, Paul Fournel, Jacques Gaillard, Thomas Gunzig, Jacques Jouet, Philippe Lacroute, Jean-Christophe Laminette, Clémentine Mélois, Anaëlle Meunier, Victor Pouchet, Anne-Laure Reboul, Virginie Sallé, Sarah Stern, Jean Védrines, Pierre Vivares, Charlotte von Essen, Ida Zilio-Grandi.

I. AUSSI NOIR QUE LE CIEL



II. LA VIE EST UN SONGE, DIT-ON

## III. LA CHANSON DU NÉANT

## DU MÊME AUTEUR

*Aux Éditions Gallimard*

L'ANOMALIE, 2020 (Folio n° 7096). Prix Goncourt 2020.

*Aux Éditions Le Castor Astral*

LES AMNÉSIQUES N'ONT RIEN VÉCU D'INOUBLIABLE, 1997.

JOCONDE JUSQU'À 100, 1998.

INUKSHUK, L'HOMME DEBOUT, 1999.

QUELQUES MOUSQUETAIRES, 1999.

ENCYCLOPÆDIA INUTILIS, 2002.

JOCONDE SUR VOTRE INDULGENCE, 2002.

ESTHÉTIQUE DE L'OULIPO, 2006.

LES OPOSSUMS CÉLÈBRES, 2007.

JOCONDE JUSQU'À 100 (ET PLUS SI AFFINITÉS), 2019.

*Aux Éditions JC Lattès*

ASSEZ PARLÉ D'AMOUR, 2009.

ELÉCTRICO W, 2011.

MOI ET FRANÇOIS MITTERRAND, 2016.

TOUTES LES FAMILLES HEUREUSES, 2017, Le Livre de poche n° 36181.

*Chez d'autres éditeurs*

SONATES DE BAR, Seghers, 1991 (réédition Le Castor Astral, 2001).

LE VOLEUR DE NOSTALGIE, Seghers, 1991 (réédition Le Castor Astral, 2005).

L'ORAGE EN AOÛT, La lettre volée, 1995.

DE SINCERITA WITH LAS MUJERES, Plurielle, 1996.

LA DISPARITION DE PEREK, « Le Poulpe », Baleine, 1997, Folio Policier n° 961.

ZINDIEN suivi de MARABOULIPIEN, Syllepse, 2001 (réédition Le Castor Astral, 2009).

GUERRE ET PLAIES, Eden Production, 2003.

CITÉS DE MÉMOIRE, Berg International, 2004.

LA CHAPELLE SEXTINE, L'Estuaire, 2005 (réédition Le Castor Astral, 2015).

JE M'ATTACHE TRÈS FACILEMENT, Mille et Une Nuits, 2007.

L'HERBIER DES VILLES, collages et haïkus, Textuel, 2010.

JUSTE UN FROMAGE, Hatier, 2012.

CONTES LIQUIDES de Jaime Montestrela, L'Attente, 2013.

DEMANDE AU MUET, Éditions Nous, 2015.

LES GENS QUI COMPTENT, avec Étienne Lécroart, Éditions Les Venterniers, 2020.

## COLLECTION FOLIO

*Dernières parutions*

| | |
|---|---|
| 6861. Danièle Sallenave | *L'églantine et le muguet* |
| 6862. Martin Winckler | *L'École des soignantes* |
| 6863. Zéno Bianu | *Petit éloge du bleu* |
| 6864. Collectif | *Anthologie de la littérature grecque. De Troie à Byzance* |
| 6865. Italo Calvino | *Monsieur Palomar* |
| 6866. Auguste de Villiers de l'Isle-Adam | *Histoires insolites* |
| 6867. Tahar Ben Jelloun | *L'insomniaque* |
| 6868. Dominique Bona | *Mes vies secrètes* |
| 6869. Arnaud Cathrine | *J'entends des regards que vous croyez muets* |
| 6870. Élisabeth Filhol | *Doggerland* |
| 6871. Lisa Halliday | *Asymétrie* |
| 6872. Bruno Le Maire | *Paul. Une amitié* |
| 6873. Nathalie Léger | *La robe blanche* |
| 6874. Gilles Leroy | *Le diable emporte le fils rebelle* |
| 6875. Jacques Ferrandez / Jean Giono | *Le chant du monde* |
| 6876. Kazuo Ishiguro | *2 nouvelles musicales* |
| 6877. Collectif | *Fioretti. Légendes de saint François d'Assise* |
| 6878. Herta Müller | *La convocation* |
| 6879. Giosuè Calaciura | *Borgo Vecchio* |
| 6880. Marc Dugain | *Intérieur jour* |
| 6881. Marc Dugain | *Transparence* |
| 6882. Elena Ferrante | *Frantumaglia. L'écriture et ma vie* |
| 6883. Lilia Hassaine | *L'œil du paon* |
| 6884. Jon McGregor | *Réservoir 13* |
| 6885. Caroline Lamarche | *Nous sommes à la lisière* |

6886. Isabelle Sorente — *Le complexe de la sorcière*
6887. Karine Tuil — *Les choses humaines*
6888. Ovide — *Pénélope à Ulysse* et autres lettres d'amour de grandes héroïnes antiques
6889. Louis Pergaud — *La tragique aventure de Goupil* et autres contes animaliers
6890. Rainer Maria Rilke — *Notes sur la mélodie des choses* et autres textes
6891. George Orwell — *Mil neuf cent quatre-vingt-quatre*
6892. Jacques Casanova — *Histoire de ma vie*
6893. Santiago H. Amigorena — *Le ghetto intérieur*
6894. Dominique Barbéris — *Un dimanche à Ville-d'Avray*
6895. Alessandro Baricco — *The Game*
6896. Joffrine Donnadieu — *Une histoire de France*
6897. Marie Nimier — *Les confidences*
6898. Sylvain Ouillon — *Les jours*
6899. Ludmila Oulitskaïa — *Médée et ses enfants*
6900. Antoine Wauters — *Pense aux pierres sous tes pas*
6901. Franz-Olivier Giesbert — *Le schmock*
6902. Élisée Reclus — *La source* et autres histoires d'un ruisseau
6903. Simone Weil — *Étude pour une déclaration des obligations envers l'être humain* et autres textes
6904. Aurélien Bellanger — *Le continent de la douceur*
6905. Jean-Philippe Blondel — *La grande escapade*
6906. Astrid Éliard — *La dernière fois que j'ai vu Adèle*
6907. Lian Hearn — *Shikanoko, livres I et II*
6908. Lian Hearn — *Shikanoko, livres III et IV*
6909. Roy Jacobsen — *Mer blanche*
6910. Luc Lang — *La tentation*
6911. Jean-Baptiste Naudet — *La blessure*
6912. Erik Orsenna — *Briser en nous la mer gelée*
6913. Sylvain Prudhomme — *Par les routes*
6914. Vincent Raynaud — *Au tournant de la nuit*

6915. Kazuki Sakuraba — *La légende des filles rouges*
6916. Philippe Sollers — *Désir*
6917. Charles Baudelaire — *De l'essence du rire* et autres textes
6918. Marguerite Duras — *Madame Dodin*
6919. Madame de Genlis — *Mademoiselle de Clermont*
6920. Collectif — *La Commune des écrivains. Paris, 1871 : vivre et écrire l'insurrection*
6921. Jonathan Coe — *Le cœur de l'Angleterre*
6922. Yoann Barbereau — *Dans les geôles de Sibérie*
6923. Raphaël Confiant — *Grand café Martinique*
6924. Jérôme Garcin — *Le dernier hiver du Cid*
6925. Arnaud de La Grange — *Le huitième soir*
6926. Javier Marías — *Berta Isla*
6927. Fiona Mozley — *Elmet*
6928. Philip Pullman — *La Belle Sauvage. La trilogie de la Poussière, I*
6929. Jean-Christophe Rufin — *Les trois femmes du Consul. Les énigmes d'Aurel le Consul*
6930. Collectif — *Haikus de printemps et d'été*
6931. Épicure — *Lettre à Ménécée* et autres textes
6932. Marcel Proust — *Le Mystérieux Correspondant* et autres nouvelles retrouvées
6933. Nelly Alard — *La vie que tu t'étais imaginée*
6934. Sophie Chauveau — *La fabrique des pervers*
6935. Cecil Scott Forester — *L'heureux retour*
6936. Cecil Scott Forester — *Un vaisseau de ligne*
6937. Cecil Scott Forester — *Pavillon haut*
6938. Pam Jenoff — *La parade des enfants perdus*
6939. Maylis de Kerangal — *Ni fleurs ni couronnes* suivi de *Sous la cendre*
6940. Michèle Lesbre — *Rendez-vous à Parme*
6941. Akira Mizubayashi — *Âme brisée*
6942. Arto Paasilinna — *Adam & Eve*
6943. Leïla Slimani — *Le pays des autres*
6944. Zadie Smith — *Indices*

6945. Cesare Pavese — *La plage*
6946. Rabindranath Tagore — *À quatre voix*
6947. Jean de La Fontaine — *Les Amours de Psyché et de Cupidon* précédé d'*Adonis* et du *Songe de Vaux*
6948. Bartabas — *D'un cheval l'autre*
6949. Tonino Benacquista — *Toutes les histoires d'amour ont été racontées, sauf une*
6950. François Cavanna — *Crève, Ducon !*
6951. René Frégni — *Dernier arrêt avant l'automne*
6952. Violaine Huisman — *Rose désert*
6953. Alexandre Labruffe — *Chroniques d'une station-service*
6954. Franck Maubert — *Avec Bacon*
6955. Claire Messud — *Avant le bouleversement du monde*
6956. Olivier Rolin — *Extérieur monde*
6957. Karina Sainz Borgo — *La fille de l'Espagnole*
6958. Julie Wolkenstein — *Et toujours en été*
6959. James Fenimore Cooper — *Le Corsaire Rouge*
6960. Jean-Baptiste Andrea — *Cent millions d'années et un jour*
6961. Nino Haratischwili — *La huitième vie*
6962. Fabrice Humbert — *Le monde n'existe pas*
6963. Karl Ove Knausgaard — *Fin de combat. Mon combat - Livre VI*
6964. Rebecca Lighieri — *Il est des hommes qui se perdront toujours*
6965. Ian McEwan — *Une machine comme moi*
6966. Alexandre Postel — *Un automne de Flaubert*
6967. Anne Serre — *Au cœur d'un été tout en or*
6968. Sylvain Tesson — *La panthère des neiges*
6969. Maurice Leblanc — *Arsène Lupin, gentleman-cambrioleur*
6970. Nathacha Appanah — *Le ciel par-dessus le toit*
6971. Pierre Assouline — *Tu seras un homme, mon fils*
6972. Maylis Besserie — *Le tiers temps*
6973. Marie Darrieussecq — *La mer à l'envers*
6974. Marie Gauthier — *Court vêtue*

6975. Iegor Gran — *Les services compétents*
6976. Patrick Modiano — *Encre sympathique*
6977. Christophe Ono-dit-Biot et Adel Abdessemed — *Nuit espagnole*
6978. Regina Porter — *Ce que l'on sème*
6979. Yasmina Reza — *Anne-Marie la beauté*
6980. Anne Sinclair — *La rafle des notables*
6981. Maurice Leblanc — *Arsène Lupin contre Herlock Sholmès*
6982. George Orwell — *La Ferme des animaux*
6983. Jean-Pierre Siméon — *Petit éloge de la poésie*
6984. Amos Oz — *Ne dis pas la nuit*
6985. Belinda Cannone — *Petit éloge de l'embrassement*
6986. Christian Bobin — *Pierre,*
6987. Claire Castillon — *Marche blanche*
6988. Christelle Dabos — *La Passe-miroir, Livre IV. La tempête des échos*
6989. Hans Fallada — *Le cauchemar*
6990. Pauline Guéna — *18.3. Une année à la PJ*
6991. Anna Hope — *Nos espérances*
6992. Elizabeth Jane Howard — *Étés anglais. La saga des Cazalet I*
6993. J.M.G. Le Clézio — *Alma*
6994. Irène Némirovsky — *L'ennemie*
6995. Marc Pautrel — *L'éternel printemps*
6996. Lucie Rico — *Le chant du poulet sous vide*
6997. Abdourahman A. Waberi — *Pourquoi tu danses quand tu marches ?*
6998. Sei Shônagon — *Choses qui rendent heureux* et autres notes de chevet
6999. Paul Valéry — *L'homme et la coquille* et autres textes
7000. Tracy Chevalier — *La brodeuse de Winchester*
7001. Collectif — *Contes du Chat noir*
7002. Edmond et Jules de Goncourt — *Journal*
7003. Collectif — *À nous la Terre !*
7004. Dave Eggers — *Le moine de Moka*

7005. Alain Finkielkraut — *À la première personne*
7007. C. E. Morgan — *Tous les vivants*
7008. Jean d'Ormesson — *Un hosanna sans fin*
7009. Amos Oz — *Connaître une femme*
7010. Olivia Rosenthal — *Éloge des bâtards*
7011. Collectif — *Écrire Marseille.* 15 grands auteurs célèbrent la cité phocéenne
7012. Fédor Dostoïevski — *Les Nuits blanches*
7013. Marguerite Abouet et Clément Oubrerie — *Aya de Yopougon 5*
7014. Marguerite Abouet et Clément Oubrerie — *Aya de Yopougon 6*
7015. Élisa Shua Dusapin — *Vladivostok Circus*
7016. David Foenkinos — *La famille Martin*
7017. Pierre Jourde — *Pays perdu*
7018. Patrick Lapeyre — *Paula ou personne*
7019. Albane Linÿer — *J'ai des idées pour détruire ton ego*
7020. Marie Nimier — *Le Palais des Orties*
7021. Daniel Pennac — *La loi du rêveur*
7022. Philip Pullman — *La Communauté des esprits. La trilogie de la Poussière II*
7023. Robert Seethaler — *Le Champ*
7024. Jón Kalman Stefánsson — *Lumière d'été, puis vient la nuit*
7025. Gabrielle Filteau-Chiba — *Encabanée*
7026. George Orwell — *Pourquoi j'écris* et autres textes politiques
7027. Ivan Tourguéniev — *Le Journal d'un homme de trop*
7028. Henry Céard — *Une belle journée*
7029. Mohammed Aïssaoui — *Les funambules*
7030. Julian Barnes — *L'homme en rouge*
7031. Gaëlle Bélem — *Un monstre est là, derrière la porte*
7032. Olivier Chantraine — *De beaux restes*
7033. Elena Ferrante — *La vie mensongère des adultes*

7034. Marie-Hélène Lafon *Histoire du fils*
7035. Marie-Hélène Lafon *Mo*
7036. Carole Martinez *Les roses fauves*
7037. Laurine Roux *Le Sanctuaire*
7038. Dai Sijie *Les caves du Potala*
7039. Adèle Van Reeth *La vie ordinaire*
7040. Antoine Wauters *Nos mères*
7041. Alain *Connais-toi* et autres fragments
7042. Françoise de Graffigny *Lettres d'une Péruvienne*
7043. Antoine de Saint-Exupéry *Lettres à l'inconnue* suivi de *Choix de lettres dessinées*
7044. Pauline Baer de Perignon *La collection disparue*
7045. Collectif *Le Cantique des cantiques. L'Ecclésiaste*
7046. Jessie Burton *Les secrets de ma mère*
7047. Stéphanie Coste *Le passeur*
7048. Carole Fives *Térébenthine*
7049. Luc-Michel Fouassier *Les pantoufles*
7050. Franz-Olivier Giesbert *Dernier été*
7051. Julia Kerninon *Liv Maria*
7052. Bruno Le Maire *L'ange et la bête. Mémoires provisoires*
7053. Philippe Sollers *Légende*
7054. Mamen Sánchez *La gitane aux yeux bleus*
7055. Jean-Marie Rouart *La construction d'un coupable.* À paraître
7056. Laurence Sterne *Voyage sentimental en France et en Italie*
7057. Nicolas de Condorcet *Conseils à sa fille* et autres textes
7058. Jack Kerouac *La grande traversée de l'Ouest en bus* et autres textes beat
7059. Albert Camus *« Cher Monsieur Germain,... »* Lettres et extraits
7060. Philippe Sollers *Agent secret*

*Tous les papiers utilisés pour les ouvrages des collections Folio sont certifiés et proviennent de forêts gérées durablement.*

*Composition IGS-CP à L'Isle-d'Espagnac (16)*
*Impression Maury Imprimeur*
*45330 Malesherbes*
*le 5 décembre 2022*
*Dépôt légal : décembre 2022*
*1[er] dépôt légal dans la collection : mai 2022*
*Numéro d'imprimeur : 267173*

ISBN 978-2-07-296582-1 / Imprimé en France.

**594224**